莎士比亚 全集 1

[英] 威廉·莎士比亚 著

朱生豪 译

中国文史出版社

图书在版编目（CIP）数据

莎士比亚全集：全 8 册 /（英）威廉·莎士比亚著；朱生豪译 . — 北京：中国文史出版社，2013.8
（2018.6 重印）

ISBN 978-7-5034-4200-1

Ⅰ.①莎… Ⅱ.①威… ②朱… Ⅲ.①莎士比亚（Shakespeare, William 1564–1616）—全集 Ⅳ.
① I561.13

中国版本图书馆 CIP 数据核字（2018）第 089838 号

责任编辑：刘　夏
封面设计：李四月

出版发行：中国文史出版社
网　　址：www.wenshipress.com
社　　址：北京市西城区太平桥大街 23 号　　邮编：100811
电　　话：010-66173572　66168268　66192736（发行部）
传　　真：010-66192703
印　　装：三河市天润建兴印务有限公司
经　　销：全国新华书店
开　　本：880×1230　1/32
印　　张：88.5　　　字数：1800 千字
版　　次：2013 年 9 月北京第 1 版
印　　次：2018 年 8 月第 3 次印刷
定　　价：528.00 元（全 8 册）

出版说明

　　莎士比亚的戏剧与中国结缘已然过去了一个世纪。一个世纪以来,这股翻译、研究、上演莎剧的风潮兴盛不衰,近年来甚至有更加热烈的趋势。就连莎翁的同胞———英国人都叹为观止,他们甚至惊呼:"莎士比亚戏剧的春天如今是在中国!"外国人不理解,但我们关起门来,自家事门儿清,可以毫不客气地说:没有莎士比亚,就没有中国现代戏剧!

　　100多年前,莎士比亚的作品随着传教士们漂洋过海来到中国。引起了当时的启蒙思想家严复的注意,随后,被称为中国"伟大的头脑"的梁启超先生又陆续著文多次向国人介绍莎翁作品。直至民国时期,伟大的莎士比亚戏剧翻译家朱生豪先生用其优美、灵动、颇具朱氏风格的语言,将莎士比亚戏剧的二十多部作品以汉语白话文流畅自然地译出,从此,莎翁作品真正轰动了全国。毫无疑问,朱生豪译著的莎士比亚作品的问世成为当时中国文学界的一大盛事。那时的作家,如今的中国现代戏剧奠基人曹禺、田汉、郭沫若、老舍、余上沅、熊佛西、白微等人,恰如久旱逢甘霖一般如饥似渴地汲取莎翁戏剧中的养料,从而创作出一批堪称中国现代戏剧开山之作的优秀作品。至今,中国先后有60多个职业或业余的莎剧演出团体,分别以英、汉、藏、蒙、粤5种语言,以现代话剧、戏曲、文明戏、芭蕾舞剧、广播剧、木偶剧6种形式,演出包括了莎剧大部分重要作品在内的20多部戏剧。更有甚者,莎士比亚戏剧已经成为中国中学、大学,尤其是表演艺术类戏剧学院的教材。

　　莎士比亚的戏剧大约完成于 1590 ～ 1612 的 20 余年。他从旧有剧本、小说、历史或民间传说中广泛取材，充分发挥其天才的想象力与创造力，赋予旧题材以丰富、深刻、新颖的内容。在艺术手法上，他继承了古希腊罗马、中世纪英国和文艺复兴时期欧洲戏剧的三大传统，并从内容到形式上进行了自创和革新。他的戏剧，通过深刻观察现实社会的人生百态，以不遗余力地笔墨深入发掘人物内心世界，塑造出人类艺术史上众多栩栩如生的人物形象，描绘了西方历史上色彩斑斓的广阔图景，以诗意的语言和瑰丽的想象、融人类悲欢喜怒哀乐复杂情感于矛盾统一中，充满了耐人寻味的哲理和强烈的现实批判意味。

　　虽然莎士比亚戏剧以英文写就，但他和他的戏剧已经世界闻名，17 世纪始，莎士比亚戏剧传入德、法、意、俄、北欧诸国，然后渐及美国乃至世界各地，对各国戏剧发展产生了巨大、深远的影响，并已成为世界文化发展、交流的重要纽带和灵感源泉。其受重视程度与西方的《圣经》不相上下。他的朋友，与他同时代的著名戏剧家本·琼森给予他高度的赞扬，并预言："他不只属于一个时代而属于全世纪。"今天，我们完全可以说，他不只属于一个时代，而属于全人类。

　　此次中国文史出版社整理出版的《莎士比亚全集》平装套系，仍然是以最受读者认可和欢迎的朱生豪先生译本为底本，结合 60 年来国内莎士比亚作品翻译成就，进行整理精校，力求奉献给读者的是一套精美高质量的作品，如此，才不愧我们"站在巨人的肩膀上"上来做这项事业。

2013 年 8 月 30 日

总 目 录

目　录

William Shakespeare
COMPLETE WORKS

——————

暴 风 雨

朱生豪 译

莎士比亚
全集

剧中人物

阿隆佐　那不勒斯王

西巴斯辛　阿隆佐之弟

普洛斯彼罗　旧米兰公爵

安东尼奥　普洛斯彼罗之弟,篡位者

腓迪南　那不勒斯王子

贡柴罗　正直的老大臣

阿德里安 ⎫
弗兰西斯科 ⎭ 侍臣

凯列班　野性而丑怪的奴隶

特林鸠罗　弄臣

斯丹法诺　酗酒的膳夫

船　长

水手长

众水手

米兰达　普洛斯彼罗之女

爱丽儿　缥缈的精灵

伊里斯 ⎫
刻瑞斯 ｜
朱　诺 ⎬ 由精灵们扮演
众水仙女 ｜
众刈禾人 ⎭

其他侍候普洛斯彼罗的精灵们

地　点

海船上 ;岛上

第一幕

第一场　在海中的一只船上。暴风雨和雷电

船长及水手长上。

船　长　老大！

水手长　有，船长。什么事？

船　长　好，对水手们说：出力，手脚麻利点儿，否则我们要触礁啦。出力，出力！（下。）

众水手上。

水手长　喂，弟兄们！出力，出力，弟兄们！赶快，赶快！把中桅帆收起！留心着船长的哨子。——尽你吹着怎么大的风，只要船儿掉得转头，就让你去吹吧！

阿隆佐、西巴斯辛、安东尼奥、腓迪南、贡柴罗及余人等上。

阿隆佐　好水手长，小心哪。船长在哪里？放出勇气来！

水手长　我劳驾你们，请到下面去。

安东尼奥　老大，船长在哪里？

水手长　你没听见他吗？你们妨碍了我们的工作。好好地待在舱里吧；你们简直是跟风浪一起来和我们作对。

贡柴罗　哎，大哥，别发脾气呀！

水手长　你叫这个海不要发脾气吧。走开！这些波涛哪里管得了什么国王不国王？到舱里去，安静些！别跟我们找麻烦。

贡柴罗　好,但是请记住这船上载的是什么人。

水手长　随便什么人我都不放在心上,我只管我自个儿。你是个堂堂枢密大臣,要是你有本事命令风浪静下来,叫眼前大家都平安,那么我们愿意从此不再干这拉帆收缆的营生了。把你的威权用出来吧!要是你不能,那么还是谢谢天老爷让你活得这么长久,赶快钻进你的舱里去,等待着万一会来的厄运吧!——出力啊,好弟兄们!——快给我走开!(下。)

贡柴罗　这家伙给我很大的安慰。我觉得他脸上一点没有命该淹死的记号,他的相貌活是一副要上绞架的神气。慈悲的运命之神啊,不要放过了他的绞刑啊!让绞死他的绳索作为我们的锚缆,因为我们的锚缆全然抵不住风暴!如果他不是命该绞死的,那么我们就倒霉了!(与众人同下。)

　　　　水手长重上。

水手长　把中桅放下来!赶快!再低些,再低些!把大桅横帆张起来试试看。(内呼声)遭瘟的,喊得这么响!连风暴的声音和我们的号令都被压得听不见了。

　　　　——西巴斯辛、安东尼奥、贡柴罗重上。

水手长　又来了?你们到这儿来干么?我们大家放了手,一起淹死了好不好?你们想要淹死是不是?

西巴斯辛　愿你喉咙里长起个痘疮来吧,你这大喊大叫、出口伤人、没有心肝的狗东西!

水手长　那么你来干一下,好不好?

安东尼奥　该死的贱狗!你这下流的、骄横的、喧哗的东西,我们才不像你那样害怕淹死哩!

贡柴罗　我担保他一定不会淹死,虽然这船不比果壳更坚牢,水漏得像一个浪狂的娘儿们一样。

水手长　　紧紧靠着风行驶！扯起两面大帆来！把船向海洋开出去；避
　　　　　开陆地。

　　　　　　　众水手浑身淋湿上。

众水手　　完了！完了！求求上天吧！求求上天吧！什么都完了！（下。）

水手长　　怎么，我们非淹死不可吗？

贡柴罗　　王上和王子在那里祈祷了。让我们跟他们一起祈祷吧，大家
　　　　　的情形都一样。

西巴斯辛　我真按捺不住我的怒火。

安东尼奥　我们的生命全然被醉汉们在作弄着。——这个大嘴巴的
　　　　　恶徒！但愿你倘使淹死的话，十次的波涛冲打你的尸体！①

贡柴罗　　他总要被绞死的，即使每一滴水都发誓不同意，而是要声势
　　　　　汹汹地把他一口吞下去。

　　　　　　　幕内嘈杂的呼声：——"可怜我们吧！"——"我们遭难
　　　　了！我们遭难了！"——"再会吧，我的妻子！我的孩儿！"——
　　　　"再会吧，兄弟！"——"我们遭难了！我们遭难了！我们遭难
　　　　了！"——

安东尼奥　让我们大家跟王上一起沉没吧！（下。）

西巴斯辛　让我们去和他作别一下。（下。）

贡柴罗　　现在我真愿意用千顷的海水来换得一亩荒地；草莽荆棘，什
　　　　　么都好。照上天的旨意行事吧！但是我倒宁愿死在陆地上。（下。）

---

① 　当时英国海盗被判绞刑后，在海边执行；尸体须经海潮冲打三次后，才许收殓。

第二场 岛上。普洛斯彼罗所居洞室之前

普洛斯彼罗及米兰达上。

米兰达 亲爱的父亲,假如你曾经用你的法术使狂暴的海水兴起这场风浪,请你使它们平息了吧! 天空似乎要倒下发臭的沥青来,但海水腾涌到天的脸上,把火焰浇熄了。唉! 我瞧着那些受难的人们,我也和他们同样受难:这样一只壮丽的船,里面一定载着好些尊贵的人,一下子便撞得粉碎! 啊,那呼号的声音一直打进我的心坎。可怜的人们,他们死了! 要是我是一个有权力的神,我一定要叫海沉进地中,不让它把这只好船和它所载着的人们一起这样吞没了。

普洛斯彼罗 安静些,不要惊骇! 告诉你那仁慈的心,一点灾祸都不会发生。

米兰达 唉,不幸的日子!

普洛斯彼罗 不要紧的。凡我所做的事,无非是为你打算,我的宝贝! 我的女儿! 你不知道你是什么人,也不知道我从什么地方来;你也不会想到我是一个比普洛斯彼罗———所十分寒碜的洞窟的主人,你的微贱的父亲——更出色的人物。

米兰达 我从来不曾想到要知道得更多一些。

普洛斯彼罗 现在是我该更详细地告诉你一些事情的时候了。帮我把我的法衣脱去。好,躺在那里吧,我的法术! ——揩干你的眼睛,安心吧! 这场凄惨的沉舟的景象,使你的同情心如此激动,我曾经借着我的法术的力量非常妥善地预先安排好:你听见他们呼号,看见他们沉没,但这船里没有一个人会送命,即使随便什么人的一根头发也不会损失。坐下来;你必须知道得更详细一些。

米兰达　　总是刚要开始告诉我我是什么人,便突然住了口,对于我的
　　　　徒然的探问的回答,只是一句"且慢,时机还没有到"。

普洛斯彼罗　　时机现在已经到了,就在这一分钟它要叫你撑开你的耳
　　　　朵。乖乖地听着吧。你能不能记得在我们来到这里之前的一个
　　　　时候? 我想你不会记得,因为那时你还不过三岁。

米兰达　　当然记得,父亲。

普洛斯彼罗　　你怎么会记得? 什么房屋? 或是什么人? 把留在你脑
　　　　中的随便什么印象告诉我吧。

米兰达　　那是很遥远的事了;它不像是记忆所证明的事实,倒更是一
　　　　个梦。不是曾经有四五个妇人服侍过我吗?

普洛斯彼罗　　是的,而且还不止此数呢,米兰达。但是这怎么会留在
　　　　你的脑中呢? 你在过去时光的幽暗的深渊里,还看不看得见其余
　　　　的影子? 要是你记得在你未来这里以前的情形,也许你也能记得
　　　　你怎样会到这里来。

米兰达　　但是我不记得了。

普洛斯彼罗　　十二年之前,米兰达,十二年之前,你的父亲是米兰的公
　　　　爵,并且是一个有权有势的国君。

米兰达　　父亲,你不是我的父亲吗?

普洛斯彼罗　　你的母亲是一位贤德的妇人,她说你是我的女儿;你的
　　　　父亲是米兰的公爵,他的唯一的嗣息就是你,一位堂堂的郡主。

米兰达　　天啊! 我们是遭到了什么样的奸谋才离开那里的呢? 还是
　　　　那算是幸运一桩?

普洛斯彼罗　　都是,都是,我的孩儿。如你所说的,因为遭到了奸谋,
　　　　我们才离开了那里,因为幸运,我们才飘流到此。

米兰达　　唉! 想到我给你的种种劳心焦虑,真使我心里难过得很,只
　　　　是我记不得了——请再讲下去吧。

普洛斯彼罗　我的弟弟，就是你的叔父，名叫安东尼奥。听好，世上真有这样奸恶的兄弟！除了你之外，他就是我在世上最爱的人了；我把国事都托付他管理。那时候米兰在列邦中称雄，普洛斯彼罗也是最出名的公爵，威名远播，在学问艺术上更是一时无双。我因为专心研究，便把政治放到我弟弟的肩上，对于自己的国事不闻不问，只管沉溺在魔法的研究中。你那坏心肠的叔父——你在不在听我？

米兰达　我在聚精会神地听着，父亲。

普洛斯彼罗　学会了怎样接受或驳斥臣民的诉愿，谁应当拔擢，谁因为升迁太快而应当贬抑；把我手下的人重新封叙，迁调的迁调，改用的改用；大权在握，使国中所有的人心都要听从他的喜恶。他简直成为一株常春藤，掩蔽了我参天的巨干，而吸收去我的精华。——你不在听吗？

米兰达　啊，好父亲！我在听着。

普洛斯彼罗　听好。我这样遗弃了俗务，在幽居生活中修养我的德性；除了生活过于孤寂之外，我这门学问真可说胜过世上所称道的一切事业；谁知这却引起了我那恶弟的毒心。我给予他的无限大的信托，正像善良的父母产出刁顽的儿女来一样，得到的酬报只是他的同样无限大的欺诈。他这样做了一国之主，不但握有我的岁入的财源，更僭用我的权力从事搜刮。像一个说谎的人自己相信自己的欺骗一样，他俨然以为自己便是一个不折不扣的公爵。处于代理者的位置上，他用一切的威权铺张着外表上的庄严；他的野心于是逐渐旺盛起来——你在不在听我？

米兰达　你的故事，父亲，能把聋子都治好呢。

普洛斯彼罗　作为代理公爵的他，和他所代理的公爵之间，还横隔着一重屏障；他自然希望撤除这重屏障，使自己成为米兰大权独揽的主人翁。我呢，一个可怜的人，书斋便是我广大的公国，他以为我已没有能力处理政事。因为一心觊觎着大位，他便和那不勒斯王协谋，甘愿每年进贡臣服，把他自己的冠冕俯伏在他人的王冠之前。唉，可怜的米兰！一个从来不曾向别人低首下心过的邦国，这回却遭到了可耻的卑屈！

米兰达　天哪！

普洛斯彼罗　听我告诉你他所缔结的条款，以及此后发生的事情，然后再告诉我那算不算得是一个好兄弟。

米兰达　我不敢冒渎我的可敬的祖母，然而美德的娘亲有时却会生出不肖的儿子来。

普洛斯彼罗　现在要说到这条约了。这位那不勒斯王因为跟我有根深蒂固的仇恨，答应了我弟弟的要求；那就是说，以称臣纳贡——我也不知要纳多少贡金——作为交换的条件，他当立刻把我和属于我的人撵出国境，而把大好的米兰和一切荣衔权益，全部赏给我的弟弟。因此在命中注定的某夜，不义之师被召集起来，安东尼奥打开了米兰的国门；在寂静的深宵，阴谋的执行者便把我和哭泣着的你赶走。

米兰达　唉，可叹！我已记不起那时我是怎样哭法，但我现在愿意再哭泣一番。这是一件想起来太叫人伤心的事。

普洛斯彼罗　你再听我讲下去，我便要叫你明白眼前这一回事情；否则这故事便是一点不相干的了。

米兰达　为什么那时他们不杀害我们呢？

普洛斯彼罗　问得不错，孩子；谁听了我的故事都会发生这个疑问。亲爱的，他们没有这胆量，因为我的人民十分爱戴我，而且他们也不敢在这事情上留下太重大的污迹；他们希图用比较清白的颜色掩饰去他们的毒心。一句话，他们把我们押上船，驶出了十几英里以外的海面；在那边他们已经预备好一只腐朽的破船，帆篷、缆索、桅樯——什么都没有，就是老鼠一见也会自然而然地退缩开去。他们把我们推到这破船上，听我们向着周围的怒海呼号，望着迎面的狂风悲叹；那同情的风陪着我们发出叹息，却反而加添了我们的危险。

米兰达　唉，那时你是怎样受我的烦累呢！

普洛斯彼罗　啊，你是个小天使，幸亏有你我才不致绝望而死！上天赋予你一种坚忍，当我把热泪向大海挥洒、因心头的怨苦而呻吟的时候，你却向我微笑；为了这我才生出忍耐的力量，准备抵御一切接踵而来的祸患。

米兰达　我们是怎样上岸的呢？

普洛斯彼罗　靠着上天的保佑，我们有一些食物和清水，那是一个那不勒斯的贵人贡柴罗——那时他被任命为参与这件阴谋的使臣——出于善心而给我们的；另外还有一些好衣裳、衬衣、毛织品和各种需用的东西，使我们受惠不少。他又知道我爱好书籍，特意从我的书斋里把那些我看得比一个公国更宝贵的书给我带了来。

米兰达　我多么希望能见一见这位好人！

普洛斯彼罗　现在我要起来了。(把法衣重新穿上)静静地坐着，听我讲完了我们海上的惨史。后来我们到达了这个岛上，就在这里，我亲自做你的教师，使你得到比别的公主小姐们更丰富的知识，因为她们大部分的时间都花在无聊的事情上，而且她们的师傅也决不会这样认真。

米兰达　真感谢你啊！现在请告诉我，父亲，为什么你要兴起这场风浪？因为我的心中仍是惊疑不定。

普洛斯彼罗　听我说下去；现在由于奇怪的偶然，慈悲的上天眷宠着我,已经把我的仇人们引到这岛岸上来了,我借着预知术料知福星正在临近我运命的顶点,要是现在轻轻放过了这机会,以后我的一生将再没有出头的希望。别再多问啦,你已经倦得都瞌睡了;很好,放心睡吧!我知道你身不由主。出来,仆人,出来!我已经预备好了。来啊,我的爱丽儿,来吧! 爱丽儿上。

爱丽儿　万福,尊贵的主人! 威严的主人,万福! 我来听候你的旨意。无论在空中飞也好,在水里游也好,向火里钻也好,腾云驾雾也好,凡是你有力的吩咐,爱丽儿愿意用全副的精神奉行。

普洛斯彼罗　精灵,你有没有完全按照我的命令指挥那场风波?

爱丽儿　桩桩件件都没有忘失。我跃登了国王的船上;我变做一团滚滚的火球,一会儿在船头上,一会儿在船腰上,一会儿在甲板上,一会儿在每一间船舱中,我煽起了恐慌。有时我分身在各处烧起火来,中桅上哪,帆桁上哪,斜桅上哪——都同时燃烧起来,然后我再把一团团火焰合拢来,即使是天神的闪电,那可怕的震雷的先驱者,也没有这样迅速而炫人眼目;硫磺的火光和轰炸声似乎在围攻那威风凛凛的海神,使他的怒涛不禁颤抖,使他手里可怕的三叉戟不禁摇晃。

普洛斯彼罗　我的能干的精灵! 谁能这样坚定、镇静,在这样的骚乱中不曾惊慌失措呢?

爱丽儿　没有一个人不是发疯似的干着一些不顾死活的勾当。除了水手们之外,所有的人都逃出火光融融的船而跳入泡沫腾涌的海水中。王子腓迪南头发像海草似的乱成一团,第一个跳入水中;他高呼着,"地狱开了门,所有的魔鬼都出来了!"

普洛斯彼罗　啊,那真是我的好精灵! 但是这回乱子是不是就在靠近海岸的地方呢?

爱丽儿　就在海岸附近,主人。

普洛斯彼罗　但是他们都没有送命吗,爱丽儿?

爱丽儿　一根头发都没有损失;他们穿在身上的衣服也没有一点斑迹,反而比以前更干净了。照着你的命令,我把他们一队一队地分散在这岛上。国王的儿子我叫他独个儿上岸,把他遗留在岛上一个隐僻的所在,让他悲伤地绞着两臂。坐在那儿望着天空长吁短叹,把空气都吹凉了。

普洛斯彼罗　告诉我你怎样处置国王的船上的水手们和其余的船舶?

爱丽儿　国王的船安全地停泊在一个幽静的所在;你曾经某次在半夜里把我从那里叫醒前去采集永远为波涛冲打的百慕大群岛上的露珠;船便藏在那个地方。那些水手们在精疲力竭之后,我已经用魔术使他们昏睡过去,现今都躺在舱口底下。其余的船舶我把它们分散之后,已经重又会合,现今在地中海上;他们以为他们看见国王的船已经沉没,国王已经溺死,都失魂落魄地驶回那不勒斯去了。

普洛斯彼罗　爱丽儿,你的差使干得一事不差;但是还有些事情要你做。现在是什么时候了?

爱丽儿　中午已经过去。

普洛斯彼罗　至少已经过去了两个钟头了。从此刻起到六点钟之间的时间,我们两人必须好好利用,不要让它白白地过去。

爱丽儿　还有繁重的工作吗?你既然这样麻烦我,我不得不向你提醒你所允许我而还没有履行的话。

普洛斯彼罗　怎么啦!生起气来了?你要求些什么?

爱丽儿　我的自由。

普洛斯彼罗　在限期未满之前吗?别再说了吧!

爱丽儿　请你想想我曾经为你怎样尽力服务过;我不曾对你撒过一次

谎,不曾犯过一次过失,侍候你的时候,不曾发过一句怨言;你曾经答应过我缩短一年的期限的。

普洛斯彼罗　你忘记了我从怎样的苦难里把你救出来吗?

爱丽儿　不曾。

普洛斯彼罗　你一定忘记了,而以为踏着海底的软泥,穿过凛冽的北风,当寒霜冻结的时候在地下水道中为我奔走,便算是了不得的辛苦了。

爱丽儿　我不曾忘记,主人。

普洛斯彼罗　你说谎,你这坏蛋!那个恶女巫西考拉克斯——她因为年老和心肠恶毒,全身伛偻得都像一个环了——你已经把她忘了吗?你把她忘了吗?

爱丽儿　不曾,主人。

普洛斯彼罗　你一定已经忘了。她是在什么地方出世的?对我说来。

爱丽儿　在阿尔及尔,主人。

普洛斯彼罗　噢!是在阿尔及尔吗?我必须每个月向你复述一次你的来历,因为你一下子便要忘记。这个万恶的女巫西考拉克斯,因为作恶多端,她的妖法没人听见了不害怕,所以被逐出阿尔及尔;他们因为她曾经行过某件好事,因此不曾杀死她. 是不是?

爱丽儿　是的,主人。

普洛斯彼罗　这个眼圈发青的妖妇被押到这儿来的时候、正怀着孕;水手们把她丢弃在这座岛上。你,我的奴隶,据你自己说那时是她的仆人,因为你是个太柔善的精灵,不能奉行她的粗暴的、邪恶的命令,因此违拗了她的意志,她在一阵暴怒中借着她的强有力的妖役的帮助,把你幽禁在一株坼裂的松树中。在那松树的裂缝里你挨过了十二年痛苦的岁月;后来她死了,你便一直留在那儿,像水车轮拍水那样急速地、不断地发出你的呻吟来。那时这岛上除了她所生产下来的那个儿子,一个浑身斑痣的妖妇贱种之外,就没有一个人类。

爱丽儿　不错,那是她的儿子凯列班。

普洛斯彼罗　那个凯列班是一个蠢物,现在被我收留着作苦役。你当然知道得十分清楚,那时我发现你处在怎样的苦难中,你的呻吟使得豺狼长噑,哀鸣刺透了怒熊的心胸。那是一种沦于永劫的苦恼,就是西考拉克斯也没有法子把你解脱;后来我到了这岛上,听见了你的呼号,才用我的法术使那株松树张开裂口,把你放了出来。

爱丽儿　我感谢你,主人。

普洛斯彼罗　假如你再要叽哩咕噜的话,我要劈开一株橡树,把你钉住在它多节的内心,让你再呻吟十二个冬天。

爱丽儿　饶恕我,主人,我愿意听从命令,好好地执行你的差使。

普洛斯彼罗　好吧,你倘然好好办事,两天之后我就释放你。

爱丽儿　那真是我的好主人!你要吩咐我做什么事?告诉我你要我做什么事?

普洛斯彼罗　去把你自己变成一个海中的仙女,除了我之外不要让别人的眼睛看见你。去,装扮好了再来。去吧,用心一点!醒来,心肝,醒来!你睡得这么熟;醒来吧!

米兰达　(醒)你的奇异的故事使我昏沉睡去。

普洛斯彼罗　清醒一下。来,我们要去访问访问我的奴隶凯列班,他是从来不曾有过一句好话回答我们的。

米兰达　那是一个恶人,父亲,我不高兴看见他。

普洛斯彼罗　虽然这样说,我们也缺不了他:他给我们生火,给我们捡柴,也为我们做有用的工作。——喂,奴才!凯列班!你这泥块!哑了吗?

凯列班 （在内）里面木头已经尽够了。

普洛斯彼罗　　跑出来,对你说;还有事情要你做呢,出来,你这乌龟!
　　还不来吗?

　　　　　　爱丽儿重上,作水中仙女的形状。

普洛斯彼罗　　出色的精灵! 我的伶俐的爱丽儿,过来我对你讲话。（耳语）

爱丽儿　　主人,一切依照你的吩咐。（下）

普洛斯彼罗　　你这恶毒的奴才,魔鬼和你那万恶的老娘合生下来的,
　　给我滚出来吧!

　　　　　　凯列班上。

凯列班　　但愿我那老娘用乌鸦毛从不洁的沼泽上刮下来的毒露一齐
　　倒在你们俩人身上! 但愿一阵西南的恶风把你们吹得浑身都起
　　水疱!

普洛斯彼罗　　记住吧,为着你的出言不逊,今夜要叫你抽筋,叫你的腰
　　像有针在刺,使你喘得透不过气来;所有的刺猬们将在漫漫的长
　　夜里折磨你,你将要被刺得遍身像蜜蜂窠一般,每刺一下都要比
　　蜂刺难受得多。

凯列班　　我必须吃饭。这岛是我老娘西考拉克斯传给我而被你夺了
　　去的。你刚来的时候,抚拍我,待我好,给我有浆果的水喝,教给
　　我白天亮着的大的光叫什么名字:晚上亮着的小的光叫什么名
　　字,因此我以为你是个好人,把这岛上一切的富源都指点给你知
　　道,什么地方是清泉,盐井,什么地方是荒地和肥田。我真该死
　　让你知道这一切! 但愿西考拉克斯一切的符咒、癞蛤蟆、甲虫、
　　蝙蝠,都咒在你身上! 本来我可以自称为王,现在却要做你的唯
　　一的奴仆;你把我禁锢在这堆岩石的中间,而把整个岛给你自己
　　受用。

普洛斯彼罗　　满嘴扯谎的贱奴! 好心肠不能使你感恩,只有鞭打才能

教训你！虽然你这样下流,我也曾用心好好对待你,让你住在我自己的洞里,谁叫你胆敢想要破坏我孩子的贞操!

凯列班　啊哈哈哈!要是那时上了手才真好!你倘然不曾妨碍我的事,我早已使这岛上住满大大小小的凯列班了。

普洛斯彼罗　可恶的贱奴!不学一点好,坏的事情样样都来得!我因为看你的样子可怜,才辛辛苦苦地教你讲话,每时每刻教导你这样那样。那时你这野鬼连自己说的什么也不懂,只会像一只野东西一样咕噜咕噜;我教你怎样用说话来表达你的意思,但是像你这种下流胚,即使受了教化,天性中的顽劣仍是改不过来,因此你才活该被禁锢在这堆岩石的中间;其实单单把你囚禁起来也还是宽待了你。

凯列班　你教我讲话,我从这上面得到的益处只是知道怎样骂人;但愿血瘟病瘟死了你,因为你要教我说你的那种话!

普洛斯彼罗　妖妇的贱种,滚开去!去把柴搬进来。懂事的话,赶快些,因为还有别的事要你做。你在耸肩吗,恶鬼?要是你不好好做我吩咐你做的事,或是心中不情愿,我要叫你浑身抽搐;叫你每个骨节里都痛起来;叫你在地上打滚咆哮,连野兽听见你的呼号都会吓得发抖。

凯列班　啊不要,我求求你!（旁白)我不得不服从,因为他的法术有很大的力量,就是我老娘所礼拜的神明塞提柏斯也得听他指挥,做他的仆人。

普洛斯彼罗　贱奴,去吧!（凯列班下)

　　　　爱丽儿隐形重上,弹琴唱歌;腓迪南随后。

爱丽儿　（唱)

　　来吧,来到黄沙的海滨,

把手儿牵得牢牢，

深深地展拜细吻轻轻，

叫海水莫起波涛——

柔舞翩翩在水面飘扬；

可爱的精灵，伴我歌唱。

听！听！（和声）

汪！汪！汪！（散乱地）

看门狗儿的猎猎，（和声）

汪！汪！汪！（散乱地）

听！听！我听见雄鸡

昂起了颈儿长啼，（啼声）

喔喔喔！

腓迪南 这音乐是从什么地方来的呢？在天上，还是在地上！现在已经静止了。一定的，它是为这岛上的神灵而弹唱的。当我正坐在海滨，思念我的父王的惨死而重又痛哭起来的时候，这音乐便从水面掠了过来，飘到我的身旁，它的甜柔的乐曲平静了海水的怒涛，也安定了我激荡的感情；因此我跟随着它，或者不如说是它吸引了我，——但它现在已经静止了。啊，又唱起来了。

爱丽儿 （唱）

五口寻的水深处躺着你的父亲，

他的骨骼已化成珊瑚；

他眼睛是耀眼的明珠；

他消失的全身没有一处不曾

受到海水神奇的变幻，

化成瑰宝，富丽而珍怪。

> 海的女神时时摇起他的丧钟,(和声)
>
> 叮! 咚!
>
> 听! 我现在听到了叮咚的丧钟。

腓迪南　这支歌在纪念我的溺毙的父亲。这一定不是凡间的音乐,也不是地上来的声音。我现在听出来它是在我的头上。

普洛斯彼罗　抬起你的被睫毛深掩的眼睛来,看一看那边有什么东西。

米兰达　那是什么? 一个精灵吗? 啊上帝,它是怎样向着四周瞭望啊! 相信我的话,父亲,它生得这样美! 但那一定是一个精灵。

普洛斯彼罗　不是,女儿,他会吃也会睡,和我们一样有各种知觉。你所看见的这个年轻汉子就是遭到船难的一人;要不是因为忧伤损害了他的美貌——美貌最怕忧伤来损害——你确实可以称他为一个美男子。他因为失去了他的同伴,正在四处徘徊着寻找他们呢。

米兰达　我简直要说他是个神;因为我从来不曾见过宇宙中有这样出色的人物。

普洛斯彼罗　(旁白)哈! 有几分意思了;这正是我中心所愿望的。好精灵! 为了你这次功劳,我要在两天之内恢复你的自由。

腓迪南　再不用疑惑,这一定是这些乐曲所奏奉的女神了! ——请你俯允我的祈求,告诉我你是否属于这个岛上;指点我怎样在这里安身;我的最后的最大的一个请求是你——神奇啊! 请你告诉我你是不是一位处女?

米兰达　并没什么神奇,先生;不过我确实是一个处女。

腓迪南　天啊! 她说着和我同样的言语! 唉! 要是我在我的本国,在说这种言语的人们中间,我要算是最尊贵的人。

普洛斯彼罗　　什么！最尊贵的？假如给那不勒斯的国王听见了，他将
　　怎么说呢？请问你将成为何等样的人？

腓迪南　　我是一个孤独的人，如同你现在所看见的，但听你说起那不
　　勒斯，我感到惊异。我的话，那不勒斯的国王已经听见了；就因为
　　给他听见了，[①]我才要哭；因为我正是那不勒斯的国王，亲眼看见我
　　的父亲随船覆溺；我的眼泪到现在还不曾干过。

米兰达　　唉，可怜！

腓迪南　　是的，溺死的还有他的一切大臣，其中有俩人是米兰的公爵
　　和他的卓越的儿子。

普洛斯彼罗　　（旁白）假如现在是适当的时机，米兰的公爵和他的更卓
　　越的女儿就可以把你驳倒了。才第一次见面他们便已在眉目传
　　情了。可爱的爱丽儿！为着这我要使你自由。且慢，老兄，我觉
　　得你有些转错了念头！我有话跟你说。

米兰达　　（旁白）为什么我的父亲说得这样暴戾？这是我一生中所见到
　　的第三个人；而且是第一个我为他叹息的人。但愿怜悯激动我父
　　亲的心，使他也和我抱同样的感觉才好！

腓迪南　　（旁白）啊！假如你是个还没有爱上别人的闺女，我愿意立你
　　做那不勒斯的王后。

普洛斯彼罗　　且慢，老兄，有话跟你讲。（旁白）他们已经彼此情丝互缚
　　了；但是这样顺利的事儿我需要给他们一点障碍，因为恐怕太不
　　费力的获得会使人看不起他的追求的对象。（向腓迪南）一句话，
　　我命令你用心听好。你在这里僭窃着不属于你的名号，到这岛
　　上来做密探，想要从我——这海岛的主人——手里盗取海岛，是

---

① "那不勒斯的国王已经听见了"、"给他听见了"都是腓迪南指自己而言，意即我听见
了自己的话。腓迪南以为父亲已死，故以"那不勒斯的国王"自称。

不是?

腓迪南　凭着堂堂男子的名义,我否认。

米兰达　这样一座殿堂里是不会容留邪恶的;要是邪恶的精神占有这么美好的一所宅屋,善良的美德也必定会努力住进去的。

普洛斯彼罗　跟我来。不许帮他说话;他是个奸细。来,我要把你的头颈和脚枷锁在一起;给你喝海水,把淡水河中的贝蛤、干枯的树根和橡果的皮壳给你做食物。跟我来。

腓迪南　不,我要抗拒这样的待遇,除非我的敌人有更大的威力。(拔剑,但为魔法所制不能动。)

米兰达　亲爱的父亲啊!不要太折磨他,因为他很和蔼,并不可怕。

普洛斯彼罗　什么!小孩子倒管教起老人家来了不成?——放下你的剑,奸细!你只会装腔作势,但是不敢动手,因为你的良心中充满了罪恶。来,不要再装出那副斗剑的架式了,因为我能用这根杖的力量叫你的武器落地。

米兰达　我请求你,父亲!

普洛斯彼罗　走开,不要拉住我的衣服!

米兰达　父亲,发发慈悲吧!我愿意做他的保人。

普洛斯彼罗　不许说话!再多嘴,我不恨你也要骂你了。什么!帮一个骗子说话吗?嘘!你以为世上没有和他一样的人,因为你除了他和凯列班之外不曾见过别的人;傻丫头!和大部分人比较起来,他不过是个凯列班,他们都是天使哩!

米兰达　真是这样的话,我的爱情的愿望是极其卑微的;我并不想看见一个更美好的人。

普洛斯彼罗　(向腓迪南)来,来,服从吧;你已经软弱得完全像一个小孩子一样,一点力气都没有了。

腓迪南　正是这样;我的精神好像在梦里似的,全然被束缚住了。我

的父亲的死亡、我自己所感觉到的软弱无力、我的一切朋友们的
丧失,以及这个将我屈服的人对我的恫吓,对于我全然不算什么,
只要我能在我的囚牢中每天一次看见这位女郎。这地球的每个
角落让自由的人们去受用吧,我在这样一个牢狱中已经觉得很宽
广的了。

普洛斯彼罗　(旁白)事情进行得很顺利。(向腓迪南走来!)——你干
　　得很好,好爱丽儿! 跟我来! 听我吩咐你此外应该做的工作。

米兰达　宽心吧,先生! 我父亲的性格不像他的说话那样坏;他向来
　　不是这样的。

普洛斯彼罗　你将像山上的风一样自由;但你必须先执行我所吩咐你
　　的一切。

爱丽儿　一个字都不会弄错。

普洛斯彼罗　(向腓迪南)来,跟着我。(向腓迪南)不要为他说情。
　　　　(同下。)

第
二
幕

第一场　　岛上的另一处

阿隆佐、西巴斯辛、安东尼奥、贡柴罗、阿德里安、弗兰西斯科及余人等上。

贡柴罗　　大王,请不要悲伤了吧！您跟我们大家都有应该高兴的理
由;因为把我们的脱险和我们的损失较量起来,我们是十分幸运
的。我们所逢的不幸是极平常的事,每天都有一些航海者的妻子、
商船的主人和托运货物的商人,遭到和我们同样的逆运;但是像
我们这次安然无恙的奇迹,却是一百万个人中间也难得有一个人
碰到过的。所以,陛下,请您平心静气地把我们的一悲一喜称量
一下吧。

阿隆佐　　请你不要讲话。

西巴斯辛　　他厌弃安慰好像厌弃一碗冷粥一样。

安东尼奥　　可是那位善心的人却不肯就此甘休。

西巴斯辛　　瞧吧,他在旋转着他那嘴巴子里的发条;不久他那口钟又
要敲起来啦。

贡柴罗　　大王——

西巴斯辛　　钟鸣一下:数好。

贡柴罗　　人如果把每一种临到他身上的忧愁都容纳进他的心里,那他
可就大大的——

西巴斯辛　　大大的有赏。

贡柴罗　　大大的把身子伤了；可不，你讲的比你想的更有道理些。

西巴斯辛　　想不到你一接口，我的话也就聪明起来了。

贡柴罗　　所以，大王——

安东尼奥　　咄！他多么浪费他的唇舌！

阿隆佐　　请你把你的言语节省点儿吧。

贡柴罗　　好，我已经说完了；不过——

西巴斯辛　　他还要讲下去。

安东尼奥　　我们来打赌一下，他跟阿德里安两个人，这回谁先开口？

西巴斯辛　　那只老公鸡。

安东尼奥　　我说是那只小鸡儿。

西巴斯辛　　好，赌些什么？

安东尼奥　　输者大笑三声。

西巴斯辛　　算数。

阿德里安　　虽然这岛上似乎很荒凉——

西巴斯辛　　哈！哈！哈！你赢了。

阿德里安　　不能居住，而且差不多无路可通——

西巴斯辛　　然而——

阿德里安　　然而——

安东尼奥　　这两个字是他缺少不了的得意之笔。

阿德里安　　然而气候一定是很美好、很温和、很可爱的。

安东尼奥　　气候是一个可爱的姑娘。

西巴斯辛　　而且很温和哩；照他那样文质彬彬的说法。

阿德里安　　吹气如兰的香风飘拂到我们的脸上。

西巴斯辛　　仿佛风也有呼吸器官，而且还是腐烂的呼吸器官。

安东尼奥　　或者说仿佛沼泽地会散发出香气，熏得风都变香了。

贡柴罗　　这里具有一切对人生有益的条件。

安东尼奥　不错,除了生活的必需品之外。

西巴斯辛　那简直是没有,或者非常之少。

贡柴罗　草儿望上去多么茂盛而蓬勃!多么青葱!

安东尼奥　地面实在只是一片黄土色。

西巴斯辛　加上一点点的绿。

安东尼奥　他的话说得不算十分错。

西巴斯辛　错是不算十分错,只不过完全不对而已。

贡柴罗　但最奇怪的是,那简直叫人不敢相信——

西巴斯辛　无论是谁夸张起来总是这么说。

贡柴罗　我们的衣服在水里浸过之后,却是照旧干净而有光彩;不但不因咸水而褪色,反而像是新染过的一样。

安东尼奥　假如他有一只衣袋会说话,它会不会说他撒谎呢?

西巴斯辛　嗯,但也许会很不老实地把他的谣言包得好好的。

贡柴罗　克拉莉贝尔公主跟突尼斯王大婚的时候,我们在非洲第一次穿上这身衣服;我觉得它们现在正就和那时一样新。

西巴斯辛　那真是一桩美满的婚姻,我们的归航也顺利得很呢。

阿德里安　突尼斯从来没有娶过这样一位绝世的王后。

贡柴罗　自从狄多寡妇①之后,他们的确不曾有过这样一位王后。

安东尼奥　寡妇!该死!怎样搀进一个寡妇来了呢?狄多寡妇,嘿!

西巴斯辛　也许他还要说出鳏夫埃涅阿斯来了呢。大王,您能够容忍他这样胡说八道吗?

阿德里安　你说狄多寡妇吗?照我考查起来,她是迦太基的,不是突尼斯的。

----

① 狄多(Dido),古代迦太基女王,热恋特洛伊英雄埃涅阿斯,后埃涅阿斯乘船逃走,狄多自焚而死。

贡柴罗　这个突尼斯,足下,就是迦太基。

阿德里安　迦太基?

贡柴罗　确实告诉你,它便是迦太基。

安东尼奥　他的说话简直比神话中所说的竖琴①还神奇。

西巴斯辛　居然把城墙跟房子一起搬了地方啦。

安东尼奥　他要行些什么不可能的奇迹呢?

西巴斯辛　他也许要想把这个岛装在口袋里,带回家去赏给他的儿
　　　　子,就像赏给他一只苹果一样。

安东尼奥　再把这苹果核种在海里,于是又有许多岛长起来啦。

贡柴罗　呃?

安东尼奥　呃,不消多少时候。

贡柴罗　(向阿隆佐)大人,我们刚才说的是我们现在穿着的衣服新得
　　　　跟我们在突尼斯参加公主的婚礼时一样;公主现在已经是一位王
　　　　后了。

安东尼奥　而且是那里从来不曾有过的第一位出色的王后。

西巴斯辛　除了狄多寡妇之外,我得请你记住。

安东尼奥　啊!狄多寡妇;对了,还有狄多寡妇。

贡柴罗　我的紧身衣,大人,不是跟第一天穿上去的时候一样新吗?
　　　　我的意思是说有几分差不多新。

安东尼奥　那“几分”你补充得很周到。

贡柴罗　不是吗,当我在公主大婚时穿着它的时候?

阿隆佐　你唠唠叨叨地把这种话塞进我的耳朵里,把我的胃口都倒尽
　　　　了,我真希望我不曾把女儿嫁到那里!因为从那边动身回来,我
　　　　的儿子便失去了;在我的感觉中,她也同样已经失去,因为她离意

---

①　希腊神话中安菲翁(Amphion)弹琴而筑成忒拜城。

　　大利这么远,我将永远不能再见她一面。唉,我的儿子,那不勒斯和米兰的储君! 你葬身在哪一头鱼腹中呢?

弗兰西斯科　　大王,他也许还活着。我看见他击着波浪,将身体耸出在水面上,不顾浪涛怎样和他作对,他凌波而前,尽力抵御着迎面而来的最大的巨浪;他的勇敢的头总是探出在怒潮的上面,而把他那壮健的臂膊以有力的姿势将自己划近岸边;海岸的岸脚已被浪潮侵蚀空了,那倒挂的岩顶似乎在俯向着他,要把他援救起来。我确信他是平安地到了岸上。

阿隆佐　　不,不,他已经死了。

西巴斯辛　　大王,您给自己带来这一重大的损失,倒是应该感谢您自己,因为您不把您的女儿留着赐福给欧洲人;却宁愿把她捐弃给一个非洲人;至少她从此远离了您的眼前,难怪您要伤心掉泪了。

阿隆佐　　请你别再说了吧。

西巴斯辛　　我们大家都曾经跪求着您改变您的意志;她自己也处于怨恨和服从之间,犹豫不决应当迁就哪一个方面,现在我们已经失去了您的儿子,恐怕再没有看见他的希望了;为着这一回举动,米兰和那不勒斯又加添了许多寡妇,我们带回家乡去安慰她们的男人却没有几个;一切过失全在您的身上。

阿隆佐　　这确是最严重的损失。

贡柴罗　　西巴斯辛大人,您说的自然是真话,但是太苛酷了点儿,而且现在也不该说这种话;应当敷膏药的时候,你却去触动痛处。

西巴斯辛　　说得很好。

安东尼奥　　而且真像一位大夫的样子。

贡柴罗　　当您为愁云笼罩的时候,大王,我们也都一样处于阴沉的天气中。

西巴斯辛　　阴沉的天气?

安东尼奥　阴沉得很。

贡柴罗　如果这一个岛归我所有,大王——

安东尼奥　他一定要把它种满了荨麻。

西巴斯辛　或是酸模草,锦葵。

贡柴罗　而且我要是这岛上的王的话,请猜我将做些什么事?

西巴斯辛　使你自己不致喝醉,因为无酒可饮。

贡柴罗　在这共和国中我要实行一切与众不同的设施;我要禁止一切的贸易;没有地方官的设立;没有文学;富有、贫穷和雇佣都要废止;契约、承袭、疆界、区域、耕种、葡萄园都没有;金属、谷物、酒、油都没有用处;废除职业,所有的人都不做事;妇女也是这样,但她们是天真而纯洁;没有君主——

西巴斯辛　但是他说他是这岛上的王。

安东尼奥　他的共和国的后面的部分把开头的部分忘了。

贡柴罗　大自然中一切的产物都不须用血汗劳力而获得;叛逆、重罪、剑、戟、刀、枪、炮以及一切武器的使用,一律杜绝;但是大自然会自己产生出一切丰饶的东西,养育我那些淳朴的人民。

西巴斯辛　他的人民中间没有结婚这一件事吗?

安东尼奥　没有的,老兄;大家闲荡着,尽是些娼妓和无赖。

贡柴罗　我要照着这样的理想统治,足以媲美往古的黄金时代。

西巴斯辛　上帝保佑吾王!

安东尼奥　贡柴罗万岁!

贡柴罗　而且——您在不在听我,大王?

阿隆佐　算了,请你别再说下去了吧!你对我尽说些没意思的话。

贡柴罗　我很相信陛下的话。我的本意原是要让这两位贵人把我取笑取笑,他们的天性是这样敏感而伶俐,常常会无缘无故发笑。

安东尼奥　我们笑的是你。

贡柴罗　在这种取笑讥讽的事情上,我在你们的眼中简直不算什么名堂,那么你们只管笑个没有名堂吧。

安东尼奥　好一句厉害的话!

西巴斯辛　可惜不中要害。

贡柴罗　你们是血气奋发的贵人们,假使月亮连续五个星期不生变化,你们也会把她撵走。

　　　　　爱丽儿隐形上,奏庄严的音乐。

西巴斯辛　对啦,我们一定会把她撵走,然后在黑夜里捉鸟去。

安东尼奥　呦,好大人,别生气哪!

贡柴罗　放心吧,我不会的;我不会这样不知自检。我觉得疲倦得很,你们肯不肯把我笑得睡去?

安东尼奥　好,你睡吧,听我们笑你。(除阿隆佐、西巴斯辛、安东尼奥外余皆睡去。)

阿隆佐　怎么!大家一会儿都睡熟了!我希望我的眼睛安安静静地合拢,把我的思潮关闭起来。我觉得它们确实要合拢了。

西巴斯辛　大王,请您不要拒绝睡神的好意。他不大会降临到忧愁者的身上;但倘使来了的时候,那是一个安慰。

安东尼奥　我们两个人,大王,会在您休息的时候护卫着您,留意着您的安全。

阿隆佐　谢谢你们。倦得很。(阿隆佐睡;爱丽儿下。)

西巴斯辛　真奇怪,大家都这样倦!

安东尼奥　那是因为气候的关系。

西巴斯辛　那么为什么我们的眼皮不垂下来呢?我觉得我自己一点不想睡。

安东尼奥　我也不想睡;我的精神很兴奋。他们一个一个倒下来,好像预先约定好似的,又像受了电击一般。可尊敬的西巴斯辛,什么事情也许会……？啊！什么事情也许会……？算了，不说了；但是我总觉得我能从你的脸上看出你应当成为何等样的人。时机全然于你有利；我在强烈的想象里似乎看见一顶王冠降到你的头上了。

西巴斯辛　什么！你是醒着还是睡着？

安东尼奥　你听不见我说话吗？

西巴斯辛　听见的；但那一定是你睡梦中说出来的呓语。你在说些什么？这是一种奇怪的睡状，一面睡着，一面却睁大了眼睛；站立着，讲着话，行动着，然而却睡得这样熟。

安东尼奥　贵的西巴斯辛，你徒然让你的幸运睡去，竟或是让它死去；你虽然醒着，却闭上了眼睛。

西巴斯辛　你清清楚楚在打鼾；你的鼾声里却蕴藏着意义。

安东尼奥　我在一本正经地说话，你不要以为我跟平常一样。你要是愿意听我的话，也必须一本正经；听了我的话之后，你的尊荣将要增加三倍。

西巴斯辛　噢，你知道我是心如止水。

安东尼奥　我可以教你怎样让止水激涨起来。

西巴斯辛　你试试看吧；但习惯的惰性只会教我退落下去。

安东尼奥　啊，但愿你知道你心中也在转这念头，虽然你表面上这样拿这件事取笑！越是排斥这思想，这思想越是牢固在你的心里。向后退的人，为了他们自己的胆小和因循，总是出不出头来。

西巴斯辛　请你说下去吧；瞧你的眼睛和面颊的神气，好像心中藏着什么话，而且像是产妇难产似的，很吃力地要把它说出来。

安东尼奥　我要说的是，大人：我们那位记性不好的大爷——这个人要是去世之后，别人也会把他淡然忘却的——他虽然已经把王上劝说得几乎使他相信他的儿子还活着——因为这个人唯一的本领就是向人家唠叨劝说,——但王子不曾死这一回事是绝对不可能的,正像在这里睡着的人不会游泳一样。

西巴斯辛　我对于他不曾溺死这一句话是不抱一点希望的。

安东尼奥　哎,不要说什么不抱希望啦,你自己的希望大着呢! 从那方面说是没有希望,反过来说却正是最大不过的希望,野心所能企及而无可再进的极点。你同意不同意我说:腓迪南已经溺死了?

西巴斯辛　他一定已经送命了。

安东尼奥　那么告诉我,除了他,应该轮到谁承继那不勒斯的王位?

西巴斯辛　克拉莉贝尔。

安东尼奥　她是突尼斯的王后;她住的地区那么遥远,一个人赶一辈子路,可还差五六十里才到得了她的家;她和那不勒斯没有通信的可能;月亮里的使者是太慢了,除非叫太阳给她捎信,那么直到新生婴孩柔滑的脸上长满胡须的时候也许可以送到。我们从她的地方出发而遭到了海浪的吞噬,一部分人幸得生全,这是命中注定的,因为他们将有所作为,以往的一切都只是个开场的引子,以后的正文该由我们来干一番。

西巴斯辛　这是什么话! 你怎么说的? 不错,我的哥哥的女儿是突尼斯的王后,她也是那不勒斯的嗣君;两地之间相隔着好多路程。

安东尼奥　这路程是这么长,每一步的距离都似乎在喊着,“克拉莉贝尔怎么还能回头走,回到那不勒斯去呢? 不要离开突尼斯,让西巴斯辛快清醒过来吧!”瞧,他们睡得像死去一般;真的,就是死了也不过如此。这儿有一个人治理起那不勒斯来,也决不亚于睡着的这一个;也总不会缺少像这位贡柴罗一样善于唠叨说空话的大臣——就是乌鸦我也能教它讲得比他有意思一点哩。啊,要是你也跟我一样想法就好了! 这样的昏睡对于你的高升真是一个多么好的机会！你懂不懂我的意思？

西巴斯辛　我想我懂得。

安东尼奥　那么你对于你自己的好运气有什么意见呢？

西巴斯辛　我记得你曾经篡夺过你哥哥普洛斯彼罗的位置。

安东尼奥　是的，你瞧我穿着这身衣服多么称身；比从前神气得多了！本来我的哥哥的仆人和我处在同等的地位，现在他们都在我的手下了。

西巴斯辛　但是你的良心上——

安东尼奥　哎！大人，良心在什么地方呢？假如它像一块冻疮，那么也许会害我穿不上鞋子；但是我并不觉得在我的胸头有这么一位神明。即使有二十颗冻结起来的良心梗在我和米兰之间，那么不等它们作梗起来，也早就溶化了。这儿躺着你的兄长，跟泥土也不差多少——假如他真像他现在这个样子，看上去就像死了一般；我用这柄称心如意的剑，只要轻轻刺进三寸那么深，就可以叫他永远安静。同时你照着我的样子，也可以叫这个老头子，这位老成持重的老臣，从此长眠不醒，再也不会来呶呶指责我们，至于其余的人，只要用好处引诱他们，就会像猫儿舐牛奶似的流连不去；假如我们说是黄昏，他们也不敢说是早晨。

西巴斯辛　好朋友，我将把你的情形作为我的榜样；如同你得到米兰一样，我也要得到我的那不勒斯。举起你的剑来吧；只要这么一下，便可以免却你以后的纳贡；我做了国王之后，一定十分眷宠你。

安东尼奥　我们一起举剑吧；当我举起手来的时候，你也照样把你的剑对准贡柴罗的胸口。

西巴斯辛　啊！且慢。（二人往一旁密议。）

　　　　音乐；爱丽儿隐形复上。

爱丽儿　我的主人凭他的法术,预知你,他的朋友,所陷入的危险,因
　　此差我来保全你的性命,因为否则他的计划就要失败。(在贡柴罗
　　耳边唱)

　　　　　当你酣然熟睡的时候,
　　　　　眼睛睁得大大的"阴谋",
　　　　　正在施展着毒手。
　　　　　假如你重视你的生命,
　　　　　不要再睡了,你得留神;
　　　　　快快醒醒吧,醒醒!

安东尼奥　那么让我们赶快下手吧。

贡柴罗　天使保佑王上啊!(众醒。)

阿隆佐　什么?怎么啦?喂,醒来!你们为什么拔剑?为什么脸无
　　人色?

贡柴罗　什么事?

西巴斯辛　我们正站在这儿守护您的安息,就在这时候忽然听见了一
　　阵大声的狂吼,好像公牛,不,狮子一样。你们不是也被那声音惊
　　醒的吗?我听了害怕极了。

阿隆佐　我什么都没听见。

安东尼奥　啊!那是一种怪兽听了也会害怕的咆哮,大地都给它震动
　　起来。那一定是一大群狮子的吼声。

阿隆佐　你听见这声音吗,贡柴罗?

贡柴罗　凭着我的名誉起誓,大王,我只听见一种很奇怪的蜜蜂似的
　　声音,它使我惊醒转来。我摇着您的身体,喊醒了您。我一睁开
　　眼睛,便看见他们的剑拔出鞘外。有一个声音,那是真的。最好
　　我们留心提防着,否则赶快离开这地方。让我们把武器预备好。

阿隆佐　带领我们离开这块地面,让我们再去找寻一下我那可怜的
　　　孩子。

贡柴罗　上天保佑他不要给这些野兽害了! 我相信他一定在这岛上。

阿隆佐　领路走吧。

爱丽儿　我要把我的工作回去报告我的主人;国王呀,安心着前去把
　　　你的孩子找寻。(下。)

第二场　岛上的另一处

　　　　凯列班荷柴上,雷声。

凯列班　愿太阳从一切沼泽、平原上吸起来的瘴气都降在普洛斯彼罗
　　　身上,让他的全身没有一处不生恶病! 他的精灵会听见我的话,
　　　但我非把他咒一下不可。他们要是没有他的吩咐,决不会拧我,
　　　显出各种怪相吓我,把我推到烂泥里,或是在黑暗中化作一团磷
　　　火诱我迷路;但是只要我有点儿什么,他们便想出种种的恶作剧
　　　来摆布我:有时变成猴子,向我咧着牙齿扮鬼脸,然后再咬我;一
　　　下子又变成刺猬,在路上滚作一团,我的赤脚一踏上去,便把针刺
　　　竖了起来;有时我的周身围绕着几条毒蛇,吐出分叉的舌头来,那
　　　咝咝的声音吓得我发狂。

　　　　特林鸠罗上。

凯列班　瞧! 瞧! 又有一个他的精灵来了! 因为我柴捡得慢,要来给
　　　我吃苦头。让我把身体横躺下来;也许他会不注意到我。

特林鸠罗　这儿没有丛林也没有灌木,可以抵御任何风雨。又有一阵
　　　大雷雨要来啦,我听见风在呼啸,那边那堆大的乌云像是一只臭
　　　皮袋就要把袋里的酒倒下来的样子。要是这回再像不久以前那
　　　么响着大雷,我不晓得我该把我的头藏到什么地方去好;那块云

准要整桶整桶地倒下水来。咦！这是什么东西？是一个人还是一条鱼？死的还是活的？一定是一条鱼？他的气味像一条鱼，有些隔宿发霉的鱼腥气，不是新腌的鱼。奇怪的鱼！我从前曾经到过英国，要是我现在还在英国；只要把这条鱼画出来，挂在帐篷外面，包管那边无论哪一个节日里没事做的傻瓜都会掏出整块的银洋来瞧一瞧：在那边很可以靠这条鱼发一笔财；随便什么稀奇古怪的畜生在那边都可以让你发一笔财；他们不愿意丢一个铜子给跛脚的叫花，却愿意拿出一角钱来看一个死了的印第安红种人。嘿，他像人一样生着腿呢！他的翼鳍多么像是一对臂膀！他的身体还是暖的！我说我弄错了，我放弃原来的意见了，这不是鱼，是一个岛上的土人，刚才被天雷轰得那样子。（雷声）唉！雷雨又来了；我只得躲到他的衫子底下去，再没有别的躲避的地方了；一个人倒起运来，就要跟妖怪一起睡觉。让我躲在这儿，直到云消雨散。

　　　　斯丹法诺唱歌上，手持酒瓶。

斯丹法诺 （唱）

　　　　我将不再到海上去，到海上去，
　　　　我要老死在岸上。——

这是一支送葬时唱的难听的曲子。好。这儿是我的安慰。（饮酒，唱）

　　　　船长，船老大，咱小子和打扫甲板的，
　　　　还有炮手和他的助理，
　　　　爱上了毛儿、梅哥、玛利痕和玛葛丽，
　　　　但凯德可没有人欢喜；
　　　　因为她有一副绝顶响喉咙，

　　　　见了水手就要嚷,"送你的终!"
　　　　焦油和沥青的气味熏得她满心烦躁,
　　　　可是裁缝把她浑身搔痒就呵呵乱笑:
　　　　海上去吧,弟兄们,让她自个儿去上吊!

　　这也是一支难听的曲子;但这儿是我的安慰。(饮酒。)

凯列班　　不要折磨我,喔!

斯丹法诺　　什么事?这儿有鬼吗?叫野人和印第安人来跟我们捣乱吗?哈!海水都淹不死我,我还怕四只脚的东西不成?古话说得好,一个人神气得竟然用四条腿走路,就决不能叫人望而生畏:只要斯丹法诺鼻孔里还透着气,这句话还是照样要说下去。

凯列班　　精灵在折磨我了,喔!

斯丹法诺　　这是这儿岛上生四条腿的什么怪物,照我看起来像在发疟疾。见鬼,他跟谁学会了我们的话?为了这,我也得给他医治一下子;要是我医好了他,把他驯服了,带回到那不勒斯去,可不是一桩可以送给随便哪一个脚踏牛皮的皇帝老官儿的绝妙礼物!

凯列班　　不要折磨我,求求你!我愿意赶紧把柴背回家去。

斯丹法诺　　他现在寒热发作,语无伦次,他可以尝一尝我瓶里的酒;要是他从来不曾沾过一滴酒,那很可以把他完全医好。我倘然医好了他,把他驯服了,我也不要怎么狠心需索;反正谁要他,谁就得出一笔钱——出一大笔钱。

凯列班　　你还不曾给我多少苦头吃,但你就要大动其手了;我知道的,因为你在发抖;普洛斯彼罗的法术在驱使你了。

斯丹法诺　　给我爬过来,张开你的嘴巴;这是会叫你说话的好东西,你这头猫!张开嘴来;这会把你的战抖完完全全驱走,我可以告诉你。(给凯列班喝酒)你不晓得谁是你的朋友。再张开嘴来。

特林鸠罗　这声音我很熟悉,那像是——但他已经淹死了。这些都是邪鬼。老天保佑我啊!

斯丹法诺　四条腿,两个声音,真是一个有趣不过的怪物!他的前面的嘴巴在向他的朋友说着恭维的话,他的背后的嘴巴却在说他坏话讥笑他。即使医好他需要我全瓶的酒,我也要给他出一下力。喝吧。阿门!让我再把一些酒倒在你那另外一只嘴里。

特林鸠罗　斯丹法诺!

斯丹法诺　你另外的那张嘴在叫我吗?天哪,天哪!这是个魔鬼,不是个妖怪。我得离开他;我可跟魔鬼打不了交道。

特林鸠罗　斯丹法诺!如果你是斯丹法诺,请你过来摸摸我,跟我讲几句话。我是特林鸠罗;不要害怕,你的好朋友特林鸠罗。

斯丹法诺　你倘然是特林鸠罗,那么钻出来吧。让我来把那两条小一点的腿拔出来;要是这儿有特林鸠罗的腿的话,这一定不会错。哎哟,你果真是特林鸠罗!你怎么会变成这个妖怪的粪便?他能够泻下特林鸠罗来吗?

特林鸠罗　我以为他是给天雷轰死了的。但是你不是淹死了吗,斯丹法诺?我现在希望你不曾淹死。雷雨过去了吗?我因为害怕雷雨,所以才躲在这个死妖精的衫子底下。你还活着吗,斯丹法诺?啊,斯丹法诺,两个那不勒斯人脱险了!

斯丹法诺　请你不要把我旋来旋去,我的胃不大好。

凯列班　(旁白)这两个人倘然不是精灵,一定是好人。那是一位英雄的天神;他还有琼浆玉液。我要向他跪下去。

斯丹法诺　你怎么会逃命了的?你怎么会到这儿来?凭着这个瓶儿起誓,你是怎么到这儿来的?凭着这个瓶儿起誓,我自己是因为伏在一桶白葡萄酒的桶顶上才不曾淹死;那桶酒是水手们从船上抛下海的;这个瓶是我被冲上岸之后自己亲手用树干刳成的。

凯列班　凭着那个瓶儿起誓,我要做您的忠心的仆人;因为您那种水是仙水。

斯丹法诺　嗨,起誓吧,说你是怎样逃了命的。

特林鸠罗　游泳到岸上,像一只鸭子一样;我会像鸭子一样游泳,我可以起誓。

斯丹法诺　来,吻你的《圣经》①。(给特林鸠罗喝酒)你虽然能像鸭子一样游泳,可是你的样子倒像是一只鹅。

特林鸠罗　啊,斯丹法诺!这酒还有吗?

斯丹法诺　有着整整一桶呢,老兄;我在海边的一座岩穴里藏下了我的美酒。喂,妖精!你的寒热病怎么样啦?

凯列班　您不是从天上掉下来的吗?

斯丹法诺　从月亮里下来的,实实在在告诉你;从前我是住在月亮里的。

凯列班　我曾经看见过您在月亮里;我真喜欢您。我的女主人曾经指点给我看您和您的狗和您的柴枝。

斯丹法诺　来,起誓吧,吻你的《圣经》;我会把它重新装满。起誓吧。

特林鸠罗　凭着这个太阳起誓,这是个蠢得很的怪物;可笑我竟会害怕起他来!一个不中用的怪物!月亮里的人,嘿!这个可怜的轻信的怪物!好啊,怪物!你的酒量真不小。

凯列班　我要指点您看这岛上每一处肥沃的地方;我要吻您的脚。请您做我的神明吧!

特林鸠罗　凭着太阳起誓,这是一个居心不良的嗜酒的怪物;一等他

---

① 吻《圣经》:原为基督徒起誓时表示郑重之仪式,此处斯丹法诺用以指饮其瓶中之酒。

的神明睡了过去,他就会把酒瓶偷走。

凯列班　我要吻您的脚;我要发誓做您的仆人。

斯丹法诺　那么好,跪下来起誓吧。

特林鸠罗　这个头脑简单的怪物要把我笑死了。这个不要脸的怪物!
我心里真想把他揍一顿。

斯丹法诺　来,吻吧。

特林鸠罗　但是这个可怜的怪物是喝醉了,一个作孽的怪物!

凯列班　我要指点您最好的泉水;我要给您摘浆果;我要给您捉鱼,
给您打很多的柴。但愿瘟疫降临在我那暴君的身上!我再不给
他搬柴了;我要跟着您走,您这了不得的人!

特林鸠罗　一个可笑又可气的怪物!竟会把一个无赖的醉汉看做了
不得的人!

凯列班　请您让我带您到长着野苹果的地方;我要用我的长指爪给您
掘出落花生来,把木坚鸟的窝指点给您看,教给您怎样捕捉伶俐
的小猢狲的法子;我要采成球的榛果献给您;我还要从岩石上为
您捉下海鸥的雏鸟来。您肯不肯跟我走?

斯丹法诺　请你带着我走,不要再啰哩啰唆了。——特林鸠罗,国王
和我们的同伴们既然全都淹死,这地方便归我们所有了。——来,
给我拿着酒瓶。——特林鸠罗老朋友,我们不久便要再把它装满。

凯列班　(醉吧地唱)

　　再会,主人!再会!再会!

特林鸠罗　一个喧哗的怪物!一个醉酒的怪物!

凯列班

　　不再筑堰捕鱼;

不再捡柴生火，

硬要听你吩咐；

不刷盘子不洗碗；

班，班，凯——凯列班，

换了一个新老板！

自由，哈哈！哈哈，自由！自由！哈哈，自由！

斯丹法诺　啊，出色的怪物！带路走呀。（同下。）

第三幕

第一场　普洛斯彼罗洞室之前

　　腓迪南负木上。

腓迪南　有一类游戏是很吃力的,但兴趣会使人忘记辛苦;有一类卑微的工作是用艰苦卓绝的精神忍受着的,最低陋的事情往往指向最崇高的目标。我这种贱役对于我应该是艰重而可厌的,但我所奉侍的女郎使我生趣勃发,觉得劳苦反而是一种愉快。啊,她的温柔十倍于她父亲的乖愎,而他则浑身都是暴戾!他严厉地吩咐我必须把几千根这样的木头搬过去堆垒起来;我那可爱的姑娘见了我这样劳苦,竟哭了起来,说从来不曾见过像我这种人干这等卑贱的工作。唉!我把工作都忘了。但这些甜蜜的思想给与我新生的力量,在我干活的当儿,我的思想最活跃。

　　米兰达上;普洛斯彼罗潜随其后。

米兰达　唉,请你不要太辛苦了吧!我真希望一阵闪电把那些要你堆垒的木头一起烧掉!请你暂时放下来,坐下歇歇吧。要是这根木头被烧起来的时候,它一定会想到它所给你的劳苦而流泪的。我的父亲正在一心一意地读书;请你休息休息吧,在这三个钟头之内,他是不会出来的。

腓迪南　啊,最亲爱的姑娘,在我还没有把我必须做的工作努力做完之前,太阳就要下去了。

米兰达　要是你肯坐下来,我愿意代你搬一会儿木头,请你给我吧;让我把它搬到那一堆上面去。

腓迪南　怎么可以呢,珍贵的人儿! 我宁愿毁损我的筋骨,压折我的背膀,也不愿让你干这种下贱的工作,而我空着两手坐在一旁。

米兰达　要是这种工作配给你做,当然它也配给我做。而且我做起来心里更舒服一点;因为我是自己甘愿,而你是被迫的。

普洛斯彼罗　(旁白)可怜的孩子,你已经情魔缠身了! 你这痛苦的呻吟流露了真情。

米兰达　你瞧上去很疲乏。

腓迪南　不,尊贵的姑娘! 当你在我身边的时候,黑夜也变成了清新的早晨。我恳求你告诉我你的名字,好让我把它放进我的祈祷里去。

米兰达　米兰达。——唉! 父亲,我已经违背了你的叮嘱,把它说了出来啦!

腓迪南　可赞美的米兰达! 真是一切仰慕的最高峰,价值抵得过世界上一切最珍贵的财宝! 我的眼睛曾经关注地盼睐过许多女郎,许多次她们那柔婉的声调使我的过于敏感的听觉对之倾倒:为了各种不同的美点,我曾经喜欢过各个不同的女子;但是从不曾全心全意地爱上一个,总有一些缺点损害了她那崇高的优美。但是你啊,这样完美而无双,是把每一个人的最好的美点集合起来而造成的!

米兰达　我不曾见过一个和我同性的人,除了在镜子里见到自己的面孔以外,我不记得任何女子的相貌;除了你,好友,和我的亲爱的父亲以外,也不曾见过哪一个我可以称为男子的人。我不知道别处地方人们都是生得什么样子,但是凭着我最可宝贵的嫁妆——贞洁起誓:除了你之外,在这世上我不企望任何的伴侣;除了你之外,我的想象也不能再产生出一个可以使我喜爱的形象。但是我的话讲得有些太越出界限,把我父亲的教训全忘记了。

腓迪南 我在我的地位上是一个王子,米兰达;也许竟是一个国王——但我希望我不是!我不能容忍一只苍蝇玷污我的嘴角,更不用说挨受这种搬运木头的苦役了,听我的心灵向你诉告:当我第一眼看见你的时候,我的心就已经飞到你的身边,甘心为你执役,使我成为你的奴隶;只是为了你的缘故,我才肯让自己当这个辛苦的运木的工人。

米兰达 你爱我吗?

腓迪南 天在顶上!地在底下!为我作证这一句妙音。要是我所说的话是真的,愿天地赐给我幸福的结果;如其所说是假,那么请把我命中注定的幸运都转成厄运!超过世间其他一切事物的界限之上,我爱你,珍重你,崇拜你!

米兰达 我是一个傻子,听见了衷心喜欢的话就流起泪来!

普洛斯彼罗 (旁白)一段难得的良缘的会合!上天赐福给他们的后裔吧!

腓迪南 你为什么哭起来了呢?

米兰达 因为我是太平凡了,我不敢献给你我所愿意献给你的,更不敢从你接受我所渴想得到的,但这是废话;越是掩饰,它越是显露得清楚。去吧,羞怯的狡狯!让单纯而神圣的天真指导我说什么话吧,要是你肯娶我,我愿意做你的妻子;不然的话,我将到死都是你的婢女:你可以拒绝我做你的伴侣;但不论你愿不愿意,我将是你的奴仆。

腓迪南 我的最亲爱的爱人!我永远低首在你的面前。

米兰达 那么你是我的丈夫吗?

腓迪南 是的,我全心愿望着,如同受拘束的人愿望自由一样。握着我的手。

米兰达　这儿是我的手,我的心也跟它在一起。现在我们该分手了,半点钟之后再会吧。

腓迪南　一千个再会吧!（分别下。）

普洛斯彼罗　我当然不能比他们自己更为高兴,而且他们是全然不曾预先料到的;但没有别的事可以比这事更使我快活了。我要去读我的书去,因为在晚餐之前,我还有一些事情须得做好。（下。）

第二场　岛上的另一处

凯列班持酒瓶,斯丹法诺、特林鸠罗同上。

斯丹法诺　别对我说;要是酒桶里的酒完了,然后我们再喝水;只要还有一滴酒剩着,让我们总是喝酒吧。来,一!二!三!加油干!妖怪奴才,向我祝饮呀!

特林鸠罗　妖怪奴才!这岛上特产的笨货!据说这岛上一共只有五个人,我们已经是三个;要是其余的两个人跟我们一样聪明,我们的江山就不稳了。

斯丹法诺　喝酒呀,妖怪奴才!我叫你喝你就喝。你的眼睛简直呆呆地生牢在你的头上了。

特林鸠罗　眼睛不生在头上倒该生在什么地方?要是他的眼睛生在尾巴上,那才真是个出色的怪物哩!

斯丹法诺　我的妖怪奴才的舌头已经在白葡萄酒里淹死了;但是我,海水也淹不死我:凭着这太阳起誓,我在一百多英里的海面上游来游去,一直游到了岸边。你得做我的副官,怪物,或是做我的旗手。

特林鸠罗　还是做个副官吧,要是你中意的话;他当不了旗手。

斯丹法诺　我们不想奔跑呢,怪物先生。

特林鸠罗　也不想走路,你还是像条狗那么躺下来吧;一句话也别说。

斯丹法诺　妖精,说一句话吧,如果你是个好妖精。

凯列班　给老爷请安!让我舐您的靴子。我不要服侍他,他是个懦夫。

特林鸠罗　你说谎,一窍不通的怪物!我打得过一个警察呢。嘿,你
　　　这条臭鱼!像我今天一样喝了那么多白酒的人,还说是个懦夫
　　　吗?因为你是一只一半鱼、一半妖怪的荒唐东西,你就要撒一个
　　　荒唐的谎吗?

凯列班　瞧!他多么取笑我!您让他这样说下去吗,老爷?

特林鸠罗　他说"老爷"!谁想得到一个怪物会是这么一个蠢材!

凯列班　喏,喏,又来啦!我请您咬死他。

斯丹法诺　特林鸠罗,好好地堵住你的嘴!如果你要造反,就把你
　　　吊死在眼前那株树上!这个可怜的怪物是我的人,不能给人家
　　　欺侮。

凯列班　谢谢大老爷!您肯不肯再听一次我的条陈?

斯丹法诺　依你所奏;跪下来说吧。我立着,特林鸠罗也立着。

　　　　　爱丽儿隐形上。

凯列班　我已经说过,我屈服在一个暴君、一个巫师的手下,他用诡计
　　　把这岛从我手里夺了去。

爱丽儿　你说谎!

凯列班　你说谎,你这插科打诨的猴子!我希望我的勇敢的主人把你
　　　杀死。我没有说谎。

斯丹法诺　特林鸠罗,要是你在他讲话的时候再来缠扰,凭着这只手
　　　起誓,我要敲掉你的牙齿。

特林鸠罗　怎么?我一句话都没有说。

斯丹法诺　那么别响,不要再多话了。(向凯列班)讲下去。

凯列班　我说,他用妖法占据了这岛,从我手里夺了去;要是老爷肯替
　　　我向他报仇——我知道您一定敢,但这家伙决没有这胆子——

斯丹法诺　自然啰。

凯列班　您就可以做这岛上的主人,我愿意服侍您。

斯丹法诺　用什么方法可以实现这事呢? 你能不能把我带到那个人
　　　的地方去?

凯列班　可以的,可以的,老爷。我可以乘他睡熟的时候把他交付给
　　　您,您就可以用一根钉敲进他的脑袋里去。

爱丽儿　你说谎,你不敢!

凯列班　这个穿花花衣裳的蠢货! 这个浑蛋! 请老爷把他痛打一顿,
　　　把他的酒瓶夺过来;他没有酒喝之后,就只好喝海里的咸水了,因
　　　为我不愿告诉他清泉在什么地方。

斯丹法诺　特林鸠罗,别再自讨没趣啦! 你再说一句话打扰这怪物,
　　　凭着这只手起誓,我就要不顾情面,把你打成一条鱼干了。

特林鸠罗　什么? 我得罪了你什么? 我一句话都没有说。让我再离
　　　得远一点儿。

斯丹法诺　你不是说他说谎吗?

爱丽儿　你说谎?

斯丹法诺　我说谎吗! 吃这一下! (打特林鸠罗)要是你觉得滋味不错
　　　的话,下回再试试看吧。

特林鸠罗　我并没有说你说谎。你头脑昏了,连耳朵也听不清楚了
　　　吗? 该死的酒瓶! 喝酒才把你搅得那么昏沉沉的。愿你的怪物
　　　给牛瘟病瘟死,魔鬼把你的手指弯断了去!

凯列班　哈哈哈!

斯丹法诺　现在讲下去吧。——请你再站得远些。

凯列班　狠狠地打他一下子;停一会儿我也要打他。

斯丹法诺　　站远些。——来,说吧。

凯列班　　我对您说过,他有一个老规矩,一到下午就要睡觉;那时您先把他的书拿了去,就可以捶碎他的脑袋,或者用一根木头敲破他的头颅,或者用一根棍子搠破他的肚肠,或者用您的刀割断他的喉咙。记好,先要把他的书拿到手;因为他一失去了他的书,就是一个跟我差不多的大傻瓜,也没有一个精灵会听他指挥;这些精灵们没有一个不像我一样把他恨入骨髓。只要把他的书烧了就是了;他还有些出色的家具——他叫做"家具"——预备造了房子之后陈设起来的;但第一应该放在心上的是他那美貌的女儿。他自己说她是一个美艳无双的人;我从来不曾见过一个女人,除了我的老娘西考拉克斯和她之外;可是她比起西考拉克斯来,真不知要好看得多少倍了,正像天地的相差一样。

斯丹法诺　　是这样一个出色的姑娘吗?

凯列班　　是的,老爷;我可以担保一句,她跟您睡在一床是再合适也没有的啦,她会给您生下出色的小子来。

斯丹法诺　　怪物,我一定要把这人杀死;他的女儿和我做国王和王后,上帝保佑! 特林鸠罗和你做总督。你赞成不赞成这计策,特林鸠罗?

特林鸠罗　　好极了。

斯丹法诺　　让我握你的手。我很抱歉打了你;可是你活着的时候,总以少开口为妙。

凯列班　　在这半个点钟之内他就要入睡;您愿不愿就在这时候杀了他?

斯丹法诺　　好的,凭着我的名誉起誓。

爱丽儿　　我要告诉主人去。

凯列班　　您使我高兴得很,我心里充满了快乐。让我们畅快一下。您肯不肯把您刚才教给我的轮唱曲唱起来?

斯丹法诺　准你所奏，怪物；凡是合乎道理的事我都可以答应。来啊，
　　　特林鸠罗，让我们唱歌。（唱）

嘲弄他们，讥讽他们，

讥讽他们，嘲弄他们，

思想多么自由！

凯列班　这曲子不对。

爱丽儿击鼓吹箫，依曲调而奏。

斯丹法诺　这是什么声音？

特林鸠罗　这是我们的歌的曲子，在空中吹奏着呢。

斯丹法诺　你倘然是一个人，像一个人那样出来吧；你倘然是一个鬼，
　　　也随你显出怎样的形状来吧！

特林鸠罗　饶赦我的罪过呀！

斯丹法诺　人一死什么都完了；我不怕你。但是可怜我们吧！

凯列班　您害怕吗？

斯丹法诺　不，怪物，我怕什么？

凯列班　不要怕。这岛上充满了各种声音和悦耳的乐曲，使人听了愉
　　　快，不会伤害人。有时成千的叮叮咚咚的乐器在我耳边鸣响。有
　　　时在我酣睡醒来的时候，听见了那种歌声，又使我沉沉睡去；那时
　　　在梦中便好像云端里开了门，无数珍宝要向我倾倒下来；当我醒
　　　来之后，我简直哭了起来，希望重新做一遍这样的梦。

斯丹法诺　这倒是一个出色的国土，可以不费钱白听音乐。

凯列班　但第一您得先杀死普洛斯彼罗。

斯丹法诺　那事我们不久就可以动手；我记住了。

特林鸠罗　这声音渐渐远去了；让我们跟着它，然后再干我们的事。

斯丹法诺　领着我们走，怪物；我们跟着你。我很希望见一见这个打

鼓的家伙,瞧他的样子奏得倒挺不错。

特林鸠罗　你来吗?我跟着它走了,斯丹法诺。(同下。)

第三场　岛上的另一处

　　　　阿隆佐、西巴斯辛、安东尼奥、贡柴罗、阿德里安、弗兰西斯科及余人等上。

贡柴罗　天哪!我走不动啦,大王;我的老骨头在痛。这儿的路一
　　条直一条弯的,完全把人迷昏了!要是您不见怪,我必须休息
　　一下。

阿隆佐　老人家,我不能怪你;我自己也心灰意懒,疲乏得很。坐下来
　　歇歇吧。现在我已经断了念头,不再自己哄自己了。他一定已经
　　淹死了,尽管我们乱摸瞎撞地找寻他;海水也在嘲笑着我们在岸
　　上的无益的寻觅。算了吧,让他死了就完了!

安东尼奥　(向西巴斯辛旁白)我很高兴他是这样灰心。别因为一次遭
　　到失败,就放弃了你的已决定好的计划。

西巴斯辛　(向安东尼奥旁白)下一次的机会我们一定不要错过。

安东尼奥　(向西巴斯辛旁白)就在今夜吧;他们现在已经走得很疲乏,
　　一定不会,而且也不能,再那么警觉了。

西巴斯辛　(向安东尼奥旁白)好,今夜吧;不要再说了。

　　　　庄严而奇异的音乐。普洛斯彼罗自上方隐形上。下侧若干奇形怪
　　状的精灵抬了一桌酒席进来;他们围着它跳舞,且做出各种表示敬礼
　　的姿势,邀请国王以次诸人就食后退去。

阿隆佐　这是什么音乐?好朋友们,听哪!

贡柴罗　神奇的甜美的音乐!

阿隆佐　上天保佑我们!这些是什么?

西巴斯辛　一幅活动的傀儡戏!现在我才相信世上有独角的麒麟,阿

拉伯有凤凰所栖的树，上面有一只凤凰至今还在南面称王呢。

安东尼奥　麒麟和凤凰我都相信；要是此外还有什么难于置信的东
西，都来告诉我好了，我一定会发誓说那是真的。旅行的人决不
会说谎话，足不出门的傻瓜才耻笑他们。

贡柴罗　要是我现在在那不勒斯，把这事告诉了别人，他们会不会相
信我呢？要是我对他们说，我看见岛上的人民是这样这样的——
这些当然一定是岛上的人民啰——虽然他们的形状生得很奇怪，
然而倒是很有礼貌、很和善，在我们人类中也难得见到的。

普洛斯彼罗　（旁白）正直的老人家，你说得不错；因为在你们自己一
群人当中，就有几个人比魔鬼还要坏。

阿隆佐　我再不能这样吃惊了；虽然不开口，但他们的那种形状、那种
手势、那种音乐，都表演了一幕美妙的哑剧。

普洛斯彼罗　（旁白）且慢称赞吧。

弗兰西斯科　他们消失得很奇怪。

西巴斯辛　不要管他，既然他们把食物留下，我们有肚子就该享
用。——您要不要尝尝试试看？

阿隆佐　我可不想吃。

贡柴罗　真的，大王，您无须胆小。当我们还是孩子的时候，谁肯相信
有一种山居的人民，喉头长着肉袋，像一头牛一样？谁又肯相信
有一种人的头是长在胸膛上的？可是我们现在都相信每个旅行
的人都能肯定这种话不是虚假的了。

阿隆佐　好，我要吃，即使这是我的最后一餐；有什么关系呢？我的最
好的日子也已经过去了。贤弟，公爵，陪我们一起来吃吧。

　　　　雷电。爱丽儿化女面鸟身的怪鸟上，以翼击桌，筵席顿时消失——
用一种特别的机关装置。

爱丽儿　你们是三个有罪的人；操纵着下界一切的天命使得那贪馋

的怒海重又把你们吐了出来,把你们抛在这没有人居住的岛上,你们是不配居住在人类中间的。你们已经发狂了。(阿隆佐、西巴斯辛等拔剑)即使像你们这样勇敢的人,也没有法子免除一死。你们这辈愚人!我和我的同伴们都是命运的使者;你们的用风、火熔炼的刀剑不能损害我们身上的一根羽毛,正像把它们砍向呼啸的风、刺向分而复合的水波一样,只显得可笑。我的伙伴们也是刀枪不入的。而且即使它们能够把我们伤害,现在你们也已经没有力量把臂膀举起来了。好生记住吧,我来就是告诉你们这句话,你们三个人是在米兰把善良的普洛斯彼罗篡逐的恶人,你们把他和他的无辜的婴孩放逐在海上,如今你们也受到同样的报应了。为着这件恶事,上天虽然并不把惩罚立刻加在你们身上,却并没有轻轻放过,已经使海洋陆地,以及一切有生之伦,都来和你们作对了。你,阿隆佐,已经丧失了你的儿子;我再向你宣告;活地狱的无穷的痛苦———一切死状合在一起也没有那么惨,将要一步步临到你生命的途程中;除非痛悔前非,以后洗心革面,做一个清白的人,否则在这荒岛上面,天谴已经迫在眼前了!

> 爱丽儿在雷鸣中隐去。柔和的乐声复起;精灵们重上,跳舞且作
> 揶揄状,把空桌抬下。

普洛斯彼罗　(旁白)你把这怪鸟扮演得很好,我的爱丽儿,这一桌酒席你也席卷得妙,我叫你说的话你一句也没有漏去;就是那些小精灵们也都是生龙活虎,各自非常出力。我的神通已经显出力量,我的这些仇人们已经惊惶得不能动弹;他们都已经在我的权力之下了。现在我要在这种情形下面离开他们,去探视他们以为已经淹死了的年轻的腓迪南和他的也是我的亲爱的人儿。(自上方下)。

贡柴罗　凭着神圣的名义，大王！为什么您这样呆呆地站着？

阿隆佐　啊，那真是可怕！可怕！我觉得海潮在那儿这样告诉我；风在那儿把它唱进我的耳中；那深沉可怕、像管风琴似的雷鸣在向我震荡出普洛斯彼罗的名字，它用洪亮的低音宣布了我的罪恶。这样看来，我的孩子一定是葬身在海底的软泥之下了；我要到深不可测的海底去寻找他，跟他睡在一块儿！（下。）

西巴斯辛　要是这些鬼怪们一个一个地来，我可以打得过他们。

安东尼奥　让我助你一臂之力。（西巴斯辛、安东尼奥下。）

贡柴罗　这三个人都有些不顾死活的神气。他们的重大的罪恶像隔了好久才发作的毒药一样，现在已经在开始咬啮他们的灵魂了。你们是比较善于临机应变的，请快快追上去，阻止他们不要做出什么疯狂的举动来。

阿德里安　你们跟我来吧。（同下。）

第
四
幕

第一场　普洛斯彼罗洞室之前

普洛斯彼罗、腓迪南、米兰达上。

普洛斯彼罗　要是我曾经给你太严厉的惩罚,你也已经得到补偿了;
因为我已经把我生命中的一部分给了你,我是为了她才活着的。
现在我再把她交到你的手里;你所受的一切苦恼都不过是我用来
试验你的爱情的,而你能异常坚强地忍受它们;这里我当着天,许
给你这个珍贵的赏赐。腓迪南啊,不要笑我这样把她夸奖,你自
己将会知道一切的称赞,比起她自身的美好来,都是瞠乎其后的。

腓迪南　我绝对相信您的话。

普洛斯彼罗　既然我的给予和你的获得都不是出于贸然,你就可以娶
我的女儿。但在一切神圣的仪式没有充分给你许可之前,你不能
侵犯她处女的尊严;否则你们的结合将不能得到上天的美满的祝
福、冷淡的憎恨、白眼的轻蔑和不睦将使你们的姻缘中长满令人
嫌恶的恶草。所以小心一点吧,许门①的明灯将照引着你们!

腓迪南　我希望的是以后在和如今一样的爱情中享受着平和的日子、
美秀的儿女和绵绵的生命,因此即使在最幽冥的暗室中,在最方
便的场合,有伺隙而来的魔鬼的最强烈的煽惑,也不能使我的廉

①　许门（Hymen）,希腊罗马神话中司婚姻之神。

耻化为肉欲,而轻轻地损毁了举行婚礼那天的无比的欢乐。可是那样的一天来得也太慢了,我觉得不是太阳神的骏马在途中跑垮了,便是黑夜被系禁在冥域了。

普洛斯彼罗　说得很好。坐下来跟她谈话吧,她是属于你的。喂,爱丽儿!我的勤劳的仆人,爱丽儿!爱丽儿上。

爱丽儿　我的威严的主人有什么吩咐?我在这里。

普洛斯彼罗　你跟你的小伙计们把刚才的事情办得很好;我必须再差你们做一件这样的把戏。去把你手下的小喽啰们召唤到这儿来;叫他们赶快装扮起来;因为我必须在这一对年轻人的面前卖弄卖弄我的法术;我曾经答应过他们,他们也在盼望着。

爱丽儿　即刻吗?

普洛斯彼罗　是的,一霎眼的时间内就得办好。

爱丽儿　你来去还不曾出口,

　　　　你呼吸还留着没透,

　　　　我们早脚尖儿飞快,

　　　　扮鬼脸大伙儿都在,

　　　　主人,你爱我不爱?

普洛斯彼罗　我很爱你,我的伶俐的爱丽儿!在我没有叫你之前,不要来。

爱丽儿　好,我知道。(下。)

普洛斯彼罗　当心保持你的忠实,不要太恣意调情。血液中的火焰一燃烧起来,最坚强的誓言也就等于草秆。节制一些吧,否则你的誓约就要守不住了!

腓迪南　请您放心,老人家;皎白的处女的冰雪,早已压伏了我胸中的欲火。

普洛斯彼罗　好。——出来吧,我的爱丽儿!不要让精灵们缺少一个,多一个倒不妨。轻轻快快地出来吧！大家不要响，只许静静地看！柔和的音乐；假面具开始。精灵扮伊里斯^①上。

伊里斯　刻瑞斯^②，最丰饶的女神，我是天上的彩虹，我是天后的使官，天后在云端，传旨请你离开你那繁荣着小麦、大麦、黑麦、燕麦、野豆、豌豆的膏田；离开你那羊群所游息的茂草的山坡，以及饲牧它们的满铺着刍草的平原；离开你那生长着立金花和蒲苇的堤岸，多雨的四月奉着你的命令而把它装饰着的，在那里给清冷的水仙女们备下了洁净的新冠；离开你那为失恋的情郎们所爱好而徘徊其下的金雀花的薮丛；你那牵藤的葡萄园；你那荒瘠埼的海滨，你所散步游息的所在；请你离开这些地方，到这里的草地上来，和尊严的天后陛下一同游戏；她的孔雀已经轻捷地飞翔起来了，请你来陪驾吧，富有的刻瑞斯。

　　　　刻瑞斯上。

刻瑞斯　万福，你永远服从着天后命令的，五彩缤纷的使者！你用你的橙黄色的翼膀常常洒下甘露似的清新的阵雨在我的花朵上面，用你的青色的弓的两端为我的林木丛生的地亩和没有灌枝的高原披上了富丽的肩巾：敢问你的王后唤我到这细草原上来，有什么吩咐？

伊里斯　为要庆祝真心的爱情的结合，大量地赐福给这一双有福的恋人。

刻瑞斯　告诉我，天虹，你知不知道维纳斯或她的儿子是否也随侍着天后？自从她们用诡计使我的女儿陷在幽冥的狄斯的手中以后，

---

①　伊里斯（Iris），希腊罗马神话中诸神之信使，又为虹之女神。

②　刻瑞斯（Ceres），希腊罗马神话中司农事及大地之女神。

我已经立誓不再见她和她那盲目的小儿的无耻的面孔了。①

伊里斯　不要担心会碰见她;我遇见她的灵驾由一对对的白鸽拖引着,正冲破云霄,向帕福斯②而去,她的儿子同车陪着她。她们因为这里的这一对男女曾经立誓在许门的火炬未燃着以前不得同衾,因此想要在他们身上干一些无赖的把戏,可是白费了心机;马斯的情妇③已经满心暴躁地回去;她那发恼的儿子已经折断了他的箭,发誓以后不再射人。只是跟麻雀们开开玩笑,打算做一个好孩子了。

刻瑞斯　最高贵的王后,伟大的朱诺④来了;从她的步履上我辨认得出来。

　　　　朱诺上。

朱　诺　我的丰饶的贤妹安好? 跟我去祝福这一对璧人,让他们一生幸福,产出美好的后裔来。(唱)

　　　　富贵尊荣,美满良姻,

　　　　百年偕老,子孙盈庭;

　　　　幸福朝朝,欢娱暮暮,

　　　　朱诺向你们恭贺!

　　　　刻瑞斯　(唱)

　　　　田多落穗,积谷盈仓,

　　　　葡萄成簇,摘果满筐;

---

①　狄斯(Dis)即普路同(Pluto),幽冥之主,掠刻瑞斯之女普洛塞庇那为妻;后者即春之女神,每年一次被释返地上。维纳斯之子即小爱神丘比特,因俗语云爱情是盲目的,故云"盲目的小儿"。

②　帕福斯(Paphos),维纳斯神庙所在地,相传她在海中诞生后首临于此。

③　马斯(Mars),希腊罗马神话里的战神,与爱神维纳斯有私。

④　朱诺(Juno),希腊罗马神话中的天后。

秋去春来,如心所欲,

刻瑞斯为你们祝福!

腓迪南　这是一个最神奇的幻景,这样迷人而谐美! 我能不能猜想这些都是精灵呢?

普洛斯彼罗　是的,这些是我从他们的世界里用法术召唤来表现我一时的空想的精灵们。

腓迪南　让我终老在这里吧! 有着这样一位人间稀有的神奇而贤哲的父亲,这地方简直是天堂了。

朱诺与刻瑞斯作耳语,授命令于伊里斯。

普洛斯彼罗　亲爱的,莫作声! 朱诺和刻瑞斯在那儿严肃地耳语,将要有一些另外的事情。嘘! 不要开口! 否则我们的魔法就要破解了。

伊里斯　戴着蒲苇之冠,眼光永远是那么柔和的、住在蜿蜒的河流中的仙女们啊! 离开你们那涡卷的河床,到这青春的草地上来答应朱诺的召唤吧! 前来,冷洁的水仙们,伴着我们一同庆祝一段良缘的缔结,不要太迟了。若干水仙女上。

伊里斯　你们在八月的日光下蒸晒着的辛苦的刈禾人,离开你们的田亩,到这里来欢乐一番;戴上你们麦秆的帽子,一个一个地来和这些清艳的水仙们跳起乡村的舞蹈来吧!

若干服饰齐整的刈禾人上,和水仙女们一齐做优美的舞蹈;临了时普洛斯彼罗突起发言,在一阵奇异的、幽沉的、杂乱的声音中,众精灵悄然隐去。

普洛斯彼罗　(旁白)我已经忘记了那个畜生凯列班和他的同党想来谋取我生命的奸谋,他们所定的时间已经差不多到了。(向精灵们)很好! 现在完了,去吧!

腓迪南　这可奇怪了,你的父亲在发着很大的脾气。

米兰达　直到今天为止,我从来不曾看见过他狂怒到这样子。

普洛斯彼罗　王子,你瞧上去似乎有点惊疑的神气。高兴起来吧,我儿;我们的狂欢已经终止了。我们的这一些演员们,我曾经告诉过你,原是一群精灵;他们都已化成淡烟而消散了。如同这虚无缥缈的幻景一样,入云的楼阁、瑰伟的宫殿、庄严的庙堂,甚至地球自身,以及地球上所有的一切,都将同样消散,就像这一场幻景,连一点烟云的影子都不曾留下。构成我们的料子也就是那梦幻的料子;我们的短暂的一生,前后都环绕在酣睡之中。王子,我心中有些昏乱,原谅我不能控制我的弱点;我的衰老的头脑有些昏了。不要因为我的年老不中用而不安。假如你们愿意,请回到我的洞里休息一下。我将略作散步,安定安定我焦躁的心境。

米兰达　腓迪南愿你安静啊!　(下。)

普洛斯彼罗　赶快来!谢谢你,爱丽儿,来啊!

　　　　　爱丽儿上。

爱丽儿　我永远准备着执行你的意志。有什么吩咐?

普洛斯彼罗　精灵,我们必须预备着对付凯列班。

爱丽儿　是的,我的命令者;我在扮演刻瑞斯的时候就想对你说,可是我深恐触怒了你。

普洛斯彼罗　再对我说一次,你把这些恶人安置在什么地方?

爱丽儿　我告诉过你,主人,他们喝得醉醺醺的,勇敢得了不得;他们怒打着风,因为风吹到了他们的脸上,痛击着地面,因为地面吻了他们的脚;但总是不忘记他们的计划。于是我敲起小鼓来;一听见了这声音,他们便像狂野的小马一样,耸起了他们的耳朵,睁大了他们的眼睛,掀起了他们的鼻孔,似乎音乐是可以嗅到的样子。

这样我迷惑了他们的耳朵,使他们像小牛跟从着母牛的叫声一样,跟我走过了一簇簇长着尖齿的野茨,咬人的刺金雀和锐利的荆棘丛,把他们可怜的胫骨刺穿。最后我把他们遗留在离开这里不远的那口满是浮渣的污水池中,水没到了下巴,他们却在那里手舞足蹈,把一池臭水搅得比他们的臭脚还臭。

普洛斯彼罗　干得很好,我的鸟儿。你仍旧隐形前去,把我室内的华丽的衣服拿来,好把这些恶贼们诱上圈套。

爱丽儿　我去,我去。(下。)

普洛斯彼罗　一个魔鬼,一个天生的魔鬼,教养也改不过他的天性来;在他身上我一切好心的努力都全然白费。他的形状随着年纪而一天比一天丑陋,他的心也一天一天腐烂下去。我要把他们狠狠惩治一顿,直至他们因痛苦而呼号。

　　　　　爱丽儿携带许多华服上。

普洛斯彼罗　来,把它们挂起在这根绳上。

　　　　　普洛斯彼罗与爱丽儿隐身留原处。凯列班、斯丹法诺、特林鸠罗三人浑身淋湿上。

凯列班　请你们脚步放轻些,不要让瞎眼的鼹鼠听见了我们的足声。我们现在已经走近他的洞窟了。

斯丹法诺　怪物,你说你那个不会害人的仙人简直跟我们开了一个不大不小的玩笑。

特林鸠罗　怪物,我满鼻子都是马尿的气味,把我恶心得不得了。

斯丹法诺　我也是这样。你听见吗,怪物?要是我向你一发起恼来,当心点儿——

特林鸠罗　你不过是一个走投无路的怪物罢了。

凯列班　好老爷,不要恼我,耐心些;因为我将要带给您的好处可以抵偿过这场不幸。请你们轻轻地讲话;大家要静得好像在深夜里一样。

特林鸠罗　呃,可是我们的酒瓶也落在池里了。

斯丹法诺　这不单是耻辱和不名誉,简直是无限的损失。

特林鸠罗　这比浑身淋湿更使我痛心;可是,怪物,你却说那是你的不
　　会害人的仙人。

斯丹法诺　我一定要去把我的酒瓶捞起来,即使我必须没头没脑钻在
　　水里。

凯列班　我的王爷,请您安静下来。瞧这里,这便是洞口了;不要响,
　　走进去。把那件大好的恶事干起来,这岛便属您所有了;我,您的
　　凯列班,将要永远舔您的脚。

斯丹法诺　让我握你的手;我开始动了杀人的念头了。

特林鸠罗　啊,斯丹法诺大王! 大老爷! 尊贵的斯丹法诺! 瞧这儿有
　　多么好的衣服给您穿呀!

凯列班　让它去,你这蠢货! 这些不过是废物罢了。

特林鸠罗　哈哈,怪物! 什么是旧衣庄上的货色,我们是看得出来的。
　　啊,斯丹法诺大王!

斯丹法诺　放下那件袍子,特林鸠罗! 凭着我这手起誓,那件袍子
　　我要。

特林鸠罗　请大王拿去好了。

凯列班　愿这傻子浑身起水肿! 你老是恋恋不舍这种废料有什么意
　　思呢? 别去理这些个,让我们先去行刺。要是他醒了,他会使我
　　们从脚心到头顶遍体鳞伤,把我们弄成不知什么样子的。

斯丹法诺　别开口,怪物! ——绳太太,这不是我的短外套吗? 本来
　　吊在你绳上,现在吊在我身上;短外衣呀,我说,你别"掉"了毛,
　　变个秃头雕才好。

特林鸠罗　妙极妙极! 大王高兴的话,让我们横七竖八一齐偷

　　了去！

斯丹法诺　你这句话说得很妙,赏给你这件衣服吧。只要我做这里的
　　国王,聪明人总不会被亏待的。"横七竖八偷了去"是一句绝妙的
　　俏皮话,再赏你一件衣服。

特林鸠罗　怪物,来啊,涂一些胶在你的手指上,把其余的都拿去吧。

凯列班　我什么都不要。我们将要错过了时间,大家要变成蠢鹅,或
　　是额角低得难看的猴子了!

斯丹法诺　怪物,别连手都不动一动;给我把这件衣服拿到我那放着
　　大酒桶的地方去,否则我的国境内不许你立足。去,把这拿去。

特林鸠罗　还有这一件。

斯丹法诺　呃,还有这一件。

　　　　幕内猎人的声音。若干精灵化作猎犬上,将斯丹法诺等三人追逐;普
　　　　洛斯彼罗和爱丽儿嗾着它们。

普洛斯彼罗　嗨!莽丁,嗨!

爱丽儿　雪狒!那边去,雪狒!

普洛斯彼罗　飞雷!飞雷!那边,铁龙!那边!听,听!(凯列班、斯丹
　　法诺、特林鸠罗被驱下)去叫我的妖精们用厉害的痉挛磨他们的骨
　　节;叫他们的肌肉像老年人那样抽搐起来,掐得他们满身都是伤
　　痕,比豹子或山猫身上的斑点还多。

爱丽儿　听!他们在呼号呢。

普洛斯彼罗　让他们被痛痛快快地追一下子。此刻我的一切仇人们
　　都在我的手掌之中了;不久我的工作便可完毕,你就可以呼吸自
　　由的空气,暂时你再跟我来,帮我一些忙吧。(同下。)

第五幕

第一场　普洛斯彼罗洞室之前

普洛斯彼罗穿法衣上；爱丽儿随上。

普洛斯彼罗　现在我的计划将告完成；我的魔法毫无差失；我的精灵们俯首听命；一切按部就班顺利地过去。是什么时候了。

爱丽儿　将近六点钟。你曾经说过，主人，在这时候我们的工作应当完毕。

普洛斯彼罗　当我刚兴起这场暴风雨的时候，我曾经这样说过。告诉我，我的精灵，国王和他的从者们怎么样啦？

爱丽儿　按照着你的吩咐，他们仍旧照样囚禁在一起，同你离开他们的时候一样，在荫蔽着你的洞室的那一列大菩提树底下聚集着这一群囚徒；你要是不把他们释放，他们便一步路也不能移动。国王、他的弟弟和你的弟弟，三个人都疯了；其余的人在为他们悲泣，充满了忧伤和惊骇；尤其是那位你所称为"善良的老大臣贡柴罗"的，他的眼泪一直从他的胡须上淋了下来，就像从茅檐上流下来的冬天的滴水一样。你在他们身上所施的魔术的力量是这么大，要是你现在看见了他们，你的心也一定会软下来。

普洛斯彼罗　你这样想吗，精灵？

爱丽儿　如果我是人类，主人，我会觉得不忍的。

普洛斯彼罗　我的心也将会觉得不忍。你不过是一阵空气罢了，居然也会感觉到他们的痛苦;我是他们的同类,跟他们一样敏锐地感到一切,和他们有着同样的感情,难道我的心反而会比你硬吗?虽然他们给我这样大的迫害,使我痛心切齿,但是我宁愿压伏我的愤恨而听从我的更高尚的理性;道德的行动较之仇恨的行动是可贵得多的。要是他们已经悔过,我的唯一的目的也就达到终点,不再对他们更有一点怨恨。去把他们释放了吧,爱丽儿。我要给他们解去我的魔法,唤醒他们的知觉,让他们仍旧恢复本来的面目。

爱丽儿　我去领他们来,主人。(下。)

普洛斯彼罗　你们山河林沼的小妖们;踏沙无痕、追逐着退潮时的海神而等他一转身来便又倏然逃去的精灵们;在月下的草地上留下了环舞的圈迹,使羊群不敢走近的小神仙们;以及在半夜中以制造菌蕈为乐事,一听见肃穆的晚钟便雀跃起来的你们:虽然你们不过是些弱小的精灵,但我借着你们的帮助,才能遮暗了中天的太阳,唤起作乱的狂风,在青天碧海之间激起浩荡的战争:我把火给予震雷,用乔武大神的霹雳劈碎了他自己那株粗干的橡树;我使稳固的海岬震动,连根拔起松树和杉柏:因着我的法力无边的命令,坟墓中的长眠者也被惊醒,打开了墓门出来。但现在我要捐弃这种狂暴的魔术,仅仅再要求一些微妙的天乐,化导他们的心性,使我能得到我所希望的结果;以后我便将折断我的魔杖,把它埋在幽深的地底,把我的书投向深不可测的海心。

　　庄严的音乐。爱丽儿重上;他的后面跟随着神情狂乱的阿隆佐,由贡柴罗随侍;西巴斯辛与安东尼奥也和阿隆佐一样,由阿德里安及弗兰西斯科随侍;他们都步入普洛斯彼罗在地上所划的圆圈中,被魔法所禁,呆立不动。

普洛斯彼罗看见此情此景,开口说道:

普洛斯彼罗　庄严的音乐是对于昏迷的幻觉的无上安慰,愿它医治好你们那在煎炙着的失去作用的脑筋!站在那儿吧,因为你们已经被魔法所制服了。圣人一样的贡柴罗,可尊敬的人!我的眼睛一看见了你,便油然坠下同情的眼泪来。魔术的力量在很快地消失,如同晨光悄悄掩袭暮夜,把黑暗消解了一样,他们那开始抬头的知觉已经在驱除那蒙蔽住他们清明的理智的迷糊烟雾了。啊,善良的贡柴罗!不单是我的真正的救命恩人,也是你所跟随着的君主的一位忠心耿耿的臣子,我要在名义上在实际上重重报答你的好处。你,阿隆佐,对待我们父女的手段未免太残酷了!你的兄弟也是一个帮凶的人。你现在也受到惩罚了,西巴斯辛!你,我的骨肉之亲的兄弟,为着野心,忘却了怜悯和天性;在这里又要和西巴斯辛谋弑你们的君王,为着这缘故他的良心的受罚是十分厉害的;我宽恕了你,虽然你的天性是这样刻薄!他们的知觉的浪潮已经在渐渐激涨起来,不久便要冲上了现在还是一片黄泥的理智的海岸。在他们中间还不曾有一个人看见我,或者会认识我。爱丽儿,给我到我的洞里去把我的帽子和佩剑拿来。我要显出我的本来面目,重新打扮做旧时的米兰公爵的样子。快一些精灵!你不久就可以自由了。

　　　　爱丽儿重上,唱歌,一面帮助普洛斯彼罗装束。

爱丽儿　(唱)

　　　　　　蜂儿吮啜的地方,我也在那儿吮啜;
　　　　　　在一朵莲香花的冠中我躺着休息;
　　　　　　我安然睡去,当夜枭开始它的呜咽。
　　　　　　骑在蝙蝠背上我快活地飞舞翩翩,
　　　　　　快活地快活地追随着逝去的夏天;

　　　　快活地快活地我要如今

　　　　向垂在枝头的花底安身。

普洛斯彼罗　啊,这真是我的可爱的爱丽儿! 我真舍不得你;但你必
　　须有你的自由。——好了,好了。——你仍旧隐着身子,到国王
　　的船里去:水手们都在舱口下面熟睡着,先去唤醒了船长和水手
　　长之后,把他们引到这里来! 快一些。

爱丽儿　我乘风而去,不等到你的脉搏跳了两跳就回来。(下。)

贡柴罗　这儿有着一切的迫害、苦难、惊奇和骇愕;求神圣把我们带出
　　这可怕的国土吧!

普洛斯彼罗　请您看清楚,大王,被害的米兰公爵普洛斯彼罗在这里。
　　为要使您相信对您讲话的是一个活着的邦君,让我拥抱您;对于
　　您和您的同伴们,我是竭诚欢迎!

阿隆佐　我不知道你真的是不是他,或者不过是一些欺人的鬼魅,如
　　同我不久以前所遇到的。但是你的脉搏跳得和寻常血肉的人一
　　样;而且自从我一见你之后,那使我发狂的精神上的痛苦已减轻
　　了些。如果这是一件实在发生的事,那定然是一段最稀奇的故事。
　　你的公国我奉还给你! 并且恳求你饶恕我的罪恶。——但是普
　　洛斯彼罗怎么还会活着而且在这里呢?

普洛斯彼罗　尊贵的朋友,先让我把您老人家拥抱一下;您的崇高是
　　不可以限量的。

贡柴罗　我不能确定这是真实还是虚无。

普洛斯彼罗　这岛上的一些蜃楼海市曾经欺骗了你,以致使你不敢相
　　信确实的事情。——欢迎啊,我的一切的朋友们! (向西巴斯辛、
　　安东尼奥旁白)但是你们这一对贵人,要是我不客气的话,可以当
　　场证明你们是叛徒,叫你们的王上翻过脸来;可是现在我不想揭

发你们。

西巴斯辛　（旁白）魔鬼在他嘴里说话吗？

普洛斯彼罗　不。讲到你，最邪恶的人，称你是兄弟也会玷污了我的
　　齿舌，但我饶恕了你的最卑劣的罪恶，一切全不计较了；我单单要
　　向你讨还我的公国，我知道那是你不得不把它交还的。

阿隆佐　如果你是普洛斯彼罗，请告诉我们你的遇救的详情，怎么你
　　会在这里遇见我们。在三小时以前，我们的船毁没在这海岸的附
　　近；在这里，最使我想起了心中惨痛的，我失去了我的亲爱的儿子
　　腓迪南！

普洛斯彼罗　我听见这消息很悲伤，大王。

阿隆佐　这损失是无可换回的，忍耐也已经失去了它的效用。

普洛斯彼罗　我觉得您还不曾向忍耐求助。我自己也曾经遭到和您
　　同样的损失，但借着忍耐的慈惠的力量，使我安之若泰。

阿隆佐　你也遭到同样的损失！

普洛斯彼罗　对我正是同样重大，而且也是同样新近的事；比之您，我
　　更缺少任何安慰的可能，我所失去的是我的女儿。

阿隆佐　一个女儿吗？天啊！要是他们俩都活着，都在那不勒斯，一个
　　做国王，一个做王后，那将是多么美满！真能这样的话，我宁愿自己
　　长眠在我的孩子现今所在的海底。你的女儿是什么时候失去的？

普洛斯彼罗　就在这次暴风雨中，我看这些贵人们由于这次的遭遇，
　　太惊愕了，惶惑得不能相信他们眼睛所见的是真实，他们嘴里所
　　说的是真的言语。但是，不论你们心里怎样迷惘，请你们相信我
　　确实便是普洛斯彼罗，从米兰被放逐出来的公爵；因了不可思议
　　的偶然，恰恰在这儿你们沉舟的地方我登上陆岸，做了岛上的主
　　人。关于这事现在不要再多谈了，因为那是要好多天才讲得完的
　　一部历史，不是一顿饭的时间所能叙述得了的，而且也不适宜我

们这初次的相聚,欢迎啊,大王! 这洞窟便是我的宫廷,在这里我也有寥寥几个侍从,没有一个外地的臣民。请您向里面探望一下。因为您还给了我的公国,我也要把一件同样好的礼物答谢您;至少也要献出一个奇迹来,使它给予您安慰,正像我的公国安慰了我一样。

洞门开启,腓迪南与米兰达在内对弈。

米兰达　好人,你在安排着作弄我。

腓迪南　不,我的最亲爱的,即使给我整个的世界我也不愿欺弄你。

米兰达　我说你作弄我;可是就算你并吞了我二十个王国,我还是认为这是一场公正的游戏。

阿隆佐　倘使这不过是这岛上的一场幻景,那么我将要两次失去我的亲爱的孩子了。

西巴斯辛　不可思议的奇迹!

腓迪南　海水虽然似乎那样凶暴,然而却是仁慈的,我错怨了它们。(向阿隆佐跪下。)

阿隆佐　让一个快乐的父亲的所有的祝福拥抱着你! 起来,告诉我你是怎么到这里来的。

米兰达　神奇啊! 这里有多少好看的人! 人类是多么美丽! 啊,新奇的世界,有这么出色的人物!

普洛斯彼罗　对于你这是新奇的。

阿隆佐　和你一起玩着的这姑娘是谁? 你们的认识顶多也不过三个钟头罢了。她是不是就是把我们拆散了又使我们重新聚合的女神?

腓迪南　父亲,她是凡人,但借着上天的旨意她是属于我的;我选中她的时候,无法征询父亲的意见,而且那时我也不相信我还有一位父亲。她就是这位著名的米兰公爵的女儿;我常常听见说起过他的名字,但从没有看见过他一面。从他的手里我得到了第二次生命；而现在这位小姐使他成为我的第二个父亲。

阿隆佐　那么我也是她的父亲了；但是唉，听起来多么使人奇怪，我必须向我的孩子请求宽恕！

普洛斯彼罗　好了，大王，别再说了；让我们不要把过去的不幸重压在我们的记忆上。

贡柴罗　我的心中感激得说不出话来，否则我早就开口了。天上的神明们，请俯视尘寰，把一顶幸福的冠冕降临在这一对少年的头上；因为把我们带到这里来相聚的，完全是上天的主意！

阿隆佐　让我跟着你说"阿门"，贡柴罗！

贡柴罗　米兰的主人被逐出米兰，而他的后裔将成为那不勒斯的王族吗？啊，这是超乎寻常喜事的喜事，应当用金字把它铭刻在柱上，好让它传至永久。在一次航程中，克拉莉贝尔在突尼斯获得了她的丈夫；她的兄弟腓迪南又在他迷失的岛上找到了一位妻子；普洛斯彼罗在一座荒岛上收回了他的公国；而我们大家呢，在每个人迷失了本性的时候，重新找着了各人自己。

阿隆佐　（向腓迪南、米兰达）让我握你们的手：谁不希望你们快乐的，让忧伤和悲哀永远占据他的心灵！

贡柴罗　愿如大王所说的，阿门！

　　　　　爱丽儿重上，船长及水手长惊愕地随在后面。

贡柴罗　瞧啊，大王！瞧！又有几个我们的人来啦。我曾经预言过，只要陆地上有绞架，这家伙一定不会淹死。喂，你这谩骂的东西！在船上由得你指天骂日，怎么一上了岸响都不响了呢？难道你没有把你的嘴巴带到岸上来吗？说来，有什么消息？

水手长　最好的消息是我们平安地找到了我们的王上和同伴；其次，在三个钟头以前我们还以为已经撞碎了的我们那条船，却正和第一次下水的时候那样结实、完好而齐整。

爱丽儿 （向普洛斯彼罗旁白）主人，这些都是我去了以后所做的事。

普洛斯彼罗 （向爱丽儿旁白）我的足智多谋的精灵！

阿隆佐 这些事情都异乎寻常；它们越来越奇怪了。说，你怎么会到这儿来的？

水手长 大王，要是我自己觉得我是清清楚楚地醒着，也许我会勉强告诉您。可是我们都睡得像死去一般，也不知道怎么一下子，都给关闭在舱口底下了。就在不久之前我们听见了各种奇怪的响声——怒号、哀叫、狂呼、铛铛的铁链声以及此外许多可怕的声音，把我们闹醒。立刻我们就自由了，个个都好好儿的；我们看见壮丽的王船丝毫无恙，明明白白在我们的眼前；我们的船长一面看着它，一面手舞足蹈。忽然一下子莫名其妙地，我们就像在梦中一样糊里糊涂地离开了其余的兄弟，被带到这里来了。

爱丽儿 （向普洛斯彼罗旁白）干得好不好？

普洛斯彼罗 （向爱丽儿旁白）出色极了，我的勤劳的精灵！你就要得到自由了。

阿隆佐 这真叫人像堕入云里雾中一样！这种事情一定有一个超自然的势力在那儿指挥着；愿神明的启迪给我们一些指示吧！

普洛斯彼罗 大王，不要因为这种怪事而使您心里迷惑不宁；不久我们有了空暇，我便可以简简单单地向您解答这种种奇迹，使您觉得这一切的发生，未尝不是可能的事。现在请高兴起来，把什么事都往好的方面着想吧。（向爱丽儿旁白）过来，精灵；把凯列班和他的伙伴们放出来，解去他们身上的魔法。怎样，大王？你们的一伙中还缺少几个人，一两个为你们所忘怀了的人物。

　　爱丽儿驱凯列班、斯丹法诺、特林鸠罗上，各人穿着他们所偷得的衣服。

斯丹法诺　让各人为别人打算，不要顾到自己，①因为一切都是命运。勇气啊！出色的怪物，勇气啊！

特林鸠罗　要是装在我头上的眼睛不曾欺骗我，这里的确是很堂皇的样子。

凯列班　塞提柏斯呀！这些才真是出色的精灵！我的主人真是一表非凡！我怕他要责罚我。

西巴斯辛　哈哈！这些是什么东西，安东尼奥大人？可以不可以用钱买的？

安东尼奥　大概可以吧；他们中间的一个完全是一条鱼，而且一定很可以卖几个钱。

普洛斯彼罗　各位大人，请瞧一瞧这些家伙们身上穿着的东西，就可以知道他们是不是好东西。这个奇丑的恶汉的母亲是一个很有法力的女巫，能够叫月亮都听她的话，能够支配着本来由月亮操纵的潮汐。这三个家伙做贼偷了我的东西；这个魔鬼生下来的杂种又跟那两个东西商量谋害我的生命。那俩人你们应当认识，是您的人；这个坏东西我必须承认是属于我的.

凯列班　我免不了要被拧得死去活来。

阿隆佐　这不是我的酗酒的膳夫斯丹法诺吗？

西巴斯辛　他现在仍然醉着；他从哪儿来的酒呢？

阿隆佐　这是特林鸠罗，看他醉得天旋地转。他们从哪儿喝这么多的好酒，把他们的脸染得这样血红呢？你怎么会变成这种样子？

特林鸠罗　自从我离开了你之后，我的骨髓也都浸酥了；我想这股气味可以熏得连苍蝇也不会在我的身上下卵了吧？

---

① 斯丹法诺正酒醉糊涂，语无伦次；按照他的本意，他该是想说："让各人为自己打算，不要顾到别人。"

西巴斯辛　喂,喂,斯丹法诺!

斯丹法诺　啊!不要碰我!我不是什么斯丹法诺,我不过是一堆动弹不得的烂肉。

普洛斯彼罗　狗才,你要做这岛上的王,是不是?

斯丹法诺　那么我一定是个倒霉的王爷。

阿隆佐　这样奇怪的东西我从来没有看见过。

普洛斯彼罗　他的行为跟他的形状同样都是天生的下劣。——去,狗才,到我的洞里去;把你的同伴们也带了进去。要是你希望我饶恕的话,把里面打扫得干净点儿。

凯列班　是,是,我就去。从此以后我要聪明一些,学学讨好的法子。我真是一头比六头蠢驴合起来还蠢的蠢货!竟会把这种醉汉当作神明,向这种蠢材叩头膜拜!

普洛斯彼罗　快滚开!

阿隆佐　滚吧,把你们那些衣服仍旧归还到原来寻得的地方去。

西巴斯辛　什么寻得,是偷的呢。(凯列班、斯丹法诺、特林鸠罗同下。)

普洛斯彼罗　大王,我请您的大驾和您的随从们到我的洞窟里来;今夜暂时要屈你们在这儿宿一夜。一部分的时间我将消磨在谈话上,我相信那种谈话会使时间很快溜过;我要告诉您我的生涯中的经历,以及一切自从我到这岛上来之后所遭遇的事情。明天早晨我要带着你们上船回到那不勒斯去;我希望我们所疼爱的孩子们的婚礼就在那儿举行;然后我要回到我的米兰,在那儿等待着瞑目长眠的一天。

阿隆佐　我可想听您讲述您的经历,那一定会使我们的耳朵着迷。

普洛斯彼罗　我将从头到尾向您细讲;并且答应您一路上将会风平浪静,有吉利的顺风吹送,可以赶上已经去远了的您的船队。(向爱丽儿旁白)爱丽儿,我的小鸟,这事要托你办理;以后你便可以自由地回到空中,从此我们永别了! ——请你们过来。(同下。)

收 场 诗

普洛斯彼罗致辞:
现在我已把我的魔法尽行抛弃,
剩余微弱的力量都属于我自己;
横在我面前的分明有两条道路,
不是终身被符箓把我在此幽锢,
便是凭藉你们的力量重返故郭。
既然我现今已把我的旧权重握,
饶恕了迫害我的仇人,请再不要
把我永远锢闭在这寂寞的荒岛!
求你们解脱了我灵魂上的系锁,
赖着你们善意殷勤的鼓掌相助;
再烦你们为我吹嘘出一口和风,
好让我们的船只一齐鼓满帆篷。
否则我的计划便落空。我再没有
魔法迷人,再没有精灵为我奔走;
我的结局将要变成不幸的绝望,
除非依托着万能的祈祷的力量,
它能把慈悲的神明的中心刺彻,
赦免了可怜的下民的一切过失。
你们有罪过希望别人不再追究,
愿你们也格外宽大,给我以自由! (下。)

William Shakespeare
COMPLETE WORKS

维洛那二绅士

朱生豪　译

莎士比亚
全集

剧中人物

米兰公爵　西尔维娅的父亲

凡伦丁
普洛丢斯 } 二绅士

安东尼奥　普洛丢斯的父亲

修里奥　凡伦丁的愚蠢的情敌

爱格勒莫　助西尔维娅脱逃者

史比德　凡伦丁的傻仆

朗斯　普洛丢斯的傻仆

潘西诺　安东尼奥的仆人

旅店主　朱利娅在米兰的居停

强盗　随凡伦丁啸聚的一群

朱利娅　普洛丢斯的恋人

西尔维娅　凡伦丁的恋人

露西塔　朱利娅的女仆

仆人、乐师等

地 点

维洛那;米兰及曼多亚边境

第一幕

第一场　维洛那。旷野

凡伦丁及普洛丢斯上。

凡伦丁　不用劝我,亲爱的普洛丢斯;年轻人株守家园,见闻总是限于一隅。倘不是爱情把你锁系在你情人的温柔的眼波里,我倒很想请你跟我一块儿去见识见识外面的世界,那总比在家里无所事事,把青春消磨在懒散的无聊里好得多多。可是你现在既然在恋爱,那就恋爱下去吧,祝你得到美满的结果;我要是着起迷来,也会这样的。

普洛丢斯　你真的要走了吗? 亲爱的凡伦丁,再会吧! 你在旅途中要是见到什么值得注意的新奇事物,请你想起你的普洛丢斯;当你得意的时候,也许你会希望我能够分享你的幸福;当你万一遭遇什么风波危险的时候,你可以不用忧虑,因为我是在虔诚地为你祈祷,祝你平安。

凡伦丁　你是念着恋爱经为我祈祷祝我平安吗?

普洛丢斯　我将讽诵我所珍爱的经典为你祈祷。

凡伦丁　那一定是里昂德①游泳过赫勒思滂海峡去会他的情人一类深情蜜爱的浅薄故事。

---

① 里昂德(Leander),传说中的情人,爱恋少女希罗,游泳过海峡赴约,惨遭灭顶。

普洛丢斯　他为了爱不顾一切,那证明了爱情是多么深。

凡伦丁　不错,你为了爱也不顾一切,可是你却没有游泳过赫勒思滂海峡去。

普洛丢斯　嗳,别取笑吧。

凡伦丁　不,我绝不取笑你,那实在一点意思也没有。

普洛丢斯　什么?

凡伦丁　我是说恋爱。苦恼的呻吟换来了轻蔑;多少次心痛的叹息才换得了羞答答的秋波一盼;片刻的欢娱,是二十个晚上辗转无眠的代价。即使成功了,也许会得不偿失;要是失败了,那就白费一场辛苦。恋爱汩没了人的聪明,使人变为愚蠢。

普洛丢斯　照你说来,我是一个傻子了。

凡伦丁　瞧你的样子,我想你的确是一个傻子。

普洛丢斯　你所诋斥的是爱情;我可是身不由己。

凡伦丁　爱情是你的主宰,甘心供爱情驱使的,我想总不见得是一个聪明人吧。

普洛丢斯　可是做书的人这样说:最芬芳的花蕾中有蛀虫,最聪明人的心里,才会有蛀蚀心灵的爱情。

凡伦丁　做书的人还说:最早熟的花蕾,在未开放前就给蛀虫吃去;所以年轻聪明的人也会被爱情化成愚蠢,在盛年的时候就丧失欣欣向荣的生机,未来一切美妙的希望都成为泡影。可是你既然是爱情的皈依者,我又何必向你多费唇舌呢? 再会吧! 我的父亲在码头上等着送我上船呢。

普洛丢斯　我也要送你上船,凡伦丁。

凡伦丁　好普洛丢斯! 不用了吧,让我们就此分手。我在米兰等着你来信报告你在恋爱上的成功,以及我去了以后这儿的一切消息;我也会同样寄信给你。

普洛丢斯　祝你在米兰一切顺利幸福!

凡伦丁　祝你在家里也是这样!好,再见。(下。)

普洛丢斯　他追求着荣誉,我追求着爱情;他离开了他的朋友,使他的朋友们因他的成功而增加光荣;我为了爱情,把我自己、我的朋友们以及一切都舍弃了。朱利娅啊,你已经把我变成了另一个人,使我无心学问,虚掷光阴,违背良言,忽略世事;我的头脑因相思而变得衰弱,我的心灵因恋慕而痛苦异常。

　　　　史比德上。

史比德　普洛丢斯少爷,上帝保佑您!您看见我家主人了吗?

普洛丢斯　他刚刚离开这里,坐船到米兰去了。

史比德　那么他多半已经上了船了。我就像一头迷路的羊,找不到他了。

普洛丢斯　是的,牧羊人一走开,羊就会走失了。

史比德　您说我家主人是牧羊人,而我是一头羊吗?

普洛丢斯　是的。

史比德　那么不管我睡觉也好,醒着也好,我的角也就是他的角了。

普洛丢斯　这种蠢话正像是一头蠢羊嘴里说出来的。

史比德　这么说,我又是一头羊了。

普洛丢斯　不错,你家主人还是牧羊人。

史比德　不,我可以用譬喻证明您的话不对。

普洛丢斯　我也可以用另外一个譬喻证明我的话不错。

史比德　牧羊人寻羊,不是羊寻牧羊人;我找我的主人,不是我的主人找我,所以我不是羊。

普洛丢斯　羊为了吃草跟随牧羊人,牧羊人并不为了吃饭跟随羊;你为了工钱跟随你的主人,你的主人并不为了工钱跟随你,所以你是羊。

史比德　您要是再说这样一个譬喻,那我真的要咩咩地叫起来了。

普洛丢斯　我问你,你有没有把我的信送给朱利娅小姐?

史比德　噢,少爷,我,一头迷路的羔羊,把您的信给她,一头细腰的绵羊;可是她这头细腰的绵羊却什么谢礼也不给我这头迷路的羔羊。

普洛丢斯　这么多的羊,这片牧场上要容不下了。

史比德　如果容纳不下,给她一刀子不就完了吗?

普洛丢斯　你的思想又在乱跑了,应该把你圈起来。

史比德　谢谢你,少爷,给你送信不值得给我钱。

普洛丢斯　你听错了;我说圈,没说钱——我指的是羊圈。

史比德　我却听成洋钱了。不管怎么着都好,我给你的情人送信,只得个圈圈未免太少!

普洛丢斯　可是她说什么话了没有? (史比德点头)她就点点头吗?

史比德　是。

普洛丢斯　点头,是;摇头,不——这不成傻瓜了吗?

史比德　您误会了。我说她点头了;您问我她点头了没有;我说"是"。

普洛丢斯　照我的解释,这就是傻瓜。

史比德　您既然费尽心血把它解释通了,就把它奉赠给您吧。

普洛丢斯　我不要,就给你算作替我送信的谢礼吧。

史比德　看来我只有委屈一点,不跟您计较了。

普洛丢斯　怎么叫不跟我计较?

史比德　本来吗,少爷,我给您辛辛苦苦把信送到,结果您只赏给我一个傻瓜的头衔。

普洛丢斯　说老实话,你应对倒是满聪明的。

史比德　聪明有什么用,要是它打不开您的钱袋来。

普洛丢斯　算了算了,简简单单把事情交代明白,她说些什么话?

史比德　打开您的钱袋来,一面交钱,一面交话。

普洛丢斯 好,拿去吧。(给他钱)她说什么?

史比德 老实对您说吧,少爷,我想您是得不到她的爱的。

普洛丢斯 怎么? 这也给你看出来了吗?

史比德 少爷,我在她身上什么都看不出来;我把您的信送给她,可是我连一块钱的影子也看不见。我给您传情达意,她待我却这样刻薄;所以您当面向她谈情说爱的时候,她也会一样冷酷无情的。她的心肠就像铁石一样硬,您还是不用送她什么礼物,就送些像钻石似的硬货给她吧。

普洛丢斯 什么? 她一句话也没说吗?

史比德 就连一句谢谢你也没有出口。总算是您慷慨,赏给我这两角钱,谢谢您,以后请您自己带信给她吧。现在我要告辞了。

普洛丢斯 去你的吧,船上有了你,可以保证不会中途沉没,因为你是命中注定要在岸上吊死的。我一定要找一个可靠些的人送信去;我的朱利娅从这样一个狗才手里接到我的信,也许会不高兴答复我。(下。)

第二场 同前。朱利娅家中花园

朱利娅及露西塔上。

朱利娅 露西塔,现在这儿没有别人,告诉我,你赞成我跟人家恋爱吗?

露西塔 我赞成,小姐,只要您不是莽莽撞撞的。

朱利娅 照你看起来,在每天和我言辞晋接的这一批高贵绅士中间,哪一位最值得敬爱?

露西塔 请您一个个举出他们的名字来! 我可以用我的粗浅的头脑批评他们。

朱利娅　你看漂亮的爱格勒莫爵士怎样？

露西塔　他是一个谈吐风雅、衣冠楚楚的骑士；可是假如我是您，我就不会选中他。

朱利娅　你看富有的墨凯西奥怎样？

露西塔　他虽然有钱，人品却不过如此。

朱利娅　你看温柔的普洛丢斯怎样？

露西塔　主啊！主啊！请看我们凡人是何等愚蠢！

朱利娅　咦！你为什么听见了他的名字要这样感慨呢？

露西塔　恕我，亲爱的小姐；可是像我这样一个卑贱之人，怎么配批评高贵的绅士呢？

朱利娅　为什么别人可以批评，普洛丢斯却批评不得？

露西塔　因为他是许多好男子中间最好的一个。

朱利娅　何以见得？

露西塔　我除了女人的直觉以外没有别的理由；我以为他最好，因为我觉得他最好。

朱利娅　你愿意让我把爱情用在他的身上吗？

露西塔　是的，要是您不以为您是在浪掷您的爱情。

朱利娅　可是他比其余的任何人都更冷冰冰的，从来不向我追求。

露西塔　可是我想他比其余的任何人都更要爱您。

朱利娅　他不多说话，这表明他的爱情是有限的。

露西塔　火关得越紧，烧起来越猛烈。

朱利娅　在恋爱中的人们，不会一无表示。

露西塔　不，越是到处宣扬着他们的爱情的，他们的爱情越靠不住。

朱利娅　我希望我能知道他的心思。

露西塔　请读这封信吧，小姐。（给朱利娅信。）

朱利娅　"给朱利娅"。——这是谁写来的？

露西塔　您看过就知道了。

朱利娅　说出来,谁交给你这封信?

露西塔　凡伦丁的仆人送来这封信,我想是普洛丢斯叫他送来的。他本来要当面交给您,我因为刚巧遇见他,所以就替您收下了。请您原谅我的放肆吧。

朱利娅　嘿,好一个牵线的! 你竟敢接受调情的书简,瞒着我跟人家串通一气,来欺侮我年轻吗? 这真是一件好差使,你也真是一个能干的角色。把这信拿去,给我退回原处,否则再不用见我的面啦。

露西塔　为爱求情,难道就得到一顿责骂吗?

朱利娅　你还不去吗?

露西塔　我就去,好让您仔细思忖一番。(下。)

朱利娅　可是我希望我曾经窥见这信的内容。我把她这样责骂过了,现在又不好意思叫她回来,反过来恳求她。这傻丫头明知我是一个闺女,偏不把信硬塞给我看。一个温淑的姑娘嘴里尽管说不,她却要人家解释作是的。唉! 唉! 这一段痴愚的恋情是多么颠倒,正像一个坏脾气的婴孩一样,一会儿在他保姆身上乱抓乱打,一会儿又服服帖帖地甘心受责,刚才我把露西塔这样凶狠地撵走,现在却巴不得她快点儿回来;当我一面装出了满脸怒容的时候,内心的喜悦却使我心坎里满含着笑意。现在我必须引咎自责,叫露西塔回来,请她原谅我刚才的愚蠢。喂,露西塔!

　　　　露西塔重上。

露西塔　小姐有什么吩咐?

朱利娅　现在是快吃饭的时候了吧?

露西塔　我希望是,免得您空着肚子在佣人身上出气。

朱利娅　你在那边小小心心地拾起来的是什么?

露西塔　没有什么。

朱利娅　那么你为什么俯下身子去?

露西塔　我在地上掉了一张纸,把它拾了起来。

朱利娅　那张纸难道就不算什么?

露西塔　它不干我什么事。

朱利娅　那么让它躺在地上,留给相干的人吧。

露西塔　小姐,它对相干的人是不会说谎的,除非它给人家误会了。

朱利娅　是你的什么情人寄给你的情诗吗?

露西塔　小姐,要是您愿意给它谱上一个调子,我可以把它唱起来。您看怎么样?

朱利娅　我看这种玩意儿都十分无聊。可是你要唱就按《爱的清光》那个调子去唱吧。

露西塔　这个歌儿太沉重了,和轻狂的调子不配。

朱利娅　沉重?准是重唱那部分加得太多了。

露西塔　正是,小姐。可是您要唱起来,一定能十分婉转动人。

朱利娅　你为什么就不唱呢?

露西塔　我调门没有那么高。

朱利娅　拿歌儿来我看看。(取信)怎么,这贱丫头!

露西塔　您就这么唱起来吧;可是我想我不大喜欢这个调子。

朱利娅　你不喜欢?

露西塔　是,小姐,太刺耳了。

朱利娅　你这丫头太放肆了。

露西塔　这回您的调子又太直了。这么粗声粗气的岂不破坏了原来的音律?本来您的歌儿里只缺一个男高音。

朱利娅　男高音早叫你这下流的女低音给盖过去了。

露西塔　我这女低音不过是为普洛丢斯低声下气地祈求。

朱利娅　你再油嘴滑舌,我可不答应了。瞧谁再敢拿进这种不三不四的书信来！（撕信）给我出去,让这些纸头丢在地上;你碰它们一下我就要生气。

露西塔　她故意这样装模作样,其实心里巴不得人家再送一封信来,好让她再发一次脾气。（下。）朱利娅,不,就是这一封信已经够使我心痛了！啊,这一双可恨的手,忍心把这些可爱的字句撕得粉碎！就像残酷的黄蜂一样,刺死了蜜蜂而吮吸它的蜜。为了补赎我的罪愆,我要遍吻每一片碎纸。瞧,这里写着"仁慈的朱利娅":狠心的朱利娅！我要惩罚你的薄情,把你的名字掷在砖石上,把你任情地践踏蹂躏。这里写着"受创于爱情的普洛丢斯":疼人的受伤的名字！把我的胸口做你的眠床,养息到你的创痕完全平复吧,让我用起死回生的一吻吻在你的伤口上。这儿有两三次提着普洛丢斯的名字;风啊,请不要吹起来,好让我找到这封信里的每一个字;我单单不要看见我自己的名字,让一阵旋风把它卷到狰狞丑怪的岩石上,再把它打下波涛汹涌的海中去吧！瞧,这儿有一行字,两次提到他的名字:"被遗弃的普洛丢斯,受制于爱情的普洛丢斯,给可爱的朱利娅。"我要把朱利娅的名字撕去;不,他把我们俩人的名字配合得如此巧妙,我要把它们折叠在一起;现在你们可以放胆地相吻拥抱,彼此满足了。

　　　　露西塔重上。

露西塔　小姐,饭已经预备好了,老爷在等着您。

朱利娅　好,我们去吧。

露西塔　怎么！让这些纸片丢在这儿,给人家瞧见议论吗?

朱利娅　你要是这样关心着它们,那么还是把它们拾起来吧。

露西塔　不,我可不愿再挨骂了;可是让它们躺在地上,也许会受了寒。

朱利娅　你倒是怪爱惜它们的。

露西塔　呃,小姐,随您怎样说吧;也许您以为我是瞎子,可是我也生着眼睛呢。

朱利娅　来,来,还不走吗?（同下。）

第三场　同前。安东尼奥家中一室

安东尼奥及潘西诺上。

安东尼奥　潘西诺,刚才我的兄弟跟你在走廊里谈些什么正经话儿?

潘西诺　他说起他的侄子,您的少爷普洛丢斯。

安东尼奥　噢,他怎么说呢?

潘西诺　他说他不懂老爷为什么您让少爷在家里消度他的青春;人家名望不及我们的,都把他们的儿子送到外面去找机会,有的投身军旅,博得一官半职;有的到远远的海岛上去探险发财;有的到大学校里去寻求高深的学问。他说普洛丢斯少爷对这些锻炼当中的哪一种都很适宜;他叫我在您面前说起,请您不要让少爷老在家里游荡,年轻人不走走远路,对于他的前途是很有妨碍的。

安东尼奥　这倒不消你说,我这一个月来就在考虑着这件事情。我也想到他这样蹉跎时间,的确不大好;他要是不在外面多经历经历世事,将来很难为大用。一个人的经验是要在刻苦中得到的,也只有岁月的磨炼才能够使它成熟。那么照你看来,我最好叫他到什么地方去?

潘西诺　我想老爷大概还记得他有一个朋友,叫做凡伦丁的,现在在公爵府中供职。

安东尼奥　不错,我知道。

潘西诺　我想老爷要是送他到那里去,那倒很好。他可以在那里练习挥枪使剑,听听人家高雅优美的谈吐,和贵族们谈谈说说,还可以见识到适合于他的青春和家世的种种训练。

安东尼奥　你说得很对,你的意思很好,我很赞成你的建议;看吧,我马上就照你的话做去。我立刻就叫他到公爵的宫廷里去。

潘西诺　老爷,亚尔芳索大人和其余各位士绅明天就要动身去朝见公爵,准备为他效劳。

安东尼奥　那么普洛丢斯有了很好的同伴了。他应当立刻预备起来,跟他们同去。我们现在就要对他说。

　　　　　普洛丢斯上。

普洛丢斯　甜蜜的爱情!甜蜜的字句!甜蜜的人生!这是她亲笔所写,表达着她的心情;这是她爱情的盟誓,她的荣誉的典质。啊,但愿我们的父亲赞同我们缔结良缘,为我们成全好事!啊,天仙一样的朱利娅!

安东尼奥　喂,你在读谁寄来的信?

普洛丢斯　禀父亲,这是凡伦丁托他的朋友带来的一封问候的书信。

安东尼奥　把信给我,让我看看那里有什么消息。

普洛丢斯　没有什么消息,父亲。他只是说他在那里生活得如何愉快,公爵如何看得起他,每天和他见面;他希望我也和他在一起,分享他的幸福。

安东尼奥　那么你对于他的希望做何感想?

普洛丢斯　他虽然是一片好心,我的行动却要听您老人家指挥。

安东尼奥　我的意思和他的希望差不多。你也不用因为我的突然的决定而吃惊,我要怎样,就是怎样,干脆一句话没有更动。我已经决定你应当到公爵宫廷里去,和凡伦丁在一块儿过日子;他的亲族给他多少维持生活的费用,我也照样拨给你。明天你就要预备动身,不许有什么推托,我的意志是坚决的。

普洛丢斯　父亲,这么快我怎么来得及预备?请您让我延迟一两天吧。

安东尼奥　听着,你要是缺少什么,我马上就会寄给你。不用耽搁时间,明天你非去不可。来,潘西诺,我要给他收拾收拾东西,让他早些动身。(安东尼奥、潘西诺下。)

普洛丢斯　我因为恐怕灼伤而躲过了火焰,不料却在海水中惨遭没顶。我不敢把朱利娅的信给我父亲看,因为生恐他会责备我不应该谈恋爱;谁知道他却利用我的推托之词,给我的恋爱这样一下无情的猛击。唉!青春的恋爱就像阴晴不定的四月天气,太阳的光彩刚刚照耀大地,片刻间就遮上了黑沉沉的乌云一片!

　　　　潘西诺重上。

潘西诺　普洛丢斯少爷,老爷有请;他说叫您快些,请您立刻去吧。

普洛丢斯　事既如此,无可奈何;我只有遵从父亲的吩咐,虽然我的心回答一千声:不,不。(同下。)

第二幕

第一场　米兰。公爵府中一室

凡伦丁及史比德上。

史比德　少爷,您的手套。（以手套给凡伦丁。）

凡伦丁　这不是我的;我的手套戴在手上。

史比德　那有什么关系? 再戴上一只也不要紧。

凡伦丁　且慢! 让我看。呃,把它给我,这是我的。天仙手上可爱的
　　　装饰物! 啊,西尔维娅! 西尔维娅!

史比德　（叫喊）西尔维娅小姐! 西尔维娅小姐!

凡伦丁　怎么,这狗才?

史比德　她不在这里,少爷。

凡伦丁　谁叫你喊她的?

史比德　是您哪,少爷;难道我又弄错了吗?

凡伦丁　哼,你老是这么莽莽撞撞的。

史比德　可是上次您却骂我太迟钝。

凡伦丁　好了好了,我问你,你认识西尔维娅小姐吗?

史比德　就是您爱着的那位小姐吗?

凡伦丁　咦,你怎么知道我在恋爱?

史比德　噢,我从各方面看了出来。第一,您学会了像普洛丢斯少爷
　　　一样把手臂交叉在胸前,像一个满腹牢骚的人那样一副神气;嘴

里喃喃不停地唱情歌，就像一头知更雀似的；喜欢一个人独自走路，好像一个害着瘟疫的人；老是唉声叹气，好像一个忘记了字母的小学生；动不动流起眼泪来，好像一个死了妈妈的小姑娘；见了饭吃不下去，好像一个节食的人；夜里睡不着觉，好像担心有什么强盗；说起话来带着三分哭音，好像一个万圣节的叫花子①。从前您可不是这个样子。您从前笑起来声震四座，好像一只公鸡报晓；走起路来挺胸凸肚，好像一头狮子；只有在狼吞虎咽一顿之后才节食；只有在没有钱用的时候才面带愁容。现在您被情人迷住了，您已经完全变了一个人，当我瞧着您的时候，我简直不相信您是我的主人了。

凡伦丁　你能够在我身上看出这一切来吗？

史比德　这一切在您身外就能看出来。

凡伦丁　身外？决不可能。

史比德　身外？不错，是不大可能，因为除了您这样老实、不知矫饰之外，别人谁也不会如此；那么就算您是在这种愚蠢之外，而这种愚蠢是在您身内吧；可是它还能透过您身体，就像透过尿缸子看得见尿一样，无论谁一眼见了您，都像一个医生一样诊断得出您的病症来。

凡伦丁　可是我问你，你认识西尔维娅小姐吗？

史比德　就是在吃晚饭的时候您一眼不眨地望着的那位小姐吗？

凡伦丁　那也给你看见了吗？我说的就是她。

史比德　噢，少爷，我不认识她。

凡伦丁　你看见我望着她，怎么却又说不认识她？

---

① 万圣节（Hallowmas），十一月一日，为祭祀基督教诸圣徒的节日。乞丐于是整日都以哀音高声乞讨。

史比德　她不是长得很难看的吗,少爷?

凡伦丁　她的面貌还不及心肠那么美。

史比德　少爷,那个我知道。

凡伦丁　你知道什么?

史比德　她面貌并不美,可是您心肠美,所以爱上她了。

凡伦丁　我是说她的美貌是无比的,可是她的好心肠更不可限量。

史比德　那是因为一个靠打扮,另一个不稀罕?

凡伦丁　怎么叫靠打扮? 怎么叫不稀罕?

史比德　咳,少爷,她的美貌完全要靠打扮,因此也就没有人稀罕她了。

凡伦丁　那么我呢? 我还是很稀罕她的。

史比德　可是她自从残废以后,您还没有看见过她哩。

凡伦丁　她是什么时候残废的?

史比德　自从您爱上了她之后,她就残废了。

凡伦丁　我第一次看见她的时候就爱上了她,可是我始终看见她很美丽。

史比德　您要是爱她,您就看不见她。

凡伦丁　为什么?

史比德　因为爱情是盲目的。唉! 要是您有我的眼睛就好了! 从前您看见普洛丢斯少爷忘记扣上袜带而讥笑他的时候,您的眼睛也是明亮的。

凡伦丁　要是我的眼睛明亮便怎样?

史比德　您就可以看见您自己的愚蠢和她的不堪领教的丑陋。普洛丢斯少爷因为恋爱的缘故,忘记扣上他的袜带;您现在因为恋爱的缘故,连袜子也忘记穿上了。

凡伦丁　这样说来,那么你也是在恋爱了;因为今天早上你忘记了擦我的鞋子。

史比德　不错,少爷,我正在恋爱着我的眠床,幸亏您把我打醒了,所以我现在也敢大胆提醒提醒您不要太过于迷恋了。

凡伦丁　总而言之,我的心已经定了,我非爱她不可。

史比德　我倒希望您的心是净了,把她忘得干干净净。

凡伦丁　昨天晚上她请我代她写一封信给她所爱的一个人。

史比德　您写了没有?

凡伦丁　写了。

史比德　一定写得很没劲吧?

凡伦丁　不然,我是用尽心思把它写好的。静些,她来了。

　　　　西尔维娅上。

史比德　(旁白)嘿,这出戏真好看! 真是个头等的木偶! 这回该他唱
　　　　几句词儿了。

凡伦丁　小姐,女主人,向您道一千次早安。

史比德　(旁白)道一次晚安就得了! 干吗用这么多客套?

西尔维娅　凡伦丁先生,我的仆人,我还你两千次。

史比德　(旁白)该男的送礼,这回女的倒抢先了。

凡伦丁　您吩咐我写一封信给您的一位秘密的无名的朋友,我已经照
　　　　办了。我很不愿意写这封信,但是您的旨意是不可违背的。(以信
　　　　给西尔维娅。)

西尔维娅　谢谢你,好仆人。你写得很用心。

凡伦丁　相信我,小姐,它是很不容易写的,因为我不知道收信的人究
　　　　竟是谁,随便写去,不知道写得对不对。

西尔维娅　也许你嫌这工作太烦难吗?

凡伦丁　不,小姐,只要您用得着我,尽管吩咐我,就是一千封信我也
　　　　愿意写,可是——

西尔维娅　好一个可是! 你的意思我猜得到。可是我不愿意说出名
　　　　字来;可是即使说出来也没有什么关系;可是把这信拿去吧;可

是我谢谢你,以后从此不再麻烦你了。

史比德　(旁白)可是你还会找上门来的,这就又是一个"可是"。

凡伦丁　这是什么意思?您不喜欢它吗?

西尔维娅　不,不,信是写得很巧妙,可是你既然写的时候不大愿意,那么你就拿回去吧。嗯,你拿去吧。(还信。)

凡伦丁　小姐,这信是给您写的。

西尔维娅　是的,那是我请你写的,可是,我现在不要了,就给了你吧。我希望能写得再动人一点。

凡伦丁　那么请您许我另写一封吧。

西尔维娅　好,你写好以后,就代我把它读一遍;要是你自己觉得满意,那就罢了;要是你自己觉得不满意,也就罢了。

凡伦丁　要是我自己觉得满意,那便怎样?

西尔维娅　要是你自己满意,那么就把这信给你作为酬劳吧。再见,仆人。(下。)

史比德　人家说,一个人看不见自己的鼻子,教堂屋顶上的风信标变幻莫测,这一个玩笑也开得玄妙神奇!我主人向她求爱,她却反过来求我的主人;正像当徒弟的反过来变成老师。真是绝好的计策!我主人代人写信,结果却写给了自己,谁听到过比这更妙的计策?

凡伦丁　怎么?你在说些什么?

史比德　没说什么,只是唱几句顺口溜。应该说话的是您!

凡伦丁　为什么?

史比德　您应该做西尔维娅小姐的代言人啊。

凡伦丁　我代她向什么人传话?

史比德　向您自己哪。她不是拐着弯向您求爱吗?

凡伦丁　拐什么弯?

史比德　我指的是那封信。

凡伦丁　怎么,她又不曾写信给我。

史比德　她何必自己动笔呢?您不是替她代写了吗?咦,您还没有懂得这个玩笑的用意吗?

凡伦丁　我可不懂。

史比德　我可也不懂,少爷,难道您还不知道她已经把爱情的凭证给了您吗?

凡伦丁　除了责怪以外,她没有给我什么呀。

史比德　真是!她不是给您一封信吗?

凡伦丁　那是我代她写给她的朋友的。

史比德　那封信现在已经送到了,还有什么说的吗?

凡伦丁　我希望你没有猜错。

史比德　包在我身上,准没有差错。你写信给她,她因为害羞提不起笔,或者因为没有闲工夫,或者因为恐怕传书的人窥见了她的心事,所以她才教她的爱人代她答复他自己。这一套我早在书上看见过了。喂,少爷,您在想些什么?好吃饭了。

凡伦丁　我已经吃过了。

史比德　哎呀,少爷,这个没有常性的爱情虽然可以喝空气过活,我可是非吃饭吃肉不可。您可不要像您爱人那样忍心,求您发发慈悲吧!(同下。)

第二场　维洛那。朱利娅家中一室

普洛丢斯及朱利娅上。

普洛丢斯　请你忍耐吧,好朱利娅。

朱利娅　没有办法,我也只好忍耐了。

普洛丢斯 我如果有机会回来,我会立刻回来的。

朱利娅 你只要不变心,回来的日子是不会远的。请你保留着这个,
　　　常常想起你的朱利娅吧。

普洛丢斯 我们彼此交换,你把这个拿去吧。(给她另一个戒指。)

朱利娅 让我们用神圣的一吻永固我们的盟誓。

普洛丢斯 我举手宣誓我的不变的忠诚。朱利娅,要是我在哪一天哪
　　　一个时辰里不曾为了你而叹息,那么在下一个时辰里,让不幸的
　　　灾祸来惩罚我的薄情吧。我的父亲在等我,你不用回答我了。潮
　　　水已经升起,船就要开了;不,我不是说你的泪潮,那是会留住我,
　　　使我误了行期的。朱利娅,再会吧! 啊,一句话也不说就去了吗?
　　　是的,真正的爱情是不能用言语表达的,行为才是忠心的最好说
　　　明。

　　　　潘西诺上。

潘西诺 普洛丢斯少爷,他们在等着您哩。

普洛丢斯 好,我就来,我就来。唉! 这一场分别啊,真叫人满怀愁绪
　　　难宣。(同下。)

第三场 同前。街道

　　　　朗斯牵犬上。

朗　斯 哎哟,我到现在才哭完呢,咱们朗斯一族里的人都有这个心
　　　肠太软的毛病。我像《圣经》上的浪子一样,拿到了我的一份家
　　　产,现在要跟着普洛丢斯少爷上京城里去。我想我的狗克来勃是
　　　最狠心的一条狗。我的妈眼泪直流,我的爸涕泗横流,我的妹妹
　　　放声大哭,我家的丫头也嚎啕喊叫,就是我们养的猫儿也悲伤得
　　　乱搓两手,一份人家弄得七零八乱,可是这条狠心的恶狗却不流

一点泪儿。他是一块石头,像一条狗一样没有心肝;就是犹太人,看见我们分别的情形,也会禁不住流泪的;看我的老祖母吧,她眼睛早已盲了,可是因为我要离家远行,也把她的眼睛都哭瞎了呢。我可以把我们分别的情形扮给你们看。这只鞋子算是我的父亲;不,这只左脚的鞋子是我的父亲;不,不,这只左脚的鞋子是我的母亲;不,那也不对。——哦,不错,对了,这只鞋子底已经破了。它已经穿了一个洞,它就算是我的母亲;这一只是我的父亲。他妈的!就是这样。这一根棒是我的妹妹,因为她就像百合花一样的白,像一根棒那样的瘦小。这一顶帽子是我家的丫头阿南。我就算是狗;不,狗是他自己,我是狗——哦,狗是我,我是我自己。对了,就是这样。现在我走到我父亲跟前:"爸爸,请你祝福我。"现在这只鞋子就要哭得说不出一句话来;然后我就要吻我的父亲,他还是哭个不停。现在我再走到我的母亲跟前,唉!我希望她现在能够像一个木头人一样开起口来!我就这么吻了她,一点也不错,她嘴里完全是这个气味。现在我要到我妹妹跟前,你瞧她哭得多么伤心!可是这条狗站在旁边,瞧着我一把一把眼泪洒在地上,却始终不流一点泪也不说一句话。

潘西诺上。

潘西诺　朗斯,快走,快走,上船了!你的主人已经登船,你得坐小划子赶去。什么事?这家伙,怎么哭起来了?去吧,蠢货!你再耽搁下去,潮水要退下去了。

朗　斯　退下去有什么关系?它这么不通人情就叫它去吧。

潘西诺　谁这么不通人情?

朗　斯　就是它,克来勃,我的狗。

潘西诺　呸,这家伙!我说,潮水要是退下去,你就要失去这次航行了;失去这次航行,你就要失去你的主人了;失去你的主人,你就要失去你的工作了；失去你的工作——你干什么堵住我的嘴？

朗　斯　我怕你会失去你的舌头。

潘西诺　舌头怎么会失去？

朗　斯　说话太多。

潘西诺　我看你倒是放屁太多。

朗　斯　连潮水、带航行、带主人、带工作、外带这条狗，都失去了！我对你说吧！要是河水干了，我会用眼泪把它灌满；要是风势低了，我会用叹息把船只吹送。

潘西诺　来吧，来吧；主人派我来叫你的。

朗　斯　你爱叫我什么就叫我什么好了。

潘西诺　你到底走不走呀？

朗　斯　好，走就走。（同下。）

第四场　米兰。公爵府中一室

　　　　凡伦丁、西尔维娅、修里奥及史比德上。

西尔维娅　仆人！

凡伦丁　小姐？

史比德　少爷，修里奥大爷在向您怒目而视呢。

凡伦丁　嗯，那是为了爱情的缘故。

史比德　他才不爱您呢。

凡伦丁　那就是爱这位小姐。

史比德　我看您该好生揍他一顿。

西尔维娅　仆人，你心里不高兴吗？

凡伦丁　是的，小姐，我好像不大高兴。

修里奥　好像不大高兴！其实还是很高兴吧？

凡伦丁　也许是的。

修里奥　原来是装腔作势。

凡伦丁　你也一样。

修里奥　我装些什么腔？

凡伦丁　你瞧上去还像个聪明人。

修里奥　你凭什么证明我不是个聪明人？

凡伦丁　就凭你的愚蠢。

修里奥　何以见得我愚蠢？

凡伦丁　从你这件外套就看得出来。

修里奥　我这件外套是好料子。

凡伦丁　好吧，那就算你是双料的愚蠢。

修里奥　什么？

西尔维娅　咦，生气了吗，修里奥？瞧你脸色变成这样子！

凡伦丁　让他去，小姐，他是一只善变的蜥蜴。

修里奥　这只蜥蜴可要喝你的血，它不愿意和你共戴一天。

凡伦丁　你说得很好。

修里奥　现在我可不同你多讲话了。

凡伦丁　我早就知道你总是未开场先结束的。

西尔维娅　二位，你们的唇枪舌剑倒是有来有往的。

凡伦丁　不错，小姐，这得感谢我们的供应人。

西尔维娅　供应人是谁呀，仆人？

凡伦丁　就是您自己，美丽的小姐；是您把火点着的。修里奥先生的
　　　辞令也全是从您脸上借来的，因此才当着您的面，慷他人之慨，一
　　　下全用光了。

修里奥　凡伦丁，你要是跟我斗嘴，我会说得你哑口无言的。

凡伦丁　那我倒完全相信；我知道尊驾有一个专门收藏言语的库房，

在你手下的人,都用空言代替工钱;从他们寒碜的装束上,就可以看出他们是靠着你的空言过活的。

西尔维娅　两位别说下去了,我的父亲来啦。

公爵上。

公　爵　西尔维娅,你给他们两位包围起来了吗? 凡伦丁,你的父亲身体很好;你家里有信来,带来了许多好消息,你要不要我告诉你?

凡伦丁　殿下,我愿意洗耳恭听。

公　爵　你认识你的同乡中有一位安东尼奥吗?

凡伦丁　是,殿下,我知道他是一位德高望重的绅士,享有良好的声誉是完全无愧的。

公　爵　他不是有一个儿子吗?

凡伦丁　是,殿下,他有一个克绍箕裘的贤嗣。

公　爵　你和他很熟悉吗?

凡伦丁　我知道他就像知道我自己一样,因为我们从小就在一起同游同学的。我虽然因为习于游惰,不肯用心上进,可是普洛丢斯——那是他的名字——却不曾把他的青春蹉跎过去。他少年老成,虽然涉世未深,识见却超人一等;他的种种好处,我一时也称赞不尽。总而言之,他的品貌才学,都是尽善尽美,凡是上流人所应有的美德,他身上无不具备。

公　爵　真的吗? 要是他真是这样好法,那么他是值得一个王后的眷爱,适宜于充任一个帝王的辅弼的。现在他已经到我们这儿来了,许多大人物都有信来给他吹嘘。他预备在这儿耽搁一些时候,我想你一定很高兴听见这消息吧。

凡伦丁　那真是我求之不得的。

公　爵　那么就准备着欢迎他吧。我这话是对你说的,西尔维娅,也是对你说的,修里奥,因为凡伦丁是用不着我怂恿的;我就去叫你的朋友来和你相见。(下。)

凡伦丁　这就是我对您说起过的那个朋友;他本来是要跟我一起来的,可是他的眼睛给他情人的晶莹的盼睐摄住了,所以不能脱身。

西尔维娅　大概现在她已经释放了他,另外有人向她奉献他的忠诚了。

凡伦丁　不,我相信他仍旧是她的俘虏。

西尔维娅　他既然还在恋爱,那么他就应该是盲目的;他既然盲目,怎么能够迢迢而来,找到了你的所在呢?

凡伦丁　小姐,爱情是有二十对眼睛的。

修里奥　他们说爱情不生眼睛。

凡伦丁　爱情没有眼睛来看见像你这样的情人;对于丑陋的事物,它是会闭目不视的。

西尔维娅　算了,算了,客人来了。

普洛丢斯上。

凡伦丁　欢迎,亲爱的普洛丢斯!小姐,请您用特殊的礼遇欢迎他吧。

西尔维娅　要是这位就是你时常念念不忘的好朋友,那么凭着他的才德,一定会得到竭诚的欢迎。

凡伦丁　这就是他。小姐,请您接纳了他,让他同我一样做您的仆人。

西尔维娅　这样高贵的仆人,侍候这样卑微的女主人,未免太屈尊了。

普洛丢斯　哪里的话,好小姐,草野贱士,能够在这样一位卓越的贵人之前亲聆謦咳,实在是三生有幸。

凡伦丁　大家不用谦虚了。好小姐,请您收容他做您的仆人吧。

普洛丢斯　我将以能够奉侍左右,勉效奔走之劳,作为我最大的光荣。

西尔维娅　尽职的人必能得到酬报。仆人,一个庸愚的女主人欢迎着你。

普洛丢斯　这话若出自别人口里,我一定要他的命。

西尔维娅　什么话,欢迎你吗?

普洛丢斯　不,给您加上庸愚两字。

　　　　　一仆人上。

仆　人　小姐,老爷叫您去说话。

西尔维娅　我就来。(仆人下)来,修里奥,咱们一块儿去。新来的仆人,我再向你说一声欢迎。现在我让你们俩人畅叙家常,等会儿我们再谈吧。

普洛丢斯　我们俩人都随时等候着您的使唤。(西尔维娅、修里奥、史比德同下。)

凡伦丁　现在告诉我,家乡的一切情形怎样?

普洛丢斯　你的亲友们都很安好,他们都叫我问候你。

凡伦丁　你的亲友们呢?

普洛丢斯　我离开他们的时候,他们也都很康健。

凡伦丁　你的爱人怎样?你们的恋爱进行得怎么样了?

普洛丢斯　我的恋爱故事是向来使你讨厌的,我知道你不爱听这种儿女私情。

凡伦丁　可是现在我的生活已经改变过来了;我正在忏悔我自己从前对于爱情的轻视,它的至高无上的威权,正在用痛苦的绝食、悔罪的呻吟、夜晚的哭泣和白昼的叹息惩罚着我。为了报复我从前对它的侮蔑,爱情已经从我被蛊惑的眼睛中驱走了睡眠,使它们永远注视着我自己心底的忧伤。啊,普洛丢斯!爱情是一个有绝大威权的君王,我已经在他面前甘心臣服,他的惩罚使我甘之如饴,为他服役是世间最大的快乐。现在我除了关于恋爱方面的谈话以外,什么都不要听;单单提起爱情的名字,便可以代替了我的三餐一宿。

普洛丢斯　够了,我在你的眼睛里可以读出你的命运来。你所膜拜的偶像就是她吗?

凡伦丁　就是她。她不是一个天上的神仙吗?

普洛丢斯　不,她是一个地上的美人。

凡伦丁　她是神圣的。

普洛丢斯　我不愿谄媚她。

凡伦丁　为了我的缘故谄媚她吧,因为爱情是喜欢听人家恭维的。

普洛丢斯　当我有病的时候,你给我苦味的丸药,现在我也要以其人之道还治其人之身。

凡伦丁　那么就说老实话吧,她即使不是神圣,也是并世无双的魁首,她是世间一切有生之伦的女皇。

普洛丢斯　除了我的爱人以外。

凡伦丁　不,没有例外,除非你有意诽谤我的爱人。

普洛丢斯　我没有理由喜爱我自己的爱人吗?

凡伦丁　我也愿意帮助你抬高她的身份:她可以得到这样隆重的光荣,为我的爱人捧持衣裾,免得卑贱的泥土偷吻她的裙角;它在得到这样意外的幸运之余,会变得骄傲起来,不肯再去滋养盛夏的花卉,使苛酷的寒冬永驻人间。

普洛丢斯　哎呀,凡伦丁,你简直在信口乱吹。

凡伦丁　原谅我,普洛丢斯,我的一切赞美之词,对她都毫无用处;她的本身的美点,就可以使其他一切美人黯然失色。她是独一无二的。

普洛丢斯　那么你不要作非分之想吧。

凡伦丁　什么也不能阻止我去爱她。告诉你吧,老兄,她是属于我的;我有了这样一宗珍宝,就像是二十个大海的主人,它的每一粒泥沙都是珠玉,每一滴海水都是天上的琼浆,每一块石子都是纯粹的黄金。不要因为我从来不曾梦到过你而见怪,因为你已经看见我是怎样倾心于我的恋人。我那愚骏的情敌——她的父亲因为他雄于资财而看中了他——刚才和她一同去了,我现在必须追上他们,因为你知道爱情是充满着嫉妒的。

普洛丢斯　可是她也爱你吗?

凡伦丁　是的,我们已经互许终身了;而且我们已经约好设计私奔,结婚的时间也已定当。我先用绳梯爬上她的窗口,把她接了出来,各种手续程序都已完全安排好了。好普洛丢斯,跟我到我的寓所去,我还要请你在这种事情上多多指教呢。

普洛丢斯　你先去吧,你的寓所我会打听得到的。我还要到码头上去,拿一点必需的用品,然后我就来看你。

凡伦丁　那么你赶快一点吧。

普洛丢斯　好的。正像一阵更大的热焰压盖住原来的热焰,一枚大钉敲落了小钉,我的旧日的恋情,也因为有了一个新的对象而完全冷淡了。是我的眼睛在作祟吗?还是因为凡伦丁把她说得天花乱坠?还是她的真正的完美使我心醉?或者是我的见异思迁的罪恶,使我全然失去了理智?她是美丽的。我所爱的朱利娅也是美丽的;可是我对于朱利娅的爱已经成为过去了,那一段恋情,就像投入火中的蜡像,已经全然熔化,不留一点原来的痕迹。好像我对于凡伦丁的友谊已经突然冷淡,我不再像从前那样喜爱他了;啊,这是因为我太过于爱他的爱人了,所以我才对他毫无好感。我这样不假思索地爱上了她,如果跟她相知渐深之后,更将怎样为她倾倒?我现在看见的只是她的外表,可是那已经使我的理智的灵光晕眩不定,那么当我看到她内心的美好时,我一定要变成盲目的了。我要尽力克制我的罪恶的恋情;否则就得设计赢得她的芳心。(下。)

第五场　同前。街道

史比德及朗斯上。

史比德　朗斯,凭着我的良心起誓,欢迎你到米兰来!

朗斯别　胡乱起誓了,好孩子,没有人会欢迎我的。我一向的看法就是:一个人没有吊死,总还有命;要是酒账未付,老板娘没有笑逐颜开,也谈不到欢迎两个字。

史比德　来吧,你这疯子,我就请你上酒店去,那边你可以用五便士去买到五千个欢迎。可是我问你,你家主人跟朱利娅小姐是怎样分别的?

朗斯　呃,他们热烈地山盟海誓之后,就这样开玩笑似的分别了。

史比德　她将要嫁给他吗?

朗斯　不。

史比德　怎么? 他将要娶她吗?

朗斯　也是个不。

史比德　咦,他们破裂了吗?

朗斯　不,他们俩人都是完完整整的。

史比德　那么究竟是怎么一回事呀?

朗斯　是这样的,要是他没有什么问题,她也没有什么问题。

史比德　你真是头蠢驴! 我不懂你的话。

朗斯　你真是块木头,什么都不懂! 连我的拐杖都懂。

史比德　懂你的话?

朗斯　是啊,和我做的事;你看,我摇摇它,我的拐杖就懂了。

史比德　你的拐杖倒是动了。

朗斯　懂了,动了,完全是一回事。

史比德　老实对我说吧,这门婚姻成不成?

朗　斯　问我的狗好了 :它要是说是,那就是成 ;它要是说不,那也是成 ;它要是摇摇尾巴不说话,那还是成。

史比德　那么结论就是 :准成。

朗　斯　像这样一桩机密的事你要我直说出来是办不到的。

史比德　亏得我总算听懂了。可是,朗斯,你知道吗? 我的主人也变成一个大情人了。

朗　斯　这我早就知道。

史比德　知道什么?

朗　斯　知道他是像你所说的一个大穷人。

史比德　你这狗娘养的蠢货,你说错了。

朗　斯　你这傻瓜,我又没有说你 ;我是说你主人。

史比德　我对你说 :我的主人已经变成一个火热的情人了。

朗　斯　让他去在爱情里烧死了吧,那不干我的事。你要是愿意陪我上酒店去,很好 ;不然的话,你就是一个希伯来人,一个犹太人,不配称为一个基督徒。

史比德　为什么?

朗　斯　因为你连请一个基督徒喝杯酒儿的博爱精神都没有。你去不去?

史比德　遵命。(同下。)

第六场　同前。公爵府中一室

普洛丢斯上。

普洛丢斯　舍弃我的朱利娅,我就要违背了盟誓 ;恋爱美丽的西尔维娅,我也要违背了盟誓 ;中伤我的朋友,更是违背了盟誓。爱情的力量当初使我信誓旦旦,现在却又诱令我干犯三重寒盟的大罪。

动人灵机的爱情啊！如果你自己犯了罪。那么我是你诱惑的对象，也教教我如何为自己辩解吧。我最初爱慕的是一颗闪烁的星星，如今崇拜的是一个中天的太阳；心中许下的誓愿，可以有意把它毁弃不顾；只有没有智慧的人，才会迟疑于好坏二者间的选择。呸，呸，不敬的唇舌！她是你从前用两万遍以灵魂作证的盟言，甘心供她驱使的，现在怎么好把她加上个坏字！我不能朝三暮四转爱他人，可是我已经变了心了；我应该爱的人，我现在已经不爱了。我失去了朱利娅，失去了凡伦丁，要是我继续对他们忠实，我必须失去我自己；我失去了凡伦丁，换来了我自己；失去了朱利娅，换来了西尔维娅：爱情永远是自私的，我自己当然比一个朋友更为宝贵，朱利娅在天生丽质的西尔维娅相形之下，不过是一个黝黑的丑妇。我要忘记朱利娅尚在人间，记着我对她的爱情已经死去；我要把凡伦丁当作敌人，努力取得西尔维娅更甜蜜的友情。要是我不用些诡计破坏凡伦丁，我就无法贯彻自己的心愿。今晚他要用绳梯爬上西尔维娅卧室的窗口，我是他的同谋者，因此与闻了这个秘密。现在我就去把他们设计逃走的事情通知她的父亲；他在勃然大怒之下，一定会把凡伦丁驱逐出境，因为他本来的意思是要把他的女儿下嫁给修里奥的。凡伦丁一去之后，我就可以用些巧妙的计策，拦截修里奥迟钝的进展。爱神啊，你已经帮助我运筹划策，请你再借给我一双翅膀，让我赶快达到我的目的！（下）

第七场　维洛那。朱利娅家中一室

朱利娅及露西塔上。

朱利娅　给我出个主意吧，露西塔好姑娘，你得帮帮我忙。你就像是一块石板一样,我的心事都清清楚楚地刻在上面;现在我用爱情的名义,请求你指教我,告诉我有什么好法子让我到我那亲爱的普洛丢斯那里去,而不致出乖露丑。

露西塔　唉! 这条路是悠长而累人的。

朱利娅　一个虔诚的巡礼者用他的软弱的脚步跋涉过万水千山,是不会觉得疲乏的;一个借着爱神之翼的女人,当她飞向像普洛丢斯那样亲爱、那样美好的爱人怀中去的时候,尤其不会觉得路途的艰远。

露西塔　还是不必多此一举,等候着普洛丢斯回来吧。

朱利娅　啊,你不知道他的目光是我灵魂的滋养吗? 我在饥荒中因渴慕而憔悴,已经好久了。你要是知道一个人在恋爱中的内心的感觉,你就会明白用空言来压遏爱情的火焰,正像雪中取火一般无益。

露西塔　我并不是要压住您的爱情的烈焰,可是这把火不能够让它燃烧得过于炽盛,那是会把理智的藩篱完全烧去的。

朱利娅　你越把它遏制,它越燃烧得厉害。你知道汩汩的轻流如果遭遇障碍就会激成怒湍;可是它的路程倘使顺流无阻,它就会在光润的石子上弹奏柔和的音乐,轻轻地吻着每一根在它巡礼途中的芦苇,以这种游戏的心情经过许多曲折的路程,最后到达辽阔的海洋。所以让我去,不要阻止我吧;我会像一道耐心的轻流一样,忘怀长途跋涉的辛苦,一步步挨到爱人的门前,然后我就可以得到休息。就像一个有福的灵魂,在经历无数的磨折以后,永息在幸福的天国里一样。

露西塔　可是您在路上应该怎样打扮呢?

朱利娅　为了避免轻狂男子的调戏,我要扮成男装。好露西塔,给我找一套合身的衣服来,使我穿扮起来就像个良家少年一样。

露西塔　那么,小姐,您的头发不是要剪短了吗?

朱利娅　不。我要用丝线把它扎起来,扎成各种花样的同心结。装束得炫奇一点,扮成男子后也许更像年龄比我大一些的小伙子。

露西塔　小姐,您的裤子要裁成什么式样的?

朱利娅　你这样问我,就像人家问,"老爷,您的裙子腰围要多么大"一样。露西塔,你看怎样好就怎样做就是了。

露西塔　可是,小姐,你裤裆前头也得有个兜儿才成。

朱利娅　呸,呸,露西塔,那像个什么样子!

露西塔　小姐,当前流行的紧身裤子,前头要没有那个兜儿,可就太不像话了。

朱利娅　如果你爱我的话,露西塔,就照你认为合适时兴的样子随便给我找一身吧。可是告诉我! 我这样冒险远行,世人将要怎样批评我? 我怕他们都要说我的坏话呢。

露西塔　既然如此,那么住在家里不要去吧。

朱利娅　不,那我可不愿。

露西塔　那么不要管人家说坏话,要去就去吧。要是普洛丢斯看见您来了很喜欢,那么别人赞成不赞成您去又有什么关系? 可是我怕他不见得会怎样高兴吧。

朱利娅　那我可一点不担心;一千遍的盟誓、海洋一样的眼泪以及爱情无限的证据,都向我保证我的普洛丢斯一定会欢迎我。

露西塔　什么盟誓眼泪,都不过是假心的男子们的工具。

朱利娅　卑贱的男人才会把它们用来骗人;可是普洛丢斯有一颗生就的忠心,他说的话永无变更,他的盟誓等于天诰,他的爱情是真诚的,他的思想是纯洁的,他的眼泪出自衷心,诈欺沾不进他的心肠,就像霄壤一样不能相合。

露西塔　但愿您看见他的时候,他还是像您所说的一样!

朱利娅　你要是爱我的话,请你不要怀疑他的忠心;你也应当像我一样爱他,我才喜欢你。现在你快跟我进房去,把我在旅途中所需要的物件检点一下。我所有的东西,我的土地财产,我的名誉,一切都归你支配;我只要你赶快帮我收拾动身。来,别多说话了,赶快!我心里急得什么似的。(同下。)

第
三
幕

第一场　米兰。公爵府中接待室

公爵、修里奥及普洛丢斯上。

公　爵　修里奥，请你让我们俩人说句话儿，我们有点秘密的事情要
　　　商议一下。现在告诉我吧，普洛丢斯，你要对我说些什么话？

普洛丢斯　殿下，按照朋友的情分而论，我本来不应该把这件事情告
　　　诉您；可是我想起像我这样无德无能的人，多蒙殿下恩宠有加，倘
　　　使这次知而不报，在责任上实在说不过去；虽然如果换了别人，无
　　　论多少世间的财富，都不能诱我开口的。殿下，您要知道在今天
　　　晚上，我的朋友凡伦丁想要把令爱劫走，他曾经把他的计划告诉
　　　我。我知道您已经决定把她嫁给修里奥，令爱对这个人却是不大
　　　满意的；现在假如她跟凡伦丁逃走了，那对于您这样年纪的人一
　　　定是一个重大的打击。所以我为了责任所迫，宁愿破坏我的朋友
　　　的计谋，却不愿代他隐瞒起来，免得您因为事出不意，而气坏了您
　　　的身子。

公　爵　普洛丢斯，多谢你这样关切我；我活一天，一定会补报你的。
　　　他们虽然当我在睡梦之中，可是我早就看出他们俩人在恋爱；我
　　　也常常想禁止凡伦丁和她亲近，或是不许他到我的宫廷里来，可
　　　是因为我不愿操切从事，生恐我的猜疑并非事实，反倒错怪了好
　　　人，所以仍旧照样待之以礼，慢慢看出他的举止用心来。我知道

年轻人血气未定,易受诱惑,早就防范到这一步,每天晚上我叫她睡在阁上,她房间的钥匙由我亲自保管,所以别人是没有法子把她偷走的。

普洛丢斯　殿下,他们已经想出了一个法子,他预备用绳梯爬上她的窗口,把她从窗里接下来。他现在去拿绳梯去了,等会儿就会经过这里,您要是愿意的话,就可以拦住问他。可是殿下,您盘问他的时候话要说得巧妙一点,别让他知道是我走了风,因为我这样报告您,只是出于我对您的忠诚,不是因为对我的朋友有什么过不去的地方。

公　爵　我用名誉为誓,他不会知道我是从你这里得到这消息的。

普洛丢斯　再会,殿下,凡伦丁就要来了。(下。)

　　　　凡伦丁上。

公　爵　凡伦丁,你这么急急地要到哪儿去?

凡伦丁　启禀殿下,有一个寄书人在外面,等着我把信交给他带给我的朋友们。

公　爵　是很重要的信吗?

凡伦丁　不过告诉他们我在殿下这儿很好、很快乐而已。

公　爵　那没什么要紧,陪着我谈谈吧。我要告诉你一些我的切身的事情,你可不要对外面的人说。你知道我曾经想把我的女儿许给我的朋友修里奥。

凡伦丁　那我很知道,殿下,这门亲事要是成功,那的确是门当户对;而且这位先生品行又好、又慷慨、又有才学,令爱配给他真是再好没有了。殿下不能够叫她也喜欢他吗?

公　爵　就是这么说。这孩子脾气坏,没有规矩,瞧不起人,又不听话又固执,一点不懂得孝道;她忘记了她是我的女儿,也不把我当一个父亲那样敬畏。不瞒你说,她这样忤逆,使我对于她的爱也完全消失了。我本来想象我这样年纪的人，有这么一个女儿承欢膝下，也可以娱此余生；现在事与愿违，我已经决定再娶一房妻室；至于我这女儿，谁要她便送给他，她的美貌就是她的嫁奁，因为她既然瞧不起我，当然也不会把我的财产放在心上的。

凡伦丁　关于这件事情，殿下要吩咐我做些什么？

公　爵　在这儿，有一位维洛那地方的姑娘，我看中了她；可是她很贞静幽娴，我这老头子说的话是打不动她的心的。我已经老早忘记了求婚的那一套法子，而且现在时世也不同了，所以我现在要请你教导教导我，怎样才可以使她那太阳一样明亮的眼睛眷顾到我。

凡伦丁　她要是不爱听空话，那么就用礼物去博取她的欢心；无言的珠宝比之流利的言辞，往往更能打动女人的心。

公　爵　我也曾经送过礼物给她，可是她一点不看重它。

凡伦丁　女人有时在表面上装作不以为意，其实心里是万分喜欢的。你应当继续把礼物送去给她，切不可灰心；起先的冷淡，将会使以后的恋爱更加热烈。她要是向你假意生嗔，那不是因为她讨厌你，而是因为她希望你更加爱她。她要是骂你，那不是因为她要你离开她，因为女人若是没有人陪着是会气得发疯的。无论她怎么说，你总不要后退，因为她嘴里叫你走，实在并不是要你走。称赞恭维是讨好女人的秘诀；尽管她生得又黑又丑，你不妨说她是天仙化人。一个男人生着三寸不烂之舌，要是说服不了一个女人，那还算是什么男人！

公　爵　可是我所说起的那位姑娘，已经由她的亲族们许配给一个年轻的绅士了。她家里门户森严，任何男人在白天走不进去。

凡伦丁　那么要是我，就在夜里去见她。

公　爵　可是门户密闭，没有钥匙，在夜里更走不进去。

凡伦丁　门里走不进去,不是可以从窗里进去吗?

公　爵　她的寝室在很高的楼上,要是爬上去,准有生命之虞。

凡伦丁　只要找一副轻便的绳梯,用一对铁钩把它抛到窗沿上就成了;若是你有胆量冒这个险,就可以像古诗里的少年那样攀上高楼去和情人幽会。

公　爵　请你看在你世家子弟的身份上,告诉我什么地方可以弄到这种梯子。

凡伦丁　你什么时候要用? 请你告诉我。

公　爵　我今夜就要;因为恋爱就像小孩一样,想要什么东西巴不得立刻就有。

凡伦丁　七点钟我可以给你弄到这么一副梯子来。

公　爵　可是我想一个人去看她,这副梯子怎么带去呢?

凡伦丁　那是很轻便的,你可以把它藏在外套里面。

公　爵　像你这样长的外套藏得下吗?

凡伦丁　可以藏得下。

公　爵　那么让我穿穿你的外套看;我要照这尺寸另做一件。

凡伦丁　啊,殿下,随便什么外套都一样可用的。

公　爵　外套应当怎样穿法才对? 请你让我试穿一下吧。(拉开凡伦丁的外套)这封是什么信? 上面写着的是什么? ——给西尔维娅! 这儿还有我所需要的工具! 恕我这回无礼,把这封信拆开了。

相思夜夜飞,飞绕情人侧;
身无彩凤翼,无由见颜色。
灵犀虽可通,室迩人常遐,
空有梦魂驰,漫漫怨长夜!

这儿还写着什么? “西尔维娅,请于今夕偕遁。”原来如此,这就是你预备好的梯子！哼，好一副偷天换日的本领！你因为看见星星向你闪耀，就想上去把它们采摘吗？去，你这妄图非分的小人，放肆无礼的奴才！向你的同类们去胁肩谄笑吧！不要以为你自己有什么了不起的地方，我因为不屑和你计较，才叫你立刻离开此地，不来过分为难你。我从前已经给过你太多的恩惠，现在就向你再开一次恩吧。可是你假如不立刻收拾动身，在我的领土上多停留一刻工夫，哼！那时我发起怒来，可要把我从前对你和我女儿的心意都抛开不管了。快去，我不要听你无益的辩解；你要是看重你的生命，就立刻给我走吧。（下。）

凡伦丁　与其活着受煎熬，何不一死了事？死不过是把自己放逐出自己的躯壳以外；西尔维娅已经和我合成一体，离开她就是离开我自己，这不是和死同样的刑罚吗？看不见西尔维娅，世上还有什么光明？没有西尔维娅在一起，世上还有什么乐趣？我只好闭上眼睛假想她在旁边，用这样美好的幻影寻求片刻的陶醉。除非夜间有西尔维娅陪着我，夜莺的歌唱只是不入耳的噪音；除非白天有西尔维娅在我的面前，否则我的生命将是一个不见天日的长夜。她是我生命的精华，我要是不能在她的煦护拂庇之下滋养我的生机，就要干枯憔悴而死。即使能逃过他这可怕的判决，我也仍然不能逃避死亡；因为我留在这儿，结果不过一死，可是离开了这儿，就是离开了生命所寄托的一切。

　　　　　普洛丢斯及朗斯上。

普洛丢斯　快跑，小子！跑，跑，把他找出来。

朗　斯　喂！喂！

普洛丢斯　你看见什么？

朗　斯　我们所要找的那个人；他头上每一根头发都是凡伦丁。

普洛丢斯　是凡伦丁吗？

凡伦丁　不是。

普洛丢斯　那么是谁？他的鬼吗？

凡伦丁　也不是。

普洛丢斯　那么你是什么？

凡伦丁　我不是什么。

朗　斯　那么你怎么会说话呢？少爷,我打他好不好？

普洛丢斯　你要打谁？

朗　斯　不打谁。

普洛丢斯　狗才,住手。

朗　斯　唷,少爷!我打的不是什么呀;请你让我——

普洛丢斯　我叫你不许放肆。——凡伦丁,我的朋友,让我跟你讲句
　　话儿。

凡伦丁　我的耳朵里满是坏消息,现在就是有好消息也听不见了。

普洛丢斯　那么我还是把我所要说的话葬在无言的沉默里吧,因为
　　它们是刺耳而不愉快的。

凡伦丁　难道是西尔维娅死了吗？

普洛丢斯　没有,凡伦丁。

凡伦丁　没有凡伦丁,不错,神圣的西尔维娅已经没有她的凡伦丁
　　了!难道是她把我遗弃了吗？

普洛丢斯　没有,凡伦丁。

凡伦丁　没有凡伦丁,她要是把我遗弃了,世上自然再没有凡伦丁这
　　个人了!那么你有些什么消息？

朗　斯　凡伦丁少爷,外面贴着告示说把你驱逐了。

普洛丢斯　把你驱逐了。是的,那就是我要告诉你的消息,你必须离
　　开这里,离开西尔维娅,离开我,你的朋友。

凡伦丁　唉!这服苦药我已经咽下去了,太多了将使我噎塞而死。西

尔维娅知道我已经被放逐了吗？

普洛丢斯　是的,她听见这个判决以后,曾经流过无数珍珠溶化成的眼泪,跪倒在她凶狠的父亲脚下苦苦哀求,她那皎洁的纤手好像因为悲哀而化为惨白,在她的胸前搓绞着;可是跪地的双膝、高举的玉手、悲伤的叹息、痛苦的呻吟、银色的泪珠,都不能感动她那冥顽不灵的父亲,他坚持着凡伦丁倘在米兰境内被捕,就必须处死;而且当她在恳求他收回成命的时候,他因为她的多事而大为震怒,竟把她关了起来,恫吓着要把她终身禁锢。

凡伦丁　别说下去了,除非你的下一句话能够致我于死命,那么我就请你轻声送进我的耳中,好让我能够从无底的忧伤中获得解放,从此长眠不醒。

普洛丢斯　事已至此,悲伤也不中用,还是想个补救的办法吧;只要静待时机,总有运命转移的一天。你要是停留在此地,仍旧见不到你的爱人,而且你自己的生命也要保不住。希望是恋人们的唯一凭借,你不要灰心,尽管到远处去吧。虽然你自己不能到这里来,你仍旧可以随时通信,只要写明给我,我就可以把它转交到你爱人的乳白的胸前。现在时间已经很匆促,我不能多多向你劝告,来,我送你出城,在路上我们还可以谈谈关于你的恋爱的一切。你即使不以你自己的安全为重,也应该为你的爱人着想;请你就跟着我走吧。

凡伦丁　朗斯,你要是看见我那小子,叫他赶快到北城门口会我。

普洛丢斯　去,狗才,快去找他。来,凡伦丁。

凡伦丁　啊,我的亲爱的西尔维娅! 倒霉的凡伦丁! （凡伦丁、普洛丢斯同下。）

朗　斯　瞧吧,我不过是一个傻瓜,可是我却知道我的主人不是个好人,这且不去说它。没有人知道我也在恋爱了;可是我真的在恋爱了；可是几匹马也不能把这秘密从我嘴里拉出来，我也决不告诉人我爱的是谁。不用说，那是一个女人；可是她是怎样一个女人；这我可连自己也不知道。总之她是一个挤牛奶的姑娘。其实她不是姑娘，因为据说她都养过几个私生子了；可是她是个拿工钱给东家做事的姑娘。她的好处比猎狗还多，这在一个基督徒可就不容易了。这儿是一张清单，记载着她的种种能耐。"第一条，她可供奔走之劳，为人来往取物。"啊，就是一匹马也不过如此；不，马可供奔走之劳，却不能来往取物，所以她比一匹吊儿郎当的马好得多了。"第二条，她会挤牛奶。"听着，一个姑娘要是有着一双干净的手，这是一件很大的好处。

　　　　史比德上。

史比德　喂，朗斯先生，尊驾可好？

朗　斯　我东家吗？他到港口送行去了。

史比德　你又犯老毛病，把词儿听错了。你这纸上有什么新闻？

朗　斯　很不妙，简直是漆黑一团。

史比德　怎么会漆黑一团呢？

朗　斯　咳，不是用墨写的吗？

史比德　让我也看看。

朗　斯　呸，你这呆鸟！你又不识字。

史比德　谁说的？我怎么不识字？

朗　斯　那么我倒要考考你。告诉我，谁生下了你？

史比德　呃，我的祖父的儿子。

朗　斯　哎哟，你这没有学问的浪荡货！你是你祖母的儿子生下来的。这就可见得你是个不识字的。

史比德　好了，你才是个蠢货，不信让我念给你听。

朗　斯　好,拿去,圣尼古拉斯①保佑你!

史比德　"第一条,她会挤牛奶。"

朗　斯　是的,这是她的拿手本领。

史比德　"第二条,她会酿上好的麦酒。"

朗　斯　所以有那么一句古话,"你酿得好麦酒,上帝保佑你。"

史比德　"第三条,她会缝纫。"

朗　斯　这就是说:她会逢迎人。

史比德　"第四条,她会编织。"

朗　斯　有了这样一个女人,可不用担心袜子破了。

史比德　"第五条,她会揩拭抹洗。"

朗　斯　妙极,这样我可以不用替她揩身抹脸了。

史比德　"第六条,她会织布。"

朗　斯　这样我可以靠她织布维持生活,舒舒服服地过日子了。

史比德　"第七条,她有许多无名的美德。"

朗　斯　正像私生子一样,因为不知谁是他的父亲,所以连自己的姓名也不知道。

史比德　"下面是她的缺点。"

朗　斯　紧接在她好处的后面。

史比德　"第一条,她的口气很臭,未吃饭前不可和她接吻。"

朗　斯　嗯,这个缺点是很容易矫正过来的,只要吃过饭吻她就是了。念下去。

史比德　"第二条,她喜欢吃糖食。"

朗　斯　那可以掩盖住她的口臭。

史比德　"第三条,她常常睡梦里说话。"

———————

① 圣尼古拉斯(St.Nicholas)此处是中世纪录事文书等的保护神。

朗　斯　那没有关系，只要不在说话的时候打瞌睡就是了。

史比德　"第四条，她说起话来慢吞吞的。"

朗　斯　他妈的，这怎么算是她的缺点？说话慢条斯理是女人最大的
　　　　美德。请你把这条涂掉，把它改记到她的好处里面。

史比德　"第五条，她很骄傲。"

朗　斯　把这条也涂掉。女人是天生骄傲的，谁也对她无可奈何。

史比德　"第六条，她没有牙齿。"

朗　斯　那我也不在乎，我就是爱啃面包皮的。

史比德　"第七条，她爱发脾气。"

朗　斯　哦，她没有牙齿，不会咬人，这还不要紧。

史比德　"第八条，她喜欢不时喝杯酒。"

朗　斯　是好酒她当然喜欢喝，就是她不喝我也要喝，好东西是人人
　　　　喜欢的。

史比德　"第九条，她为人太随便。"

朗　斯　她不会随便说话，因为上面已经写着她说起话来慢吞吞的；
　　　　她也不会随便用钱，因为我会管牢她的钱袋；至于在另外的地方
　　　　随随便便，那我也没有法子。好，念下去吧。

史比德　"第十条，她的头发比智慧多，她的错处比头发多，她的财富
　　　　比错处多。"

朗　斯　慢慢，听了这一条，我又想要她，又想不要她；你且给我再念
　　　　一遍。

史比德　"她的头发比智慧多——。"

朗　斯　这也许是的，我可以用譬喻证明：包盐的布包袱比盐多，包
　　　　住脑袋的头发也比智慧多，因为多的才可以包住少的。下面怎
　　　　么说？

史比德　"她的错处比头发多——"

朗　　斯　那可糟透了！哎哟，要是没有这句话多么好！

史比德　"她的财富比错处多。"

朗　　斯　啊，有这么一句，她的错处也变成好处了。好，我一定要娶她；
　　　　　要是这门亲事成功，天下没有不可能的事情——

史比德　那么你便怎样？

朗　　斯　那么我就告诉你吧，你的主人在北城门口等你。

史比德　等我吗？

朗　　斯　等你！嘿，你算什么人！他还等过比你身份高尚的人哩。

史比德　那么我一定要到他那边去吗？

朗　　斯　你非得奔去不可，因为你在这里耽搁了这么多的时候，跑去
　　　　　恐怕还来不及。

史比德　你为什么不早告诉我？他妈的还念什么情书！（下。）

朗　　斯　他擅自读我的信，现在可要挨一顿揍了。谁叫他不懂规矩，
　　　　　滥管人家的闲事。我倒要跟上前去，瞧瞧这狗头受些什么教训，
　　　　　也好让我痛快一番。（下。）

第二场　同前。公爵府中一室

　　　　　公爵及修里奥上。

公　　爵　修里奥，不要担心她不爱你，现在凡伦丁已经不在她眼前了。

修里奥　自从他被放逐以后，她格外讨厌我，不愿跟我在一起，见了面
　　　　　就要骂我，现在我对于获得她的爱情已经不存什么希望了。

公　　爵　这一种爱情的脆弱的刻痕就像冰雪上的纹印一样，只需片刻
　　　　　的热气，就能把它溶化在水中而消失影踪。她的凝冻的心思不久
　　　　　就会溶解，那时她就会忘记卑贱的凡伦丁。

　　　　　普洛丢斯上。

公　爵　啊,普洛丢斯! 你的同乡有没有照我的命令离开米兰?

普洛丢斯　他已经走了,殿下。

公　爵　我的女儿因为他走了很伤心呢。

普洛丢斯　殿下,过几天她的悲伤就会慢慢消失的。

公　爵　我也这样想,可是修里奥却不以为如此。普洛丢斯,我知道你为人可靠——因为你已经用行动表示你的忠心——现在我要跟你商量商量。

普洛丢斯　只要我活在世上一天,我对于殿下的忠心是永无变更的。

公　爵　你知道我很想把修里奥和我的女儿配合成亲。

普洛丢斯　是,殿下。

公　爵　我想你也不会不知道她是怎样违梗着我的意思。

普洛丢斯　那是当凡伦丁在这儿的时候,殿下。

公　爵　是的,可是她现在仍旧执迷不悟。我们怎样才可以叫这孩子忘记了凡伦丁,转过心来爱修里奥?

普洛丢斯　最好的法子是散播关于凡伦丁的坏话,说他心思不正,行为懦弱,出身寒贱,这三件是女人家听见了最恨的事情。

公　爵　不错,可是她会以为这是人家故意造谣中伤他。

普洛丢斯　是的,如果那种话是出之于他的仇敌之口的话。所以我们必须叫一个她所认为是他的朋友的人,用巧妙婉转的措辞去告诉她。

公　爵　那么这件事就得有劳你了。

普洛丢斯　殿下,那可是我最最不愿意做的事。本来这种事就不是一个上流人所应该做的,何况又是说自己好朋友的坏话。

公　爵　现在你的好话既不能使他得益,那么你对他的诽谤也未必对他有什么害处,所以这件事其实是无所谓的,请你瞧在我的面上勉为其难吧。

普洛丢斯　殿下既然这么说,那么我也只好尽力效劳,使她不再爱他。可是即使她听了我说的关于凡伦丁的坏话,断绝了她对他的痴心,那也不见得她就会爱上修里奥。

修里奥　所以你在替她斩断情丝的时候,为了避免它变成纠结紊乱的一团,对谁都没有好处,你得把它转系到我的身上;你说了凡伦丁怎样一句坏话,就反过来说我怎样一句好话。

公　爵　普洛丢斯,我们敢于信任你去干这件工作,因为我们听见凡伦丁说起过,知道你已经是一个爱神龛前的忠实信徒,不会见异思迁的! 所以我们可以放心让你和西尔维娅自由谈话。她现在心绪非常恶劣,因为你是凡伦丁的朋友,她一定高兴你去和她谈谈,你就可以婉劝她割绝对凡伦丁的爱情,来爱我的朋友。

普洛丢斯　我一定尽我的力量办去。可是修里奥大人,您在恋爱上面的功夫还差一点儿,您该写几首缠绵凄恻的情诗,申说着您是怎样愿意为她鞠躬尽瘁,才可以笼络住她的心。

公　爵　对了,诗歌感人之力是非常深刻的。

普洛丢斯　您可以说在她美貌的圣坛上,您愿意贡献您的眼泪、您的叹息、以及您的赤心。您要写到墨水干涸,然后再用眼泪润湿您的笔尖,写下几行动人的诗句,表明您的爱情是如何真诚。因为俄耳甫斯①的琴弦是用诗人的心肠作成的,它的金石之音足以使木石为之感动,猛虎听见了会贴耳驯服,巨大的海怪会离开了深不可测的海底,在沙滩上应声起舞。您在寄给她这种悲歌以后,便应该在晚间到她的窗下用柔和的乐器,一声声弹奏出心底的忧伤。黑夜的静寂是适宜于这种温情的哀诉的,只有这样才能博取

---

① 俄耳甫斯（Orpheus）,希腊神话里的著名歌手,据说他能以歌声使山林、岩石移动,使野兽驯服。

她的芳心。

公　爵　你这样循循善诱,足见是情场老手。

修里奥　我今夜就照你的指教实行。普洛丢斯,我的好师傅,咱们一块儿到城里去访寻几位音乐的好手。我有一首现成的情诗在此,不妨先把它来试一下看。

公　爵　那么你们立刻就去吧!

普洛丢斯　我们还要侍候殿下用过晚餐,然后再决定如何进行。

公　爵　不,现在就去预备起来吧,我不会怪你们的。(同下。)

第
四
幕

第一场　米兰与维洛那之间的森林

若干强盗上。

盗　甲　弟兄们,站住,我看见有一个过路人来了。

盗　乙　尽管来他十个二十个,大家也不要怕,上前去。

凡伦丁及史比德上。

盗　丙　站住,老兄,把你的东西丢下来;倘有半个不字,我们就要动
　　　　手抢了。

史比德　少爷,咱们这回完了;这班人就是行路人最害怕的那种家伙。

凡伦丁　列位朋友——

盗　甲　你错了,老兄,我们是你的仇敌。

盗　乙　别嚷,听他怎么说。

盗　丙　不错,我们要听听他怎么说,因为他瞧上去还像个好人。

凡伦丁　不瞒列位说,我是一个命运不济的人,除了这一身衣服以外,
　　　　实在没有一点财物。列位要是一定要我把衣服脱下,那就等于把
　　　　我全部的家财夺走了。

盗　乙　你要到哪里去?

凡伦丁　到维洛那去。

盗　甲　你是从哪儿来的?

凡伦丁　米兰。

盗　丙　你住在那里多久了？

凡伦丁　十六个月；倘不是厄运降临到我身上，我也不会离开米兰的。

盗　乙　怎么，你是给他们驱逐出来的吗？

凡伦丁　是的。

盗　乙　为了什么罪名？

凡伦丁　一提起这件事情，使我心里异常难过。我杀了一个人，现在觉得十分后悔；可是幸而他是我在一场争斗中杀死的，我并不曾用诡计阴谋加害于他。

盗　甲　果然是这样，那么你也不必后悔。可是他们就是为了这么一件小小过失，把你驱逐出境吗？

凡伦丁　是的，他们给我这样的判决，我自己已经认为是一件幸事。

盗　乙　你会讲外国话吗？

凡伦丁　我因为在年轻时候就走远路，所以勉强会说几句，不然有许多次简直要吃大亏哩。

盗　丙　凭侠盗罗宾汉手下那个胖神父的光头起誓，这个人叫他做咱们这一伙儿的首领，倒很不错。

盗　甲　我们要收容他。弟兄们，讲句话儿。

史比德　少爷，您去和他们合伙吧；他们倒是一群光明磊落的强盗呢．

凡伦丁　别胡说，狗才！

盗　乙　告诉我们，你现在有没有什么事情好做？

凡伦丁　没有，我现在悉听命运的支配。

盗　丙　那么老实对你说吧，我们这一群里面也很有几个良家子弟，因为少年气盛，胡作非为，被循规蹈矩的上流社会所摒斥。我自己也是维洛那人，因为想要劫走一位公爵近亲的贵家嗣女，所以才遭放逐。

盗　乙　我因为一时气恼，把一位绅士刺死了，被他们从曼多亚赶了出来。

盗　甲　我也是犯着和他们差不多的小罪。可是闲话少说,我们所以把我们的过失告诉你,因为要人知道我们过这种犯法的生涯,也是不得已而出此;一方面我们也是见你长得一表人材,照你自己说来又会说各国语言,像你这样的人,倒是我们所需要的。

盗　乙　而且尤其因为你也是一个被放逐之人,所以我们破例来和你商量。你愿意不愿意做我们的首领?穷途落难,未始不可借此栖身,你就像我们一样生活在旷野里吧!

盗　丙　你说怎么样?你愿意和我们同伙吗?你只要答应下来,我们就推戴你做首领,大家听从你的号令,把你尊为寨主。

盗　甲　可是你倘不接受我们的好意,那你休想活命。

盗　乙　我们决不放你活着回去向人家吹牛。

凡伦丁　我愿意接受列位的好意,和你们大家在一起;可是我也有一个条件,你们不许侵犯无知的女人,也不许劫夺穷苦的旅客。

盗　丙　不,我们一向不干这种卑劣的行为。来,跟我们去吧。我们要带你去见我们的合寨弟兄,把我们所得到的一切金银财宝都给你看,什么都由你支配,我们大家都愿意服从你。(同下。)

第二场　米兰。公爵府中庭园

普洛丢斯上。

普洛丢斯　我已经对凡伦丁不忠实,现在又必须把修里奥欺诈;我假意替他吹嘘,实际却是为自己开辟求爱的门径。可是西尔维娅是太好、太贞洁、太神圣了,我的卑微的礼物是不能把她污渎的。当我向她申说不变的忠诚的时候,她责备我对朋友的无义;当我向她的美貌誓愿贡献我的一切的时候,她叫我想起被我所背盟遗弃的朱利娅。她的每一句冷酷的讥刺,都可以使一个恋人心灰意懒;可是她越是不理我的爱,我越是像一头猎狗一样不愿放松她。现在修里奥来了;我们就要到她的窗下去,为她奏一支夜曲。

　　修里奥及众乐师上。

修里奥　啊,普洛丢斯!你已经一个人先溜来了吗?

普洛丢斯　是的,为爱情而奔走的人,当他嫌跑得不够快的时候,就会溜了去的。

修里奥　你说得不错;可是我希望你的爱情不是着落在这里吧?

普洛丢斯　不,我所爱的正在这里,否则我到这儿来干么?

修里奥　谁?西尔维娅吗?

普洛丢斯　正是西尔维娅,我为了你而爱她。

修里奥　多谢多谢。现在,各位,大家调起乐器来,用劲地吹奏吧。

　　旅店主上,朱利娅男装随后。

旅店主　我的小客人,你怎么这样闷闷不乐似的,请问你有什么心事呀?

朱利娅　呃,老板,那是因为我快乐不起来。

旅店主　来,我要叫你快乐起来。让我带你到一处地方去,那里你可以听到音乐,也可以见到你所打听的那位绅士。

朱利娅　可是我能够听见他说话吗?

旅店主　是的,你也能够听见。

朱利娅　那就是音乐了。(乐声起。)

旅店主　听!听!

朱利娅　他也在这里面吗?

旅店主　是的,可是你别闹,咱们听吧。

（歌。）

西尔维娅伊何人，

乃能颠倒众生心？

神圣娇丽且聪明，

天赋诸美萃一身，

俾令举世诵其名。

伊人颜色如花浓，

伊人宅心如春柔；

盈盈纱目启矇曚，

创平痍复相思瘳，

寸心永驻眼梢头。

弹琴为伊歌一曲，

伊人美好世无伦；

尘世萧条苦寂寞，

唯伊灿耀如星辰；

穿花为束献佳人。

旅店主　怎么，你现在反而更加悲伤了吗？你怎么啦，孩子？这音乐不中你的意吧。

朱利娅　您错了，我恼的是奏音乐的人。

旅店主　为什么，我的好孩子？

朱利娅　因为他奏错了，老人家。

旅店主　怎么，他弹得不对吗？

朱利娅　不是，可是他搅酸了我的心弦。

旅店主　你倒有一双知音的耳朵。

朱利娅　唉！我希望我是个聋子；听了这种音乐，我的心也停止跳动了。

旅店主　我看你是不喜欢音乐的。

朱利娅　像这样刺耳的音乐，我真是一点也不喜欢。

旅店主　听！现在又换了一个好听的曲子了。

朱利娅　嗯，我恼的就是这种变化无常。

旅店主　那么你情愿他们老是奏着一个曲子吗？

朱利娅　我希望一个人终生奏着一个曲子。可是，老板，我们说起的
　　　　这位普洛丢斯常常到这位小姐这儿来吗？

旅店主　我听他的仆人朗斯告诉我，他爱她爱得什么似的。

朱利娅　朗斯在哪儿？

旅店主　他去找他的狗去了；他的主人吩咐他明天把那狗送去给他的
　　　　爱人。

朱利娅　别说话，站开些，这一班人散开了。

普洛丢斯　修里奥，您放心好了，我一定给您婉转说情，您看我的手段吧。

修里奥　那么咱们在什么地方会面？

普洛丢斯　在圣葛雷古利井。

修里奥　好，再见。（修里奥及众乐师下。）

　　　　　　西尔维娅自上方窗口出现。

普洛丢斯　小姐，晚安。

西尔维娅　谢谢你们的音乐，诸位先生。说话的是哪一位？

普洛丢斯　小姐，您要是知道我的纯洁的真心，您就会听得出我的声音。

西尔维娅　是普洛丢斯先生吧？

普洛丢斯　正是您的仆人普洛丢斯，好小姐。

西尔维娅　您来此有何见教？

普洛丢斯　我是为侍候您的旨意而来的。

西尔维娅　好吧，我就让你知道我的旨意，请你赶快回去睡觉吧。你
　　　　这居心险恶、背信弃义之人！你曾经用你的誓言骗过不知多少

人,现在你以为我也这样容易受骗,想用你的甜言来引诱我吗?快点儿回去,设法补赎你对你爱人的罪愆吧。我凭着这苍白的月亮起誓,你的要求是我所绝对不愿允许的;为了你的非分的追求,我从心底里瞧不起你,现在我这样向你多说废话,回头我还要痛恨我自己呢。

普洛丢斯　亲爱的人儿,我承认我曾经爱过一位女郎,可是她现在已经死了。

朱利娅　（旁白）一派胡言,她还没有下葬呢。

西尔维娅　就算她死了,你的朋友凡伦丁还活着;你自己亲自作证我已经将身心许给他。现在你这样向我絮渎,你也不觉得愧对他吗?

普洛丢斯　我听说凡伦丁也已经死了。

西尔维娅　那么你就算我也已经死了吧;你可以相信我的爱已经埋葬在他的坟墓里。

普洛丢斯　好小姐,让我再把它发掘出来吧。

西尔维娅　到你爱人的坟上,去把她叫活过来吧;或者至少也可以把你的爱和她埋葬在一起。

朱利娅　（旁白）这种话他是听不进去的。

普洛丢斯　小姐,您既然这样心硬,那么请您允许把您卧室里挂着的您那幅小相赏给我,安慰我这一片痴心吧。我要每天对它说话,向它叹息流泪;因为您的卓越的本人既然爱着他人,那么我不过是一个影子,只好向您的影子贡献我的真情了。

朱利娅　（旁白）这画像倘使是一个真人,你也一定会有一天欺骗她,使她像我一样变成一个影子。

西尔维娅　先生,我很不愿意被你当作偶像,可是你既然是一个虚伪成性的人,那么让你去崇拜虚伪的影子,倒也于你很合适。明儿早上你叫一个人来,我就让他把它带给你。现在你可以去好好地

休息了。

普洛丢斯　　正像不幸的人们终夜未眠,等候着清晨的处决一样。(普洛

　　丢斯、西尔维娅各下)

朱利娅　　老板,咱们也走吧。

旅店主　　哎哟,我睡得好熟!

朱利娅　　请问您,普洛丢斯住在什么地方?

旅店主　　就在我的店里。哎哟,现在天快亮了。

朱利娅　　还没有哩;可是今夜啊,是我一生中最悠长、最难挨的一夜!

　　(同下。)

第三场　　同前

　　　　爱格勒莫上。

爱格勒莫　　这是西尔维娅小姐约我去见她的时辰,她要差我做一件重
　　要的事情。小姐!　小姐!

　　　　西尔维娅在窗口出现。

西尔维娅　　是谁?

爱格勒莫　　是您的仆人和朋友,来听候您的使唤的。

西尔维娅　　爱格勒莫先生,早安!

爱格勒莫　　早安,尊贵的小姐!我遵照您的吩咐,一早到这儿来,不知
　　道您要叫我做些什么事?

西尔维娅　　啊,爱格勒莫,你是一个正人君子,不要以为我在恭维你,
　　我发誓我说的是真心话,你是一个勇敢、智慧、慈悲、能干的人。
　　你知道我对于被放逐在外的凡伦丁抱着怎样的好感;你也知道我
　　的父亲要强迫我嫁给我所憎厌的骄傲的修里奥。你自己也是恋
　　爱过来的,我曾经听你说过,没有一种悲哀比你真心的爱人死去

那时候更使你心碎了,你已经对你爱人的坟墓宣誓终身不娶。爱格勒莫先生,我要到曼多亚去找凡伦丁,因为我听说他住在那边;可是我担心路上不好走,想请你陪着我去,我完全相信你为人可靠。爱格勒莫,不要用我父亲将要发怒的话来劝阻我;请你想一想我的伤心,一个女人的伤心吧;而且我的逃走是为要避免一门最不合适的婚姻,它将会招致不幸的后果。我从我自己充满了像海洋中沙砾那么多的忧伤的心底向你请求,请你答应和我做伴同行;要是你不肯答应我,那么也请你把我对你说过的话保守秘密,让我一个人冒险前去吧。

爱格勒莫　小姐,我非常同情您的不幸;我知道您的用心是纯洁的,所以我愿意陪着您去;我也管不了此去对于我自己利害如何,但愿您能够遇到一切的幸福;您打算什么时候走?

西尔维娅　今天晚上。

爱格勒莫　我在什么地方和您会面?

西尔维娅　在伯特力克神父的修道院里,我想先在那里做一次忏悔礼拜。

爱格勒莫　我决不失约。再见,好小姐。

西尔维娅　再见,善良的爱格勒莫先生。(各下。)

第四场　同前

朗斯携犬上。

朗　斯　一个人不走运时,自己的仆人也会像恶狗一样反过来咬他一口。这畜生,我把它从小喂大;它的三四个兄弟姊妹落下地来眼睛还没睁开,便给人淹死了,是我把它救了出来。我辛辛苦苦地教导它,正像人家说的,教一条狗也不过如此。我的主人要我把它送给西尔维娅小姐,我一脚刚踏进膳厅的门,这作怪的东西就

跳到砧板上把阉鸡腿叼去了。唉,一条狗当着众人面前,一点不
懂规矩,那可真糟糕!按道理说,要是以狗自命,做起什么事来都
应当有几分狗聪明才对。可是它呢?倘不是我比它聪明几分,把
它的过失认在自己身上,它早给人家吊死了。你们替我评评理看,
它是不是自己找死?它在公爵食桌底下和三四条绅士模样的狗
在一起,一下子就撒起尿来,满房间都是臊气。一位客人说,"这
是哪儿来的癫皮狗?"另外一个人说,"赶掉它!赶掉它!"第三
个人说,"用鞭子把它抽出去!"公爵说,"把它吊死了吧。"我闻
惯了这种尿臊气,知道是克来勃干的事,连忙跑到打狗的人面前,
说,"朋友,您要打这狗吗?"他说,"是的。"我说,"那您可冤枉了
它了,这尿是我撒的。"他就干脆把我打一顿赶了出来。天下有
几个主人肯为他的仆人受这样的委屈?我可以对天发誓,我曾经
因为它偷了人家的香肠而给人铐住了手脚,否则它早就一命呜呼
了;我也曾因为它咬死了人家的鹅而颈上套枷,否则它也逃不了
一顿打。你现在可全不记得这种事情了。嘿,我还记得在我向西
尔维娅小姐告别的时候,你闹了怎样一场笑话。我不是关照过你,
瞧我怎么做你也怎么做吗?你几时看见过我跷起一条腿来当着
一位小姐的裙边撒尿?你看见过我闹过这种笑话吗?

　　　　普洛丢斯及朱利娅男装上。

普洛丢斯　你的名字叫西巴斯辛吗?我很喜欢你,就要差你做一件事
　　情。

朱利娅　请您吩咐下来吧,我愿意尽力去做。

普洛丢斯　那很好。(向朗斯)喂,你这蠢材!这两天你究竟浪荡在什
　　么地方?

朗　斯　呃,少爷,我是照您的话给西尔维娅小姐送狗去的。

普洛丢斯　她看见我的小宝贝说些什么话?

朗　斯　呃,她说,您的狗是一条恶狗;她叫我对您说,您这样的礼物她是不敢领教的。

普洛丢斯　她不接受我的狗吗?

朗　斯　不,她不受;现在我把它带回来了。

普洛丢斯　什么! 你帮我把这畜生送给她吗?

朗　斯　是的,少爷;那头小松鼠儿在市场上给那些不得好死的偷去了,所以我才把我自己的狗送去给她。这条狗比您的狗大十倍,这礼物的价值当然也要高得多了。

普洛丢斯　快给我去把我的狗找回来;要是找不回来,不用再回来见我了。快滚! 你要我见着你生气吗? 这奴才老是替我丢尽了脸。(朗斯下)西巴斯辛,我所以收容你的缘故,一半是因为我需要像你这样一个孩子给我做些事情,不像那个蠢汉一样靠不住;可是大半还是因为我从你的容貌行为上,知道你是一个受过良好教养、诚实可靠的人。所以记着吧,我是为了这个才收容你的。现在你就给我去把这戒指送给西尔维娅小姐,它本来是一个爱我的人送给我的。

朱利娅　大概您已经不爱她了吧,所以把她的纪念物送给别人? 是不是她已经死了?

普洛丢斯　不,我想她还活着。

朱利娅　唉!

普洛丢斯　你为什么叹气?

朱利娅　我禁不住可怜她。

普洛丢斯　你为什么可怜她?

朱利娅　因为我想她爱您就像您爱您的西尔维娅小姐一样,她梦寐怀念着一个忘记了她的爱情的男人;您痴心热恋着一个不愿接受您的爱情的女子。恋爱是这样的参差颠倒,想起来真是可叹!

普洛丢斯　好,好,你把这戒指和这封信送去给她;那就是她住的房
　　　间。对那位小姐说,我要向她索讨她所答应给我的她那幅天仙似
　　　的画像。办好了差使以后,你就赶快回来,你会看见我一个人在
　　　房里伤心。(下。)

朱利娅　有几个女人愿意干这样一件差使? 唉,可怜的普洛丢斯! 你
　　　找了一头狐狸来替你牧羊了。唉,我才是个傻子! 他那样厌弃我,
　　　我为什么要可怜他? 他因为爱她,所以厌弃我;我因为爱他,所以
　　　不能不可怜他。这戒指是我们分别的时候我要他永远记得我而
　　　送给他的;现在我这不幸的使者,却要替他求讨我所不愿意他得
　　　到的东西,转送我所不愿意送去的东西,称赞我所不愿意称赞的
　　　忠实。我真心爱着我的主人,可是我倘要尽忠于他,就只好不忠
　　　于自己。没有办法,我只能为他前去求爱,可是我要把这事情干
　　　得十分冷淡,天知道! 我不愿他如愿以偿。

　　　　　　西尔维娅上,众女侍随上。

朱利娅　早安,小姐! 有劳您带我去见一见西尔维娅小姐。

西尔维娅　假如我就是她,你有什么见教?

朱利娅　假如您就是她的话,那么我奉命而来,有几句话要奉渎清听。

西尔维娅　奉谁的命而来?

朱利娅　我的主人普洛丢斯,小姐。

西尔维娅　噢,他叫你来拿一幅画像吗?

朱利娅　是的,小姐。

西尔维娅　欧苏拉,把我的画像拿来。(女侍取画像至)你把这拿去给你
　　　的主人,请你再对他说,有一位被他朝三暮四的心所忘却的朱利
　　　娅,是比这个画里的影子更值得他晨昏供奉的。

朱利娅　小姐,请您读一读这封信。——不,请您原谅我,小姐,是我
　　　大意送错了信了;这才是给您的信。

西尔维娅　请你让我再瞧瞧那一封。

朱利娅　这是不可以的,好小姐,原谅我吧。

西尔维娅　那么你拿去吧。我不要看你主人的信,我知道里面满是些
　　　山盟海誓的话,他说过了就把它丢在脑后,正像我把这纸头撕碎
　　　了一样不算一回事。

朱利娅　小姐,他叫我把这戒指送上。

西尔维娅　这尤其是他的不对;我曾经听他说起过上千次,这是他的
　　　朱利娅在分别时候给他的。他的没有良心的指头虽然已经玷污
　　　了这戒指,我可不愿对不起朱利娅而把它戴上。

朱利娅　她谢谢你。

西尔维娅　你说什么?

朱利娅　我谢谢您,小姐,因为您这样关心她。可怜的姑娘! 我的主
　　　人太对不起她了。

西尔维娅　你也认识她吗?

朱利娅　我熟悉她的为人,就像知道我自己一样。不瞒您说,我因为
　　　想起她的不幸,曾经流过几百次的眼泪哩。

西尔维娅　她多半以为普洛丢斯已经抛弃她了吧。

朱利娅　我想她是这样想着,这也就是她之所以悲伤的缘故。

西尔维娅　她长得好看吗?

朱利娅　小姐,她从前是比现在好看多了。当她以为我的主人很爱她
　　　的时候,在我看来她是跟您一样美的;可是自从她无心对镜、懒敷
　　　脂粉以后,她的颊上的蔷薇已经不禁风吹而枯萎,她的百合花一
　　　样的肤色也已经憔悴下来,现在她是跟我一样的黑丑了。

西尔维娅　她的身材怎样?

朱利娅　跟我差不多高;因为在一次五旬节串演各种戏剧的时候,当
　　　地的青年要我扮做女人,把朱利娅小姐的衣服借给我穿着,刚巧

合着我的身材,大家说这身衣服就像是为我而裁剪的,所以我知道她跟我差不多高。那时候我扮着阿里阿德涅,悲痛着忒修斯的薄情遗弃,[①]我表演得那样凄惨逼真,使我那小姐忍不住频频拭泪。现在她自己被人这样对待,怎么不使我为她难过!

西尔维娅　　她知道你这样同情她,一定很感激你的。唉,可怜的姑娘,被人这样抛弃不顾!听了你的话,我也要流起泪来了。孩子,为了你那好小姐的缘故,我给你这几个钱,因为你是爱她的。再见。

朱利娅　　您要是认识她的话!她也会因为您的善心而感谢您的。(西尔维娅及侍从下)她是一位贤淑美丽的贵家女子。她这样关切着朱利娅,看来我的主人向她求爱是没有多大希望的。唉,爱情是多么善于愚弄它自己!这一幅是她的画像,让我瞻仰一番。我想,我要是也有这样一顶帽子,我这面庞和她的比起来也是一样可爱;可是画师似乎把她的美貌格外润色了几分,否则就是我自己太顾影自怜了。她的头发是赭色的,我的是纯粹的金黄;他如果就是为了这一点差别而爱她,那么我愿意装上一头假发。她的灰色的眼睛像水晶一样清澈,我的眼睛也是一样;可是我的额角比她的高些。爱神倘不是盲目的,那么我有哪一点赶不上她?把这影子卷起来吧,它是你的情敌呢。啊,你这无知无觉的形象!他将要崇拜你、爱慕你、吻你、抱你;倘使他的盲目的恋爱是有几分理性的话,他就应该爱我这血肉之身而忘记了你;可是因为她没有错待我,所以我也要爱惜、珍重你;不然的话,我要发誓剜去你那双视而不见的眼睛,好让我的主人不再爱你。(下。)

---

①　五旬节(Pentecost)逾越节后第五十日,为庆祝收获之节日。忒修斯是传说中之雅典英雄,为阿里阿德涅所恋;忒修斯得后者之助,深入迷宫,杀死半牛半人之食人怪兽;唯其后卒将该女遗弃。

第
五
幕

第一场　米兰。一寺院

爱格勒莫上。

爱格勒莫　太阳已经替西天镀上了金光！西尔维娅约我在伯特力克神父的修道院里会面的时候快要到了。她是不会失约的，因为在恋爱中的人们总是急于求成，只有提前早到，决不会误了钟点。瞧，她已经来啦。

西尔维娅上。

爱格勒莫　小姐，晚安！

西尔维娅　阿门，阿门！好爱格勒莫，快打寺院的后门出去，我怕有暗探在跟随着我。

爱格勒莫　别怕，离这儿不满十英里就是森林，只要我们能够到得那边，准可万无一失(同下。)

第二场　同前。公爵府中一室

修里奥、普洛丢斯及朱利娅上。

修里奥　普洛丢斯，西尔维娅对于我的求婚作何表示？

普洛丢斯　啊，老兄，她的态度比原先软化得多了；可是她对于您的相貌还有几分不满。

修里奥　怎么！她嫌我的腿太长吗？

普洛丢斯　不，她嫌它太瘦小了。

修里奥　那么我就穿上一双长统靴子去，好叫它瞧上去粗一些。

朱利娅　（旁白）你可不能把爱情一靴尖踢到它所憎嫌的人的怀里啊！

修里奥　她怎样批评我的脸？

普洛丢斯　她说您有一张俊俏的小白脸。

修里奥　这丫头胡说八道，我的脸是又粗又黑的。

普洛丢斯　可是古话说，"粗黑的男子，是美人眼中的明珠。"

朱利娅　（旁白）不错，这种明珠会耀得美人们睁不开眼来，我见了他就
　　宁愿闭上眼睛。

修里奥　她对于我的言辞谈吐觉得怎样？

普洛丢斯　当您讲到战争的时候，她是会觉得头痛的。

修里奥　那么当我讲到恋爱的时候，她是很喜欢的吗？

朱利娅　（旁白）你一声不响人家才更满意呢。

修里奥　她对于我的勇敢怎么说？

普洛丢斯　啊，那是她一点都不怀疑的。

朱利娅　（旁白）她不必怀疑，因为她早知道他是一个懦夫。

修里奥　她对于我的家世怎么说？

普洛丢斯　她说您系出名门。

朱利娅　（旁白）不错，他是个辱没祖先的不肖子孙。

修里奥　她看重我的财产吗？

普洛丢斯　啊，是的，她还觉得十分痛惜呢。

修里奥　为什么？

朱利娅　（旁白）因为偌大财产都落在一头蠢驴的手里。

普洛丢斯　因为它们都典给人家了。

朱利娅　公爵来了。

公爵上。

公　爵　啊,普洛丢斯!修里奥!你们俩人看见过爱格勒莫没有?

修里奥　没有。

普洛丢斯　我也没有。

公　爵　你们看见我的女儿吗?

普洛丢斯　也没有。

公　爵　啊呀,那么她已经私自出走,到凡伦丁那家伙那里去了,爱格
勒莫一定是陪着她去的。一定是的,因为劳伦斯神父在林子里修
行的时候,曾经看见他们两个人;爱格勒莫他是认识的,还有一个
人他猜想是她,可是因为她假扮着,所以不能十分确定。而且她
今晚本来要到伯特力克神父修道院里做忏悔礼拜,可是她却不在
那里。这样看来,她的逃走是完全证实了。我请你们不要站在这
儿多讲话,赶快备好马匹,咱们在通到曼多亚去的山麓高地上会
面,他们一准是到曼多亚去的。赶快整装出发吧(下。)

修里奥　真是一个不懂好歹的女孩子,叫她享福她偏不享。我要追他
们去,叫爱格勒莫知道些厉害,却不是为了爱这个不知死活的西
尔维娅。(下。)

普洛丢斯　我也要追上前去,为了西尔维娅的爱,却不是对那和她同
走的爱格勒莫有什么仇恨。(下。)

朱利娅　我也要追上前去,阻碍普洛丢斯对她的爱情,却不是因为恼
恨为爱而出走的西尔维娅。(下。)

第三场　曼多亚边境。森林

众盗挟西尔维娅上。

盗　甲　来,来,不要急,我们要带你见寨主去。

西尔维娅　无数次不幸的遭遇,使我学会了如何忍耐今番这一次。

盗　乙　来,把她带走。

盗　甲　跟她在一起的那个绅士呢?

盗　丙　他因为跑得快,给他逃掉了,可是摩瑟斯和伐勒律斯已经向前追去了。你带她到树林的西边尽头,我们的首领就在那里。我们再去追那逃走的家伙,四面包围得紧紧的,料他逃不出去。(除盗甲及西尔维娅外余人同下。)

盗　甲　来,我带你到寨里去见寨主。别怕! 他是个光明正大的汉子,不会欺侮女人的。

西尔维娅　凡伦丁啊! 我是为了你才忍受这一切的。(同下。)

第四场　森林的另一部分

凡伦丁上。

凡伦丁　习惯是多么能够变化人的生活! 在这座浓荫密布、人迹罕至的荒林里,我觉得要比人烟繁杂的市镇里舒服得多。我可以在这里一人独坐,和着夜莺的悲歌调子,泄吐我的怨恨忧伤。唉,我那心坎里的人儿呀,不要长久抛弃你的殿堂吧,否则它会荒芜而颓圮,不留下一点可以供人凭吊的痕迹! 我这破碎的心,是要等着你来修补呢,西尔维娅! 你温柔的女神,快来安慰你的寂寞孤零的恋人呀! 今天什么事这样吵吵闹闹的? 这一班是我的弟兄们,他们不受法律的管束,现在不知又在追赶哪一个倒霉的旅客了。他们虽然厚爱我,可是我也费了不少气力,才叫他们不要做什么非礼的暴行。且慢,谁到这儿来啦? 待我退后几步看个明白。

普洛丢斯、西尔维娅及朱利娅上。

普洛丢斯　小姐,您虽然看不起我,可是这次我是冒着生命的危险,把您从那个家伙手里救了出来！保全了您的清白。就凭着这一点微劳，请您向我霁颜一笑吧；我不能向您求讨一个比这更小的恩惠，我相信您也总不致拒绝我这一个最低限度的要求。

凡伦丁　（旁白）我眼前所见所闻的一切，多么像一场梦景！爱神哪，请你让我再忍耐一会儿吧！

西尔维娅　啊，我是多么倒霉，多么不幸！

普洛丢斯　在我没有到来之前，小姐，您是不幸的；可是因为我来得凑巧，现在不幸已经变成大幸了。

西尔维娅　因为你来了，所以我才更不幸。

朱利娅　（旁白）因为他找到了你，我才不幸呢。

西尔维娅　要是我给一头饿狮抓住，我也宁愿给它充作一顿早餐，不愿让薄情无义的普洛丢斯把我援救出险。啊，上天作证，我是多么爱凡伦丁，他的生命就是我的灵魂。正像我把他爱到极点一样，我也痛恨背盟无义的普洛丢斯到极点。快给我走吧，别再缠绕我了。

普洛丢斯　只要您肯温和地看我一眼，无论什么与死为邻的危险事情，我都愿意为您去做。唉，这是爱情的永久的咒诅，一片痴心难邀美人的眷顾！

西尔维娅　普洛丢斯不爱那爱他的人，怎么能叫他爱的人爱他？想想你从前深恋的朱利娅吧，为了她你曾经发过一千遍誓诉说你的忠心，现在这些誓言都变成了谎话，你又想把它们拿来骗我了。你简直是全无人心，不然就是有二心，这比全然没有更坏；一个人应该只有一颗心，不该朝三暮四。你这出卖真诚朋友的无耻之徒！

普洛丢斯　一个人为了爱情，怎么还能顾到朋友呢？

西尔维娅　只有普洛丢斯才是这样。

普洛丢斯　好，我的婉转哀求要是打不动您的心，那么我只好像一个军人一样，用武器来向您求爱，强迫您接受我的痴情了。

西尔维娅　天啊！

普洛丢斯　我要强迫你服从我。

凡伦丁　（上前）混账东西,不许无礼！你这冒牌的朋友！

普洛丢斯　凡伦丁！

凡伦丁　卑鄙奸诈、不忠不义的家伙,现今世上就多的是像你这样的朋友！你欺骗了我的一片真心;要不是我今天亲眼看见,我万万想不到你竟是这样一个人。现在我不敢再说我在世上有一个朋友了。要是一个人的心腹股肱都会背叛他,那么还有谁可以信托？普洛丢斯,我从此不再相信你了;茫茫人海之中,从此我只剩孑然一身。这种冷箭的创伤是最深的;自己的朋友竟会变成最坏的仇敌,世间还有比这更可痛心的事吗？

普洛丢斯　我的羞愧与罪恶使我说不出话来。饶恕我吧,凡伦丁！如果真心的悔恨可以赎取罪愆,那么请你原谅我这一次吧！我现在的痛苦决不下于我过去的罪恶。

凡伦丁　那就罢了,你既然真心悔过,我也就不再计较,仍旧把你当作一个朋友。能够忏悔的人,无论天上人间都可以不咎既往。上帝的愤怒也会因为忏悔而平息的。为了表示我对你的友情的坦率真诚起见,我愿意把我在西尔维娅心中的地位让给你。

朱利娅　我好苦啊！（晕倒）。

普洛丢斯　瞧这孩子怎么啦？

凡伦丁　喂,孩子！喂,小鬼！啊,怎么一回事？醒过来！你说话呀！

朱利娅　啊,好先生,我的主人叫我把一个戒指送给西尔维娅小姐,可是我粗心把它忘了。

普洛丢斯　那戒指呢,孩子？

朱利娅　在这儿,这就是。（以戒指交普洛丢斯。）

普洛丢斯　啊,让我看。咦,这是我给朱利娅的戒指呀。

朱利娅　啊,请您原谅,我弄错了;这才是您送给西尔维娅的戒指。(取出另一戒指。)

普洛丢斯　可是这一个戒指是我在动身的时候送给朱利娅的,现在怎么会到你的手里?

朱利娅　朱利娅自己把它给我,而且她自己把它带到这儿来了。

普洛丢斯　怎么! 朱利娅!

朱利娅　曾经听过你无数假誓、从心底里相信你不会骗她的朱利娅就在这里,请你瞧个明白吧! 普洛丢斯啊,你看见我这样装束,也该脸红了吧! 我的衣着是这样不成体统,如果为了爱而伪装是可羞的事,你的确应该害羞! 可是比起男人的变换心肠来,女人的变换装束是不算一回事的。

普洛丢斯　比起男人的变换心肠来! 不错,天啊! 男人要是始终如一,他就是个完人;因为他有了这一个错处,便使他无往而不错,犯下了各种的罪恶。变换的心肠总是不能维持好久的。我要是心情忠贞,那么西尔维娅的脸上有哪一点不可以在朱利娅脸上同样找到,而且还要更加鲜润!

凡伦丁　来,来,让我给你们握手,从此破镜重圆,把旧时的恩怨一笔勾销吧。

普洛丢斯　上天为我作证,我的心愿已经永远得到满足。

朱利娅　我也别无他求。

众　盗　拥公爵及修里奥上。

众　盗　发了利市了! 发了利市了!

凡伦丁　弟兄们不得无礼! 这位是公爵殿下。殿下,小人是被放逐的凡伦丁,在此恭迎大驾。

公　爵　凡伦丁!

修里奥　那边是西尔维娅,她是我的。

凡伦丁　修里奥,放手,否则我马上叫你死。不要惹我发火,要是你再说一声西尔维娅是你的,你就休想回到维洛那去。她现在站在这儿,你倘敢碰她一碰,或者向我的爱人吹一口气的话,就叫你尝尝厉害。

修里奥　凡伦丁,我不要她,我不要。谁要是愿意为一个不爱他的女人而去冒生命的危险,那才是个大傻瓜哩。我不要她,她就算是你的吧。

公　爵　你这卑鄙无耻的小人!从前那样向她苦苦追求,现在却这样把她轻轻放手。凡伦丁,凭我的阀起誓,我很佩服你的大胆,你是值得一个女皇的眷宠的。现在我愿忘记以前的怨恨,准你回到米兰去,为了你的无比的才德,我要特别加惠于你;另外,我还要添上这么一条:凡伦丁,你是个出身良好的上等人,西尔维娅是属于你的了,因为你已经可以受之而无愧。

凡伦丁　谢谢殿下,这样的恩赐,使我喜出望外。现在我还要请求殿下看在令爱的面上,答应我一个要求。

公　爵　无论什么要求,我都可以看在你的面上答应你。

凡伦丁　这一班跟我在一起的被放逐之人,他们都有很好的品性,请您宽恕他们在这儿所干的一切,让他们各回家乡。他们都是真心悔过、温和良善、可以干些大事业的人。

公　爵　准你所请,我赦免了他们,也赦免了你。你就照他们各人的才能安置他们吧。来,我们走吧,我们要结束一切不和,摆出盛大的仪式,欢欢喜喜地回家。

凡伦丁　我们一路走着的时候!我还要大胆向殿下说一个笑话。您看这个童儿好不好?

公　爵　这孩子倒是很清秀文雅的,他在脸红呢。

凡伦丁　殿下,他清秀是很清秀的,文雅也很文雅,可是他却不是个童儿。

公　爵　你这话是什么意思？

凡伦丁　请您许我在路上告诉您这一切奇怪的遭遇吧。来,普洛丢斯,
我们要讲到你的恋爱故事,让你听着难过难过 ;之后,我们的婚期
也就是你们的婚期,大家在一块儿欢宴,一块儿居住,一块儿过着
快乐的日子。(同下。)

William Shakespeare
COMPLETE WORKS

温莎的风流娘儿们

朱生豪　译

莎士比亚
全集

剧中人物

约翰·福斯塔夫爵士

范顿　少年绅士

夏禄　乡村法官

斯兰德　夏禄的侄儿

福德 ⎫
　　 ⎬温莎的两个绅士
培琪 ⎭

威廉·培琪　　培琪的幼子

休·爱文斯师傅　　威尔士籍牧师

卡厄斯医生　　法国籍医生

嘉德饭店的店主

巴道夫 ⎫
　　　 ⎪
毕斯托尔 ⎬福斯塔夫的从仆
　　　 ⎪
尼　姆 ⎭

罗　宾　　福斯塔夫的侍童

辛普儿　　斯兰德的仆人

勒格比　　卡厄斯医生的仆人

福德大娘

培琪大娘

安·培琪　　培琪的女儿，与范顿相恋

快嘴桂嫂　　卡厄斯医生的女仆

培琪、福德两家的仆人及其他

地　点

温莎及其附近

第
一
幕

第一场　温莎。培琪家门前

夏禄、斯兰德及爱文斯上。

夏　禄　休师傅,别劝我,我一定要告到御前法庭去;就算他是二十个
　　　　约翰·福斯塔夫爵士,他也不能欺侮夏禄老爷。

斯兰德　夏禄老爷是葛罗斯特郡的治安法官,而且还是个探子呢。

夏　禄　对了,侄儿,还是个"推事"呢。

斯兰德　对了,还是个"瘫子"呢;牧师先生,我告诉您吧,他出身就是
　　　　个绅士,签起名来,总是要加上"大人"两个字,无论什么公文、笔
　　　　据、账单、契约,写起来总是"夏禄大人"。

夏　禄　对了,这三百年来,一直都是这样。

斯兰德　他的子孙在他以前就是这样写了,他的祖宗在他以后也可以
　　　　这样写;他们家里那件绣着十二条白梭子鱼的外套可以作为证明。

夏　禄　那是一件古老的外套。

爱文斯　一件古老的外套上有着十二条白虱子,那真是相得益彰了;
　　　　白虱是人类的老朋友,也是亲爱的象征。

夏　禄　不是白虱子,是淡水河里的"白梭子"鱼,我那古老的外套上,
　　　　古老的纹章上,都有十二条白梭子鱼。

斯兰德　这十二条鱼我都可以"借光",叔叔。

夏　禄　　你可以,你结了婚之后可以借你妻家的光。①

爱文斯　　家里的钱财都让人借个光,这可坏事了。

夏　禄　　没有的事儿。

爱文斯　　可坏事呢,圣母娘娘。要是你有四条裙子,让人"借光"了,那你就一条也不剩了。可是闲话少说,要是福斯塔夫爵士有什么地方得罪了您,我是个出家人,方便为怀,很愿意尽力替你们两位和解和解。

夏　禄　　我要把这事情告到枢密院去,这简直是暴动。

爱文斯　　不要把暴动的事情告诉枢密院,暴动是不敬上帝的行为。枢密院希望听见人民个个敬畏上帝,不喜欢听见有什么暴动;您还是考虑考虑吧。

夏　禄　　嘿! 他妈的! 要是我再年轻点儿,一定用刀子跟他解决。

爱文斯　　冤家宜解不宜结,还是大家和和气气的好。我脑子里还有一个计划,要是能够成功,倒是一件美事。培琪大爷有一位女儿叫安,她是一个标致的姑娘。

斯兰德　　安小姐吗? 她有一头棕色的头发,说起话来细声细气,像个娘儿们似的。

爱文斯　　正是这位小姐,没有错的,这样的人儿你找不出第二个来。她的爷爷临死的时候—— 上帝接引他上天堂享福! ——留给她七百镑钱,还有金子银子,等她满了十七岁,这笔财产就可以到她手里。我们现在还是把那些吵吵闹闹的事情搁在一旁,想法子替斯兰德少爷和安·培琪小姐做个媒吧。

夏　禄　　她的爷爷留给她七百镑钱吗?

---

① "借光",原文"quarter"是纹章学中的术语。欧洲封建贵族都各有代表族系的纹章;把妻家纹章中的图形移入自己的纹章,称为"quarter"。

爱文斯　是的,还有她父亲给她的钱。

夏　禄　这姑娘我也认识,她的人品倒不错。

爱文斯　七百镑钱还有其他的妆奁,那还会错吗?

夏　禄　好,让我们去瞧瞧培琪大爷吧。福斯塔夫也在里边吗?

爱文斯　我能向您说谎吗? 我顶讨厌的就是说谎的人,正像我讨厌说
　　　　假话的人或是不老实的人一样。约翰爵士是在里边,请您看在大
　　　　家朋友份上,忍着点儿吧。让我去打门。(敲门)喂! 有人吗? 上
　　　　帝祝福你们这一家!

培　琪　(在内)谁呀?

爱文斯　上帝祝福你们,是您的朋友,还有夏禄法官和斯兰德少爷,我
　　　　们要跟您谈些事情,也许您听了会高兴的。

　　　　　　培琪上。

培　琪　我很高兴看见你们各位的气色都这样好。夏禄老爷,我还要
　　　　谢谢您的鹿肉呢!

夏　禄　培琪大爷,我很高兴看见您,您心肠好,福气一定也好! 这鹿
　　　　是给人乱刀杀死的,所以鹿肉弄得实在不成样子,您别见笑。嫂
　　　　夫人好吗? ——我从心坎里谢谢您!

培　琪　我才要谢谢您哪。

夏　禄　我才要谢谢您;干脆一句话,我谢谢您。

培　琪　斯兰德少爷,我很高兴看见您。

斯兰德　培琪大叔,您那只黄毛的猎狗怎么样啦? 听说它在最近的赛
　　　　狗会上跑不过人家,有这回事吗?

培　琪　那可不能这么说。

斯兰德　您还不肯承认,您还不肯承认。

夏　禄　他当然不肯承认的;这倒是很可惜的事,这倒是很可惜的事。
　　　　那是一只好狗哩。

培　琪　是一只不中用的畜生。

夏　禄　不,它是一只好狗,很漂亮的狗;那还用说吗? 它又好又漂亮。福斯塔夫爵士在里边吗?

培　琪　他在里边;我很愿意给你们两位彼此消消气。

爱文斯　真是一个好基督徒说的话。

夏　禄　培琪大爷,他侮辱了我。

培　琪　是的,他自己也有几分认错。

夏　禄　认了错不能就算完事呀,培琪大爷,您说是不是? 他侮辱了我;真的,他侮辱了我;一句话,他侮辱了我;你们听着,夏禄老爷说,他被人家侮辱了。

培　琪　约翰爵士来啦。

　　　福斯塔夫、巴道夫、尼姆、毕斯托尔上。

福斯塔夫　喂,夏禄老爷,您要到王上面前去告我吗?

夏　禄　爵士,你打了我的佣人,杀了我的鹿,闯进我的屋子里。

福斯塔夫　可是没有吻过你家看门人女儿的脸吧?

夏　禄　他妈的,什么话! 我一定要跟你算账。

福斯塔夫　明人不做暗事,这一切事都是我干的。现在我回答了你啦。

夏　禄　我要告到枢密院去。

福斯塔夫　我看你还是告到后门口去吧,也免得人家笑话你。

爱文斯　少说几句吧,约翰爵士;大家好言好语不好吗?

福斯塔夫　好言好语! 我倒喜欢好酒好肉呢。斯兰德,我要捶碎你的头;你也想跟我算账吗?

斯兰德　呃,爵士,我也想跟您还有您那几位专欺兔崽子的流氓跟班,巴道夫、尼姆和毕斯托尔,算一算账呢。他们带我到酒店里去,把我灌了个醉,偷了我的钱袋。

巴道夫　你这又酸又臭的干酪。

斯兰德　好,随你说吧。

毕斯托尔　喂,枯骨鬼!

斯兰德　好,随你说吧。

尼　姆　喂,风干肉片! 这别号我给你取得好不好?

斯兰德　我的跟班辛普儿呢? 叔叔,您知道吗?

爱文斯　请你们大家别闹,让我们来看 :关于这一场争执,我知道已经
　　　　有了三位公证人,第一位是培琪大爷,第二位是我自己,第三位也
　　　　就是最后一位,是嘉德饭店的老板。

培　琪　咱们三个人要听一听两方面的曲直,替他们调停出一个结
　　　　果来。

爱文斯　很好,让我先在笔记簿上把要点记下来,然后我们可以仔细
　　　　研究出一个方案来。

福斯塔夫　毕斯托尔!

毕斯托尔　他用耳朵听见了。

爱文斯　见他妈的鬼! 这算什么话,"他用耳朵听见了?" 嘿,这简直
　　　　是矫揉造作。

福斯塔夫　毕斯托尔,你有没有偷过斯兰德少爷的钱袋?

斯兰德　凭着我这双手套起誓,他偷了我七个六便士的锯边银币,还
　　　　有两个爱德华时代的银币,我用每个两先令两便士的价钱换来
　　　　的。倘然我冤枉了他,我就不叫斯兰德。

福斯塔夫　毕斯托尔,这是真事吗?

爱文斯　不,扒人家的口袋是见不得人的事。

毕斯托尔　嘿,你这个威尔士山地的生番! ——我的主人约翰爵士,
　　　　我要跟这把锈了的"小刀子"拼命。你这两片嘴唇说的全是假话!
　　　　全是假话! 你这不中用的人渣,你在说谎!

斯兰德　那么我赌咒一定是他。

尼　　姆　说话留点儿神吧,朋友,大家客客气气。你要是想在太岁头上动土! 咱老子可也不是好惹的。我要说的话就是这几句。

斯兰德　凭着这顶帽子起誓,那么一定是那个红脸的家伙偷的。我虽然不记得我给你们灌醉以后做了些什么事,可是我还不是一头十足的驴子哩。

福斯塔夫　你怎么说,红脸儿?

巴道夫　我说,这位先生一定是喝酒喝昏了胆子啦。

爱文斯　应该是喝酒喝昏了"头";呸,可见得真是无知!

巴道夫　他喝得昏昏沉沉,于是就像人家所说的"破了财",结果倒怪到我头上来了。

斯兰德　那天你还说着拉丁文呢;好,随你们怎么说吧,我这回受了骗,以后再不喝醉了;我要是喝酒,一定跟规规矩矩敬重上帝的人在一起喝,决不再跟这种坏东西在一起喝了。

爱文斯　好一句有志气的话!

福斯塔夫　各位先生,你们听他什么都否认了,你们听。

　　　　　安·培琪持酒具,及福德大娘、培琪大娘同上。

培　　琪　不,女儿,你把酒拿进去,我们就在里面喝酒。(安·培琪下。)

斯兰德　天啊! 这就是安小姐。

培　　琪　您好,福德嫂子!

福斯塔夫　福德大娘,我今天能够碰见您,真是三生有幸;恕我冒昧,好嫂子。(吻福德大娘。)

培　　琪　娘子,请你招待招待各位客人。来,我们今天烧好一盘滚热的鹿肉馒头,要请诸位尝尝新。来,各位朋友,我希望大家一杯在手,旧怨全忘。(除夏禄、斯兰德、爱文斯外皆下。)

斯兰德　我宁愿要一本诗歌和十四行集,即使现在有人给我四十个先令。

　　　　　辛普儿上。

斯兰德　啊,辛普儿,你到哪儿去了? 难道我必须自己服侍自己吗?
　　　　你有没有把那本猜谜的书带来?

辛普儿　猜谜的书! 怎么,您不是在上一次万圣节时候,米迦勒节的
　　　　前两个星期,把它借给矮饽饽艾丽丝了吗?

夏　禄　来,侄儿;来,侄儿,我们等着你呢。侄儿,我有句话要对你说,
　　　　是这样的,侄儿,刚才休师傅曾经隐约提起过这么一个意思,你懂
　　　　得我的意思吗?

斯兰德　嗯,叔叔,我是个好说话的人,只要是合理的事,我总是愿意的。

夏　禄　不,你听我说。

斯兰德　我在听着哪,叔叔。

爱文斯　斯兰德少爷,听清他的意思,您要是愿意的话,我可以把这件
　　　　事情向您解释。

斯兰德　不,我的夏禄叔叔叫我怎么做,我就怎么做。请您原谅,他是
　　　　个治安法官,谁人不知,哪个不晓?

爱文斯　不是这个意思,我们现在所要谈的,是关于您的婚姻问题。

夏　禄　对了,就是这一回事。

爱文斯　就是这一回事,我们要给您和培琪小姐做个媒。

斯兰德　噢,原来是这么一回事,只要条件合理,我可以答应娶她的。

爱文斯　可是您能不能喜欢这一位姑娘呢? 我们必须从您自己嘴
　　　　里——或者从您自己的嘴唇里——有些哲学家认为嘴唇就是嘴
　　　　的一部分——知道您的意思,所以请您明明白白地回答我们,您
　　　　能不能对这位姑娘发生好感呢?

夏　禄　斯兰德贤侄,你能够爱她吗?

斯兰德　叔叔,我希望我总是照着道理去做。

爱文斯　哎哟,天上的爷爷奶奶们! 您一定要讲得明白点儿,您想不
　　　　想要她?

夏　禄　你一定要明明白白地讲。要是她有很丰盛的妆奁,你愿意娶
　　　　她吗?

斯兰德　叔叔,您叫我做的事,只要是合理的,比这更重大的事我也会
　　　　答应下来。

夏　禄　不,你得明白我的意思,好侄儿;我所做的事,完全是为了你
　　　　的幸福。你能够爱这姑娘吗?

斯兰德　叔叔,您叫我娶她,我就娶她;也许在起头的时候彼此之间没
　　　　有多大的爱情,可是结过了婚以后,大家慢慢地互相熟悉起来,日
　　　　久生厌,也许爱情会自然而然地一天不如一天。可是只要您说一
　　　　声"跟她结婚",我就跟她结婚,这是我的反复无常的决心。

爱文斯　这是一个很明理的回答,虽然措辞有点不妥,应该说"不可动
　　　　摇"才对。他的意思是很好的。

夏　禄　嗯,我的侄儿的意思是很好的。

斯兰德　要不然的话,我就是个该死的畜生了。

夏　禄　安小姐来了。

　　　　　　安·培琪重上。

夏　禄　安小姐,为了您的缘故,我但愿自己再年轻起来。

安　酒菜已经预备好了,家父叫我来请各位进去。

夏　禄　我愿意奉陪,好安小姐。

爱文斯　哎哟! 念起餐前祈祷来,我可不能缺席哩。(夏禄、爱文斯下。)

安　斯兰德世兄,您也请进吧。

斯兰德　不,谢谢您,真的,托福托福。

安　大家都在等着您哪。

斯兰德　我不饿! 我真的谢谢您。喂,你虽然是我的跟班,还是进去
　　　　侍候我的夏禄叔叔吧。治安法官有时候也要仰仗他的朋友,借
　　　　他的跟班来伺候自己。现在家母还没有死,我随身只有三个跟班

一个童儿,可是这算得上什么呢? 我的生活还是过得一点也不舒服。

安　您要是不进去,那么我也不能进去了;他们都要等您到了才坐下来呢。

斯兰德　真的,我不要吃什么东西;可是我多谢您的好意。

安　世兄,请您进去吧。

斯兰德　我还是在这儿走走的好,我谢谢您。我前天跟一个击剑教师比赛刀剑,三个回合赌一碟蒸熟的梅子,结果把我的胫骨也弄伤了。不瞒您说,从此以后! 我闻到烧热的肉的味道就受不了。你家的狗为什么叫得这样厉害? 城里有熊吗?

安　我想是有的,我听见人家说过。

斯兰德　逗着熊玩儿是很有意思的,不过我也像别的英国人一样反对这玩意儿。您要是看见关在笼子里的熊逃了出来,您怕不怕?

安　我怕。

斯兰德　我现在可把它当作家常便饭一样,不觉得什么稀罕了。我曾经看见花园里那头著名的萨克逊大熊逃出来二十次,我还亲手拉住它的链条。可是我告诉您吧,那些女人们一看见了,就哭呀叫呀地闹得天翻地覆;实在说起来,也难怪她们受不了,那些畜生都是又难看又粗暴的家伙。

　　　　培琪重上。

培　琪　来,斯兰德少爷,来吧,我们等着您呢。

斯兰德　我不要吃什么东西,我谢谢您。

培　琪　这怎么可以呢? 您不吃也得吃,来,来。

斯兰德　那么您先请吧。

培　琪　您先请。

斯兰德　安小姐,还是您先请。

安　不,您别客气了。

斯兰德　真的,我不能走在你们前面;真的,那不是太无礼了吗?

安　您何必这样客气呢?

斯兰德　既然这样,与其让你们讨厌,还是失礼的好。你们可不能怪我放肆呀。(同下。)

第二场　同前

　　　　爱文斯及辛普儿上。

爱文斯　你去打听打听,有一个卡厄斯大夫住在哪儿,他的家里有一个叫作快嘴桂嫂的,是他的看护,或者是他的保姆,或者是他的厨娘,或者是帮他洗洗衣服的女人。

辛普儿　好的,师傅。

爱文斯　慢着,还有更要紧的话哩。你把这封信交给她,因为她跟培琪家小姐是很熟悉的,这封信里的意思,就是要请她代你的主人向培琪家小姐传达他的爱慕之忱。请你快点儿去吧,我饭还没有吃完,还有一道苹果跟干酪在后头呢。(各下。)

第三场　嘉德饭店中一室

　　　　福斯塔夫、店主、巴道夫、尼姆、毕斯托尔及罗宾上。

福斯塔夫　店主!

店　主　怎么说,我的老狐狸?要说得像有学问的人、像个聪明人。

福斯塔夫　不瞒你说,我要辞掉一两个跟班啦。

店　主　好,我的巨人,叫他们滚蛋,滚蛋! 滚蛋!

福斯塔夫　尽是坐着吃饭,我一个星期也要花上十镑钱。

店　主　当然啰,你就像个皇帝,像个凯撒,像个土耳其宰相。我可以把巴道夫收留下来,让他做个酒保,你看好不好,我的大英雄?

福斯塔夫　老板,那好极啦。

店　主　那么就这么办,叫他跟我来吧。让我看到你会把酸酒当作好酒卖。我不多说了;跟我来吧。(下。)

福斯塔夫　巴道夫,跟他去。酒保也是一种很好的行业。旧外套可以改做新褂子;一个不中用的跟班,也可以变成一个出色的酒保。去吧,再见。

巴道夫　这种生活我正是求之不得,我一定会从此交运。

毕斯托尔　哼,没出息的东西!你要去开酒桶吗?

尼　姆　这个糊涂爷娘生下来的窝囊废!我这随口而出的话妙不妙?

福斯塔夫　我很高兴把这火种这样打发走了;他的偷窃太公开啦,他在偷偷摸摸的时候,就像一个不会唱歌的人一样,一点不懂得轻重快慢。

尼　姆　做贼的唯一妙诀,是看准下手的时刻。

毕斯托尔　聪明的人把它叫做"不告而取"。"做贼"!啐!好难听的话儿!

福斯塔夫　孩子们,我快要穷得鞋子都没有后跟啦。

毕斯托尔　好,那么就让你的脚跟上长起老大的冻疮来吧。

福斯塔夫　没有法子,我必须想个办法,捞一些钱来。

毕斯托尔　小乌鸦们不吃东西也是不行的呀。

福斯塔夫　你们有谁知道本地有一个叫福德的家伙?

毕斯托尔　我知道那家伙!他很有几个钱。

福斯塔夫　我的好孩子们,现在我要把我肚子里的计划怎么长怎么短都告诉你们。

毕斯托尔　你这肚子两码都不止吧。

福斯塔夫　休得取笑，毕斯托尔！我这腰身的确在两码左右，可是谁跟你谈我的大腰身来着，我倒是想谈谈人家的小腰身呢——这一回，我谈的是进账，不是出账。说得干脆些，我想去吊福德老婆的膀子。我觉得她对我很有几分意思；她跟我讲话的那种口气，她向我卖弄风情的那种姿势，还有她那一瞟一瞟的脉脉含情的眼光，都好像在说，"我的心是福斯塔夫爵士的。"

毕斯托尔　你果然把她的心理研究得非常透彻，居然把它一个字一个字地解释出来啦。

尼　姆　抛锚抛得好深啊，我这随口而出的话好不好？

福斯塔夫　听说她丈夫的钱都是她一手经管的；他有数不清的钱藏在家里。

毕斯托尔　财多招鬼忌，咱们应该去给他消消灾；我说，向她进攻吧！

尼　姆　我的劲头儿上来了；很好，快拿金钱来给我消消灾吧。

福斯塔夫　我已经写下一封信在这儿预备寄给她；这儿还有一封，是写给培琪老婆的，她刚才也向我眉目传情，她那双水汪汪的眼睛一霎不霎地望着我身上的各部分，一会儿瞧瞧我的脚，一会儿瞧瞧我的大肚子。

毕斯托尔　正好比太阳照在粪堆上。

尼　姆　这个譬喻打得好极了！

福斯塔夫　啊！她用贪馋的神气把我从上身望到下身，她的眼睛里简直要喷出火来炙我。这一封信是给她的。她也经管着钱财，她就像是一座取之不竭的金矿。我要去接管她们两人的全部富源，她们两人便是我的两个国库；她们一个是东印度，一个是西印度，我就在这两地之间开辟我的生财大道。你给我去把这信送给培琪大娘；你给我去把这信送给福德大娘。孩子们，咱们从此可以有舒服日子过啦！

毕斯托尔　我身边佩着钢刀,是个军人,你倒要我给你拉皮条吗? 鬼才干这种事!

尼　姆　这种龌龊的事情我也不干;把这封宝贝信拿回去吧。我的名誉要紧。

福斯塔夫　(向罗宾)来,小鬼,你给我把这两封信送去,小心别丢了。你就像我的一艘快船一样,赶快开到这两座金山的脚下去吧。(罗宾下)你们这两个浑蛋,一起给我滚吧! 再不要让我看见你们的影子! 像狗一样爬得远远的,我这里容不了你们。滚! 这年头儿大家都要讲究个紧缩,福斯塔夫也要学学法国人的算计,留着一个随身的童儿,也就够了。(下。)

毕斯托尔　让饿老鹰把你的心肝五脏一起抓了去! 你用假骰子到处诈骗人家,看你作孽到几时! 等你有一天穷得袋里一个子儿都没有的时候,再瞧瞧老子是不是一定要靠着你才得活命,这万恶不赦的老贼!

尼　姆　我心里正在转着一个念头,我要复仇。

毕斯托尔　你要复仇吗?

尼　姆　天日在上,此仇非报不可!

毕斯托尔　用计策还是用武力?

尼　姆　两样都要用;我先去向培琪报告,有人正在勾搭他的老婆。

毕斯托尔　我就去叫福德加倍留神,

　　　　　说福斯塔夫,那混账东西,

　　　　　想把他的财产一口侵吞,

　　　　　还要占夺他的美貌娇妻。

尼　姆　我的脾气是想到就做,我要去煽动培琪,让他心里充满了醋意,叫他用毒药毒死这家伙。谁要是对我不起,让他知道咱老子也不是好惹的;这就是我生来的脾气。

毕斯托尔　你就是个天煞星,我愿意跟你合作,走吧。(同下。)

第四场　卡厄斯医生家中一室

　　快嘴桂嫂及辛普儿上。

桂　　嫂　喂,勒格比!

　　勒格比上。

桂　　嫂　请你到窗口去瞧瞧看,咱们这位东家来了没有;要是他来了,看见屋子里有人,一定又要给他用蹩脚的伦敦官话,把我昏天黑地骂一顿。

勒格比　好,我去看看。

桂　　嫂　去吧,今天晚上等我们烘罢了火,我请你喝杯酒。他是一个老实的听话的和善的家伙,你找不到第二个像他这样的仆人;他又不会说长道短,也不会搬弄是非;他的唯一的缺点,就是太喜欢祷告了,他祷告起来,简直像个呆子,可是谁都有几分错处,那也不用说它了。你说你的名字叫辛普儿吗?

辛普儿　是,人家就这样叫我。

桂　　嫂　斯兰德少爷就是你的主人吗?

辛普儿　正是。

桂　　嫂　他不是留着一大把胡须,像手套商的削皮刀吗?

辛普儿　不,他只有一张小小的、白白的脸,略微有几根黄胡子。

桂　　嫂　他是一个很文弱的人,是不是?

辛普儿　是的,可是在那个地段里,真要比起力气来,他也不怕人家;他曾经跟看守猎苑的人打过架呢。

桂　　嫂　你怎么说?——啊,我记起来啦!他不是走起路来大摇大摆,把头抬得高高的吗?

辛普儿　对了，一点不错，他正是这样子。

桂　嫂　好，天老爷保佑培琪小姐嫁到这样一位好郎君吧！你回去对
　　　　休牧师先生说，我一定愿意尽力帮你家少爷的忙。安是个好孩子，
　　　　我但愿——

　　　　　　勒格比重上。

勒格比　不好了，快出去，我们老爷来啦！

桂　嫂　咱们大家都要挨一顿臭骂了。这儿来，好兄弟，赶快钻到这
　　　　个壁橱里去。（将辛普儿关在壁橱内）他一会儿就要出去的。喂，勒
　　　　格比！喂，你在哪里？勒格比！你去瞧瞧老爷去，他现在还不回
　　　　来，不知道人好不好。（勒格比下，桂嫂唱歌）

　　　　　　得儿郎当，得儿郎当……

　　　　　　卡厄斯上。

卡厄斯　你在唱些什么？我讨厌这种玩意儿。请你快给我到壁橱里
　　　　去，把一只匣子，一只绿的匣子，给我拿来；听见我的话吗？一只
　　　　绿的匣子。

桂　嫂　好，好，我就去给您拿来。（旁白）谢天谢地他没有自己去拿，
　　　　要是给他看见了壁橱里有一个小伙子，他一定要暴跳如雷了。

卡厄斯　快点，快点！天气热得很哪。我有要紧的事，就要到宫廷里去。

桂　嫂　是这一个吗，老爷？

卡厄斯　对了，给我放在口袋里，快点。勒格比那个浑蛋呢？

桂　嫂　喂，勒格比！勒格比！

　　　　　　勒格比重上。

勒格比　有，老爷。

卡厄斯　勒格比，把剑拿来，跟我到宫廷里去。

勒格比　剑已经放在门口了，老爷。

卡厄斯　我已经耽搁得太久了。——该死！我又忘了！壁橱里还有
　　　　点儿药草，一定要带去。

桂　嫂　（旁白）糟了！他看见了那个小子，一定要发疯哩。

卡厄斯　见鬼！见鬼！什么东西在我的壁橱里？——浑蛋！狗贼！
　　　　（将辛普儿拖出）勒格比，把我的剑拿来！

桂　嫂　好老爷，请您息怒吧！

卡厄斯　我为什么要息怒？嘿！

桂　嫂　这个年轻人是个好人。

卡厄斯　是好人躲在我的壁橱里干什么？躲在我的壁橱里，就不是好人。

桂　嫂　请您别发这么大的脾气。老实告诉您吧，是休牧师叫他来找
　　　　我的。

卡厄斯　好。

辛普儿　正是，休牧师叫我来请这位大娘——

桂　嫂　你不要说话。

卡厄斯　闭住你的嘴！——你说吧。

辛普儿　请这位大娘替我家少爷去向培琪家小姐说亲。

桂　嫂　真的，只是这么一回事。可是我才不愿多管这种闲事，把手
　　　　指头伸到火里去呢；跟我又没有什么相干。

卡厄斯　是休牧师叫你来的吗？——勒格比，拿张纸来。你再等一会
　　　　儿。（写信。）

桂　嫂　我很高兴他今天这么安静，要是他真的动起怒来，那才会吵
　　　　得日月无光呢。可是别管他，我一定尽力帮你家少爷的忙；不瞒
　　　　你说，这个法国医生，我的主人——我可以叫他做我的主人，因为
　　　　你瞧，我替他管屋子，还给他洗衣服、酿酒、烘面包、扫地擦桌、烧
　　　　肉烹茶、铺床叠被，什么都是我一个人做的——

辛普儿　一个人做这么多事，真太辛苦啦。

桂　嫂　你替我想想，真把人都累死了，天一亮就起身，老晚才睡觉；可是这些话也不用说了，让我悄悄地告诉你，你可不许对人家说，我那个东家他自己也爱着培琪家小姐；可是安的心思我是知道的，她的心既不在这儿也不在那儿。

卡厄斯　猴崽子，你去把这封信交给休牧师。这是一封挑战书，我要在林苑里割断他的喉咙；我要教训教训这个猴崽子的牧师，问他以后多管闲事不管。你去吧，你留在这儿没有好处。哼，我要把他那两颗睾丸一起割下来，连一颗也不剩。

桂　嫂　唉！他也不过帮他朋友说句话罢了。

卡厄斯　我可不管；你不是对我说安·培琪一定会嫁给我的吗？哼，我要是不把那个狗牧师杀掉，我就不是个人；我要叫嘉德饭店的老板替我们做公证人。哼，我要是不娶安·培琪为妻，我就不是个人。

桂　嫂　老爷，那姑娘喜欢您哩，包您万事如意。人家高兴嚼嘴嚼舌，就让他们去嚼吧。真是哩！

卡厄斯　勒格比，跟我到宫廷去。哼，要是我娶不到安·培琪为妻，我不把你赶出门，我就不是个人。跟我来，勒格比。（卡厄斯、勒格比下。）

桂　嫂　呸！做你的梦！安的心思我是知道的；在温莎地方，谁也没有像我一样明白安的心思了；谢天谢地，她也只肯听我的话，别人的话她才不理呢。

范　顿　（在内）里面有人吗？喂！

桂　嫂　谁呀？进来吧。

　　　　　范顿上。

范　顿　啊，大娘，你好哇？

桂　嫂　多承大爷问起，托福托福。

范　顿　有什么消息？安小姐近来好吗？

桂　嫂　　凭良心说,大爷,她真是一位又标致、又端庄、又温柔的好姑娘;范顿大爷,我告诉您吧,她很佩服您哩,谢天谢地。

范　顿　　你看起来我有几分希望吗?我的求婚不会失败吗?

桂　嫂　　真的,大爷,什么事情都是天老爷注定了的;可是,范顿大爷,我可以发誓她是爱您的。您的眼皮上不是长着一颗小疙瘩吗?

范　顿　　是有颗疙瘩,那便怎样呢?

桂　嫂　　噢,这上面就有一段话呢。真的,我们这位小安就像换了个人似的,我们讲那颗疙瘩足足讲了一个钟点。人家讲的笑话一点不好笑!那姑娘讲的笑话才叫人打心窝里笑出来呢。可是我可以跟无论什么人打赌,她是个顶规矩的姑娘。她近来也实在太喜欢一个人发呆了,老像在想着什么心事似的。至于讲到您——那您尽管放心吧。

范　顿　　好,我今天要去看她。这几个钱请你收下,多多拜托你帮我说句好话。要是你比我先看见她,请你替我向她致意。

桂　嫂　　那还用说吗?下次要是有机会,我还要给您讲起那个疙瘩哩;我也可以告诉您还有些什么人在转她的念头。

范　顿　　好,回头见;我现在还有要事,不多谈了。

桂　嫂　　回头见,范顿大爷。(范顿下)这人是个规规矩矩的绅士,可是安并不爱他,谁也不及我更明白安的心思了。该死!我又忘了什么啦?　(下。)

第
二
幕

第一场　培琪家门前

培琪大娘持书信上。

培琪大娘　什么！我在年轻貌美的时候，都不曾收到过什么情书，现在倒有人写起情书来给我了吗？让我来看："不要问我为什么爱你；因为爱情虽然会用理智来做疗治相思的药饵，它却是从来不听理智的劝告的。你并不年轻，我也是一样；好吧，咱们同病相怜。你爱好风流，我也是一样；哈哈，那尤其是同病相怜。你喜欢喝酒，我也是一样；咱们俩岂不是天生的一对？要是一个军人的爱可以使你满足，那么培琪大娘，你也可以心满意足了。因为我已经把你爱上了。我不愿意说，可怜我吧，因为那不是一个军人所应该说的话；可是我说，爱我吧。愿意为你赴汤蹈火的，你的忠心的骑士，约翰·福斯塔夫上。"好一个胆大妄为的狗贼！哎哟，万恶的世界！一个快要老死了的家伙，还要自命风流！真是见鬼！这个酒鬼究竟从我的谈话里抓到了什么出言不检的地方，竟敢用这种话来试探我？我还没有见过他三次面呢！我应该怎样对他说呢？那个时候，上帝饶恕我！我也只是说说笑笑罢了。哼，我要到议会里去上一个条陈，请他们把那班男人一概格杀勿论。我应该怎样报复他呢？我这一口气非出不可，这是不用问的！就像他的肠子都是用布丁做的一样。

福德大娘上。

福德大娘　培琪嫂子！我正要到您府上来呢。

培琪大娘　我也正要到您家里去呢。您脸色可不大好看呀。

福德大娘　那我可不信,我应该满面红光才是呢。

培琪大娘　说真的,我觉得您脸色可不大好看。

福德大娘　好吧,就算不大好看吧;可是我得说,我本来可以让您看到满面红光的。啊,培琪嫂子！您给我出个主意吧。

培琪大娘　什么事,大姊?

福德大娘　啊,大姊,我倘不是因为觉得这种事情太不好意思,我就可以富贵起来啦！

培琪大娘　大姊,管他什么好意思不好意思,富贵起来不好吗? 是怎么一回事? —— 别理会什么不好意思,是怎么一回事?

福德大娘　我只要高兴下地狱走一趟,我就可以封爵啦。

培琪大娘　什么? 你在胡说。爱丽·福德爵士！现在这种爵士满街都是,你还是不用改变你的头衔吧。

福德大娘　废话少说,你读一读这封信;你瞧了以后,就可以知道我怎样可以封起爵来。从此以后,只要我长着眼睛,还看得清男人的模样儿,我要永远瞧不起那些胖子。可是他当着我们的面,居然不曾咒天骂地,居然赞美贞洁的女人,居然装出那么正经的样子,自称从此再也不干那种种荒唐的事了;我还真想替他发誓！他说这话是真心诚意的;谁知他说的跟他做的根本碰不到一块儿,就像圣洁的赞美诗和下流的小曲儿那样天差地别。是哪一阵暴风把这条肚子里装着许多吨油的鲸鱼吹到了温莎的海岸上来? 我应该怎样报复他呢? 我想最好的办法是假意敷衍他,却永远不让他达到目的,直等罪恶的孽火把他熔化在他自己的脂油里。你有没有听见过这样的事情?

培琪大娘　你有一封信,我也有一封信,就是换了个名字！你不用只
　　管揣摩,怎么会让人家把自己看得这样轻贱;请你大大地放心,瞧
　　吧,这是你那封信的孪生兄弟——不过还是让你那封信做老大,
　　我的信做老二好了,我决不来抢你的地位。我敢说,他已经写好
　　了一千封这样的信,只要在空白的地方填下了姓名,就可以寄给
　　人家;也许还不止一千封,咱们的已经是再版的了。他一定会把
　　这种信刻成版子印起来的,因为他会把咱们俩人的名字都放上
　　去,可见他无论刻下了些什么乱七八糟的东西,都会一样不在乎。
　　我要是跟他在一起睡觉,还是让一座山把我压死了吧。嘿,你可
　　以找到二十只贪淫的乌龟,却不容易找到一个规规矩矩的男人。

福德大娘　哎哟,这两封信简直是一个印版里印出来的,同样的笔迹,
　　同样的字句。他到底把我们看做什么人啦?

培琪大娘　那我可不知道。我看见了这样的信,真有点自己不相信自
　　己起来了。以后我一定得留心察看自己的行动,因为他要是不在
　　我身上看出了一点我自己也不知道的不大规矩的地方,一定不会
　　毫无忌惮到这个样子。

福德大娘　你说他毫无忌惮?哼,我一定要叫他知道厉害。

培琪大娘　我也是这个主意。要是我让他欺到我头上来,我从此不做
　　人了。我们一定要向他报复。让我们约他一个日子相会,把他哄
　　骗得心花怒放,然后我们采取长期诱敌的计策,只让他闻到鱼儿
　　的腥气,不让他尝到鱼儿的味道,逗得他馋涎欲滴,饿火雷鸣,吃
　　尽当光,把他的马儿都变卖给嘉德饭店的老板为止。

福德大娘　好,为了作弄这个坏东西,我什么恶毒的事情都愿意干,只
　　要对我自己的名誉没有损害。啊,要是我的男人见了这封信,那
　　还了得!他那股醋劲儿才大呢。

培琪大娘　哎哟,你瞧,他来啦,我的那个也来啦;他是从来不吃醋的,我

也从来不给他一点可以使他吃醋的理由；我希望他永远不吃醋才好。

福德大娘　　那你的运气比我好得多啦。

培琪大娘　　我们再商量商量怎样对付这个好色的骑士吧。过来。

　　　　　福德、毕斯托尔、培琪、尼姆同上。

福　　德　　我希望不会有这样的事。

毕斯托尔　　希望在有些事情上是靠不住的。福斯塔夫在转你老婆的念头哩。

福　　德　　我的妻子年纪也不小了。

毕斯托尔　　他玩起女人来，不论贵贱贫富老少，在他都是一样；只要是女人都配他的胃口。福德，你可留点神吧。

福　　德　　爱上我的妻子！

毕斯托尔　　他心里火一样的热呢。你要是不赶快防备，只怕将来你头上会长什么东西出来，你会得到一个不雅的头衔。

福　　德　　什么头衔？

毕斯托尔　　头上出角的王八哪。再见。偷儿总是乘着黑夜行事的，千万留心门户；否则只怕夏天还没到，郭公就在枝头对你叫了。走吧，尼姆伍长！培琪，他说的都是真话，你不可不信。（下。）

福　　德　　（旁白）我必须忍耐一下，把这事情调查明白。

尼　　姆　　（问培琪）这是真的，我不喜欢撒谎。他在许多地方对不起我。他本来叫我把那鬼信送给她，可是我就是真没有饭吃，也可以靠我的剑过日子。总而言之一句话，他爱你的老婆。我的名字叫做尼姆伍长，我说的话全是真的；我的名字叫尼姆，福斯塔夫爱你的老婆。天天让我吃那份儿面包干酪，我才没有那么好的胃口呢；我有什么胃口说什么话。再见。（下。）

培　　琪　　（旁白）"有什么胃口说什么话，"这家伙夹七夹八的，不知在讲些什么东西！

福　德　我要去找那福斯塔夫。

培　琪　我从来没有听见过这样一个啰哩啰唆、装腔作势的家伙。

福　德　要是给我发觉了，哼。

培　琪　我就不相信这种狗东西的话，虽然城里的牧师还说他是个好人。

福　德　他的话说得倒很有理，哼。

培　琪　啊，娘子！

培琪大娘　官人，你到哪儿去？——我对你说。

福德大娘　哎哟，我的爷！你有了什么心事啦？

福　德　我有什么心事！我有什么心事？你回家去吧，去吧。

福德大娘　真的，你一定又在转着些什么古怪的念头。培琪嫂子，咱们去吧。

培琪大娘　好，你先请。官人，你今天回来吃饭吗？（向福德大娘旁白）瞧，那边来的是什么人？咱们可以叫她去带信给那个下流的骑士。

福德大娘　我刚才还想起了她，叫她去是再好没有了。

　　　　　快嘴桂嫂上。

培琪大娘　你是来瞧我的女儿安的吗？

桂　嫂　正是呀，请问我们那位好安小姐好吗？

培琪大娘　你跟我们一块儿进去瞧瞧她吧；我们还有很多话要跟你讲哩。（培琪大娘、福德大娘及桂嫂同下。）

培　琪　福德大爷，您怎么啦？

福　德　你听见那家伙告诉我的话没有？

培　琪　我听见了，还有那个家伙告诉我的话，你听见了没有？

福　德　你想他们说的话靠得住靠不住？

培　琪　理他呢，这些狗东西！那个骑士固然不是好人，可是这两个说他意图勾引你、我妻子的人，都是他的革退的跟班，现在没有事做了，什么坏话都会说得出来的。

福　德　他们都是他的跟班吗？

培　琪　是的。

福　德　那倒很好。他住在嘉德饭店里吗？

培　琪　正是。他要是真想勾搭我的妻子，我可以假作痴聋，给他一个下手的机会，看他除了一顿臭骂之外，还会从她身上得到什么好处。

福　德　我并不疑心我的妻子，可是我也不放心让她跟别个男人在一起，一个男人太相信他的妻子，也是危险的。我不愿戴头巾，这事情倒不能就这样一笑置之。

培　琪　瞧，咱们那位爱吵闹的嘉德饭店的老板来了。他瞧上去这样高兴，倘不是喝醉了酒，一定是袋里有了几个钱——

　　　　店主及夏禄上。

培　琪　老板，您好？

店　主　啊，老狐狸！你是个好人。喂，法官先生！

夏　禄　我在这儿，老板，我在这儿。晚安，培琪大爷！培琪大爷，您跟我们一块儿去好吗？我们有新鲜的玩意儿看呢。

店　主　告诉他，法官先生；告诉他，老狐狸。

夏　禄　那个威尔士牧师休·爱文斯跟那个法国医生卡厄斯要有一场决斗。

福　德　老板，我跟您讲句话儿。

店　主　你怎么说，我的老狐狸？（二人退立一旁。）

夏　禄　（向培琪）您愿意跟我们一块儿瞧瞧去吗？我们这位淘气的店主已经替他们把剑较量过了，而且我相信已经跟他们约好了两个不同的地方，因为我听人家说那个牧师是个非常认真的家伙。来，我告诉您，我们将要有怎样一场玩意儿。（二人退立一旁。）

店　主　客人先生，你不是跟我的骑士有点儿过不去吗？

福　德　不，绝对没有。我愿意送给您一瓶烧酒，请您让我去见见他，对他说我的名字是白罗克,那不过是跟他开开玩笑而已。

店　主　很好,我的好汉。你可以自由出入,你说好不好?你的名字就叫白罗克。他是个淘气的骑士哩。诸位,咱们走吧。

夏　禄　好,老板,请你带路。

培　琪　我听人家说,这个法国人的剑术很不错。

夏　禄　这算得了什么!我在年轻的时候,也着实来得一手呢。从前这种讲究剑法的,一个站在这边,一个站在那边,你这么一刺,我这么一挥,还有各式各样的名目,我记也记不清楚;可是培琪大爷,顶要紧的毕竟还要看自己有没有勇气。不瞒您说,我从前凭着一把长剑,就可以叫四个高大的汉子抱头鼠窜哩。

店　主　喂,孩子们,来!咱们该走了!

培　琪　好,你先请吧。我倒不喜欢看他们真的打起来,宁愿听他们吵一场嘴。(店主、夏禄、培琪同下。)

福　德　培琪是个胆大的傻瓜,他以为他的老婆一定不会背着他偷汉子,可是我却不能把事情看得这样大意。我的女人在培琪家的时候,他也在那儿,他们俩人捣过什么鬼我也不知道。好,我还要仔细调查一下;我要先假扮了去试探试探福斯塔夫。要是侦察的结果,她并没有做过不规矩的事情,那我也可以放下心来;不然的话,也可以不至于给这一对男女蒙在鼓里。(下。)

第二场　嘉德饭店中一室

福斯塔夫及毕斯托尔上。

福斯塔夫　我一个子儿也不借给你。

毕斯托尔　那么我要凭着我的宝剑,去打出一条生路来了。你要是答应借给我,我将来一定如数奉还,决不拖欠。

福斯塔夫　一个子儿也没有。我让你把我的面子丢尽,从来不曾跟你计较过;我曾经不顾人家的讨厌,替你和你那个同伙尼姆一次两次三次向人家求情,否则你们早已像一对大猩猩一样,给他们抓起来关在铁笼子里了。我不惜违背良心,向我那些有身份的朋友们发誓说你们都是很好的军人,堂堂的男子;白律治太太丢了她的扇柄,我还用我的名誉替你辩护,说你没有把它偷走。

毕斯托尔　你不是也分到好处吗? 我不是给你十五便士吗?

福斯塔夫　浑蛋,一个人总要讲理呀;我难道白白地出卖良心吗? 一句话,别尽缠我了,我又不是你的绞刑架,吊在我身边干什么? 去吧,一把小刀一堆人!①快给我滚回你的贼窠里去吧! 你不肯替我送信,你这浑蛋! 你的名誉要紧! 哼,你这死不要脸的东西! 连我要保牢我的名誉也谈何容易! 就说我自己吧,有时为了没有办法,也只好昧了良心,把我的名誉置之不顾,去干一些偷偷摸摸的勾当;可是像你这样一个衣衫褴褛、野猫一样的面孔、满嘴醉话、动不动赌咒骂人的家伙,却也要讲起什么名誉来了! 你不肯替我送信,好,你这浑蛋!

毕斯托尔　我现在认错了,难道还不够吗?

　　　　　罗宾上。

罗　宾　爵爷,外面有一个妇人要见您说话。

福斯塔夫　叫她进来。

　　　　　快嘴桂嫂上。

桂　嫂　爵爷,您好?

福斯塔夫　你好,大嫂。

桂　嫂　请爵爷别这么称呼我。

---

① 意即钻到人堆里去做扒手的勾当。

福斯塔夫　那么称呼你大姑娘。

桂　嫂　我可以给你发誓,当初我刚出娘胎倒是个姑娘——在这一点上我不愧是我妈妈的女儿。

福斯塔夫　人家发了誓,我还有什么不信的。你有什么事见我?

桂嫂我　可以跟爵爷讲一两句话吗?

福斯塔夫　好女人,你就是跟我讲两千句话,我也愿意听。

桂　嫂　爵爷,有一位福德娘子,——请您再过来点儿;我自己是住在卡厄斯大夫家里的。

福斯塔夫　好,你说下去吧,你说那位福德娘子——

桂　嫂　爵爷说得一点不错——请您再过来点儿。

福斯塔夫　你放心吧。这儿没有外人,都是自家人,都是自家人。

桂　嫂　真的吗?上帝保佑他们,收留他们做他的仆人!

福斯塔夫　好,你说吧,那位福德娘子——

桂　嫂　哎哟,爵爷,她真是个好人儿,天哪,天哪!您爵爷是个风流的人儿!但愿天老爷饶恕您,也饶恕我们众人吧!

福斯塔夫　福德娘子,说呀,福德娘子——

桂　嫂　好,干脆一句话,她一见了您,说来也叫人不相信,简直就给您迷住啦;就是女王驾幸温莎的时候,那些头儿脑儿顶儿尖儿的官儿们,也没有您这样中她的意。不瞒您说,那些乘着大马车的骑士们、老爷子们、数一数二的绅士们,去了一辆马车来了一辆马车,一封接一封的信,一件接一件的礼物,他们的身上都用麝香熏得香喷喷的,穿着用金线绣花的绸缎衣服,满口都是文绉绉的话儿,还有顶好的酒、顶好的糖,无论哪个女人都会给他们迷醉的,可是天地良心,她向他们眼睛也不曾眨过一眨。不瞒您说,今天早上人家还想塞给我二十块钱哩,可是我不要这种人家所说的不明不白的钱。说句老实话,就是叫他们中间坐第一把交椅的人来,也休想叫她陪他喝一口酒;可是尽有那些伯爵们呀,女王身边的随从们呀,一个一个在转她的念头;可是天地良心,她一点不把他们放在眼里。

福斯塔夫 可是她对我说些什么话?说简单一点,我的好牵线人。

桂　嫂 她要我对您说,您的信她接到啦,她非常感激您的好意;她叫我通知您,她的丈夫在十点到十一点钟之间不在家。

福斯塔夫 十点到十一点钟之间?

桂　嫂 对啦,一点不错;她说,您可以在那个时候来瞧瞧您所知道的那幅画像,她的男人不会在家里的。唉!说起她的那位福德大爷来,也真叫人气恨,一位好好的娘子,跟着他才真是倒霉;他是个妒心很重的男人,老是无缘无故跟她寻事。

福斯塔夫 十点到十一点钟之间。大嫂,请你替我向她致意,我一定不失约。

桂　嫂 哎哟,您说得真好。可是我还有一个信要带给您,培琪娘子也叫我问候您。让我悄悄地告诉您吧,在这儿温莎地方,她也好算得是一位贤惠端庄的好娘子,清早晚上从来不忘记祈祷。她要我对您说,她的丈夫在家的日子多,不在家的日子少,可是她希望总会找到一个机会。我从来不曾看见过一个女人会这么喜欢一个男人;我想您一定有迷人的魔力,真的。

福斯塔夫 哪儿的话,我不过略有一些讨人喜欢的地方而已,怎么会有什么迷人的魔力?

桂　嫂 您真是太客气啦。

福斯塔夫 可是我还要问你一句话,福德家的和培琪家的两位娘子有没有让彼此知道她们两个人都爱着我一个人?

桂　嫂 那真是笑话了!她们怎么会这样不害羞把这种事情告诉人呢?要是真有那样的事,才笑死人哩!可是培琪娘子要请您把您那个小童儿送给她,因为她的丈夫很喜欢那个小厮;天地良心,培琪大爷是个好人。在温莎地方,谁也不及培琪大娘那样享福啦;她爱做什么,就做什么,爱说什么,就说什么,要什么有什么,不愁吃,不愁穿,高兴睡就睡,高兴起来就起来,什么都称她的心;可是天地良心,也是她自己做人好,才会有这样的好福气,在温莎地方,她是位心肠再好不过的娘子了。您千万要把您那童儿送给她,谁都不能不依她。

福斯塔夫　好,那一定可以。

桂　　嫂　一定这样办吧,您看,他可以在你们俩人之间来来去去传递消息;要是有不便明言的事情,你们可以自己商量好了一个暗号,只有你们俩人自己心里明白,不必让那孩子懂得,因为小孩子们是不应该知道这些坏事情的,不比上了年纪的人,懂得世事,识得是非,那就不要紧了。

福斯塔夫　再见,请你替我向她们两位多多致意。这几个钱你先拿去,我以后还要重谢你哩。——孩子,跟这位大娘去吧。(桂嫂、罗宾同下)这消息倒害得我心乱如麻。

毕斯托尔　这雌儿是爱神手下的传书鸽,待我追上前去,拉满弓弦,把她一箭射下,岂不有趣! (下。)

福斯塔夫　老家伙,你说竟会有这等事吗? 真有你的! 从此以后,我要格外喜欢你这副老皮囊了。人家真的还会看中你吗? 你花费了这许多本钱以后,现在才发起利市来了吗? 好皮囊,谢谢你。人家嫌你长得太胖,只要胖得有样子,再胖些又有什么关系!

　　　　　　巴道夫持酒杯上。

巴道夫　爵爷,下面有一位白罗克大爷要见您说话,他说很想跟您交个朋友,特意送了一瓶白葡萄酒来给您解解渴。

福斯塔夫　他的名字叫白罗克吗?

巴道夫　是,爵爷。

福斯塔夫　叫他进来,只要有酒喝,管他什么白罗克不白罗克,我都一样欢迎。哈哈！福德大娘,培琪大娘,你们果然给我钓上了吗?
很好！很好！

　　　　巴道夫偕福德化装重上。

福　德　您好,爵爷!

福斯塔夫　您好,先生！您有什么话要对我说吗?

福　德　素昧平生,就这样前来打搅您,实在冒昧得很。

福斯塔夫　不必客气,请问有何见教? ——酒保,你去吧。

福　德　爵爷,贱名是白罗克,我是一个素来喜欢随便花钱的绅士。

福斯塔夫　久仰久仰！白罗克大爷,我很希望咱们以后常常来往。

福　德　倘蒙爵爷不弃下交,真是三生有幸;可我决不敢要您破费什么。
　　　　不瞒爵爷说,我现在总算身边还有几个钱,您要是需要的话,随时问
　　　　我拿好了。人家说的,有钱路路通,否则我也不敢大胆惊动您啦。

福斯塔夫　不错,金钱是个好士兵,有了它就可以使人勇气百倍。

福　德　不瞒您说,我现在带着一袋钱在这儿,因为嫌它拿着太累赘
　　　　了,想请您帮帮忙,不论是分一半去也好,完全拿去也好,好让我
　　　　走路也轻松一点。

福斯塔夫　白罗克大爷,我怎么可以无功受禄呢?

福　德　您要是不嫌烦琐,请您耐心听我说下去！就可以知道我还要
　　　　多多仰仗大力哩。

福斯塔夫　说吧,白罗克大爷,凡有可以效劳之处,我一定愿意为您出力。

福　德　爵爷,我一向听说您是一位博学明理的人,今天一见之下,果
　　　　然名不虚传,我也不必向您多说废话了。我现在所要对您说的
　　　　事！提起来很是惭愧,因为那等于宣布了我自己的弱点;可是爵
　　　　爷,当您一面听着我供认我的愚蠢的时候,一面也要请您反躬自
　　　　省一下,那时您就可以知道一个人是多么容易犯这种过失！也就
　　　　不会过分责备我了。

福斯塔夫　很好,请您说下去吧。

福　德　本地有一个良家妇女,她的丈夫名叫福德。

福斯塔夫　嗯。

福　德　我已经爱得她很久了,不瞒您说,在她身上我也花过不少钱;我用一片痴心追求着她,千方计找机会想见她一面;不但买了许多礼物送给她,并且到处花钱打听她喜欢人家送给她什么东西。总而言之,我追逐她就像爱情追逐我一样,一刻都不肯放松;可是费了这许多心思力气的结果,一点不曾得到什么报酬,偌大的代价,只换到了一段痛苦的经验,正所谓"痴人求爱,如形捕影,瞻之在前,即之已冥"。

福斯塔夫　她从来不曾有过什么答应您的表示吗?

福　德　从来没有。

福斯塔夫　您也从来不曾缠住她要她有一个答应的表示吗?

福　德　从来没有。

福斯塔夫　那么您的爱究竟是怎样一种爱呢?

福　德　就像是建筑在别人地面上的一座华厦,因为看错了地位方向,使我的一场辛苦完全白费。

福斯塔夫　您把这些话告诉我,是什么用意呢?

福　德　请您再听我说下去,您就可以完全明白我今天的来意了。有人说,她虽然在我面前装模作样,好像是十分规矩,可是在别的地方,她却是非常放荡,已经引起不少人的闲话了。爵爷,我的用意是这样的:我知道您是一位教养优良、谈吐风雅、交游广阔的绅士,无论在地位上人品上都是超人一等,您的武艺、您的礼貌、您的学问,是谁都佩服的。

福斯塔夫　您太过奖啦!

福　德　您知道我说的都是真话。我这儿有的是钱,您尽管用吧,把

　　我的钱全用完了都可以,只要请您分出一部分时间来,去把这个
　　福德家的女人弄上了手,尽量发挥您的风流解数,把她征服下来。
　　这事情请您去办,一定比谁都要便当得多。

福斯塔夫　您把您心爱的人让给我去享用,那不会使您心里难过吗?
　　我觉得老兄这样的主意,未免太不近情理啦。

福　德　啊,请您明白我的意思。她靠着她的冰清玉洁的名誉做掩护,
　　我虽有一片痴心,却不敢妄行非礼;她的光彩过于耀目了,使我不
　　敢向她抬头仰望。可是假如我能够抓住她的一个把柄,知道她并
　　不是神圣不可侵犯的,我就可以放大胆子,去实现我的愿望了;什
　　么贞操、名誉、有夫之妇以及诸如此类的她的一千种振振有词的
　　借口,到了那个时候便可以完全推翻了。爵爷,您看怎么样?

福斯塔夫　白罗克大爷,第一,我要老实不客气地收下您的钱;第二,
　　让我握您的手;第三,我要用我自己的身份向您担保,只要您下定
　　决心,不怕福德的老婆不到您的手里。

福　德　哎哟,您真是太好了!

福斯塔夫　我说她一定会到您手里的。

福　德　不要担心没有钱用,爵爷,一切都在我身上。

福斯塔夫　不要担心福德大娘会拒绝您,白罗克大爷,一切都在我身
　　上。不瞒您说,刚才她还差了个人来约我跟她相会呢;就在您进
　　来的时候,替她送信的人刚刚出去。十点到十一点钟之间,我就
　　要看她去,因为在那个时候,她那吃醋的浑蛋男人不在家里。您
　　今晚再来看我吧! 我可以让您知道我进行得顺利不顺利。

福　德　能够跟您结识,真是幸运万分。您认不认识福德?

福斯塔夫　哼,这个没造化的死乌龟! 谁跟这种东西认识? 可是我说
　　他"没造化",真是委屈了他,人家说这个爱吃醋的王八倒很有钱
　　呢,所以我才高兴去勾搭他的老婆;我可以用她做钥匙,去打开这

个王八的钱箱,这才是我的真正的目的。

福　德　我很希望您认识那个福德,因为您要是认识他,看见他的时候也可以躲避躲避。

福斯塔夫　哼,这个靠手艺吃饭、卖咸黄油的浑蛋!我只要向他瞪一瞪眼,就会把他吓坏了。我要用棍子降服他,并且把我的棍子挂在他的绿帽子上作为他的克星。白罗克大爷,您放心吧,这种家伙不在我的眼里,您一定可以跟他的老婆睡觉。天一晚您就来。福德是个浑蛋,可是白罗克大爷,您瞧着我吧,我会给他加上双重头衔,浑蛋而兼王八,他就是个混账王八蛋了。今夜您早点来吧。(下。)

福　德　好一个万恶不赦的淫贼!我的肚子都几乎给他气破了。谁说这是我的瞎疑心?我的老婆已经寄信给他,约好钟点和他相会了。谁想得到会有这种事情?娶了一个不贞的妻子,真是倒霉!我的床要给他们弄脏了,我的钱要给他们偷了,还要让别人在背后讥笑我;这样害苦我不算,还要听那奸夫当着我的面辱骂我!骂我别的名字倒也罢了,魔鬼夜叉,都没有什么关系,偏偏口口声声的乌龟王八!乌龟!王八!这种名字就是魔鬼听了也要摇头的,培琪是个呆子,是个粗心的呆子,他居然会相信他的妻子,他不吃醋!哼,我可以相信猫儿不会偷荤,我可以相信我们那位威尔士牧师休师傅不爱吃干酪,我可以把我的烧酒瓶交给一个爱尔兰人,我可以让一个小偷把我的马儿拖走,可是我不能放心让我的妻子一个人待在家里;让她一个人在家里,她就会千方百计地耍起花样来,她们一想到要做什么事,简直可以什么都不顾,非把它做到了决不罢休。感谢上帝赐给我这一副爱吃醋的脾气!他们约定在十一点钟会面,我要去打破他们的好事,侦察我的妻子的行动,向福斯塔夫出出我胸头这一口冤气,还要把培琪取笑一番。我马上就去,宁可早三点钟,不可迟一分钟。哼!哼!乌龟!王八!(下。)

第三场　温莎附近的野地

卡厄斯及勒格比上。

卡厄斯　勒格比。

勒格比　有,老爷。

卡厄斯　勒格比,现在几点钟了?

勒格比　老爷,休师傅约好的时间已经过去了。

卡厄斯　哼,他不来,便宜了他的狗命;他在念《圣经》做祷告,所以他
　　　　不来。哼,勒格比,他要是来了,早已一命呜呼了。

勒格比　老爷,这是他的聪明,他知道他要是来了,一定会给您杀死的。

卡厄斯　哼,我要是不把他杀死,我就不是个人。勒格比,拔出你的剑
　　　　来,我要告诉你我怎样杀死他。

勒格比　哎哟,老爷! 我可不会使剑呢。

卡厄斯　狗才,拔出你的剑来。

勒格比　慢慢,有人来啦。

　　　　店主、夏禄、斯兰德及培琪上。

店　主　你好,老头儿!

夏　禄　卡厄斯大夫,您好!

培　琪　您好,大夫!

斯兰德　早安,大夫!

卡厄斯　你们一个、两个、三个、四个,来干什么?

店　主　瞧你斗剑,瞧你招架,瞧你回手;瞧你这边一跳,瞧你那边一闪;
　　　　瞧你仰冲俯刺,旁敲侧击,进攻退守。他死了吗,我的黑家伙? 他
　　　　死了吗,我的法国人? 哈,好家伙,怎么说,我的罗马医神? 我的希
　　　　腊大医师? 我的老交情? 哈,他死了吗,我的冤大头? 他死了吗?

卡厄斯　哼,他是个没有种的狗牧师;他不敢到这儿来露脸。

店　主　你是粪缸里的元帅,希腊的大英雄,好家伙!

卡厄斯　你们大家给我证明,我已经等了他六七个钟头、两个钟头、三个钟头,他还是没有来。

夏　禄　大夫,这是他的有见识之处;他给人家医治灵魂,您给人家医治肉体,要是你们打起架来,那不是违反了你们行当的宗旨了吗?培琪大爷,您说我这话对不对?

培　琪　夏禄老爷,您现在喜欢替人家排难解纷,从前却也是一名打架的好手哩。

夏　禄　可不是吗?培琪大爷,我现在虽然老了,人也变得好说话了,可是看见人家拔出刀剑来,我的手指还是觉得痒痒的。培琪大爷,我们虽然做了法官,做了医生,做了教士,总还有几分年轻人的血气;我们都是女人生下来的呢,培琪大爷。

培　琪　正是正是,夏禄老爷。

夏　禄　培琪大爷,您看吧,我的话是不会错的。卡厄斯大夫,我想来送您回家去。我是一向主张什么事情都可以和平解决的。您是一个明白道理的好医生,休师傅是一个明白道理很有涵养的好教士,大家何必伤了和气。卡厄斯大夫,您还是跟我一起回去吧。

店　主　对不起,法官先生。——跟你说句话,尿先生。①

卡厄斯　刁! 这是什么玩意儿?

店　主　"尿",在我们英国话中就是"有种"的意思,好人儿。

卡厄斯　老天,这么说,我跟随便哪一个英国人比起来也一样的"刁"——发臭的狗牧师! 老天,我要割掉他的耳朵。

店　主　他要把你捧个扁呢,好人儿。

---

① 当时医生治病,先验病人小便,所以店主用"尿"讥笑卡厄斯医生。

卡厄斯　"揍个扁"！这是什么意思？

店　主　这是说,他要给你赔不是。

卡厄斯　老天,我看他不把我"揍个扁"也不成哪;老天,我就要他把
　　　　我揍个扁。

店主我　要"挑拨"他一番,叫他这么办,否则让他走！

卡厄斯　费心了,我谢谢你。

店　主　再说,好人儿——（向夏禄等旁白）你跟培琪大爷和斯兰德少
　　　　爷从大路走,先到弗劳莫去。

培　琪　休师傅就在那里吗？

店　主　是的,你们去看看他在那里发些什么牢骚,我再领着这个医
　　　　生从小路也到那里。你们看这样好不好？

夏　禄　很好。

培　琪

夏　禄　卡厄斯大夫,我们先走一步,回头见。（下。）

斯兰德

卡厄斯　哼,我要是不杀死这个牧师,我就不是个人;谁叫他多事,替
　　　　一个猴崽子向安·培琪说亲。

店　主　这种人让他死了也好。来,把你的怒气平一平,跟我在田野
　　　　里走走,我带你到弗劳莫去,安·培琪小姐正在那里一家乡下人
　　　　家吃酒,你可以当面向她求婚。你说我这主意好不好？

卡厄斯　谢谢你,谢谢你,你是我的好朋友。我一定要介绍许多好主
　　　　顾给你,那些阔佬大官,我都看过他们的病。

店　主　你这样帮我忙,我一定"阻挠"你娶到安·培琪。我说得好不好？

卡厄斯　很好很好,好得很。

店　主　那么咱们走吧。

卡厄斯　跟我来,勒格比。（同下。）

第
三
幕

第一场　弗劳莫附近的野地

爱文斯及辛普儿上。

爱文斯　斯兰德少爷的尊驾,辛普儿我的朋友,我叫你去看看那个自
　　　称为医生的卡厄斯大夫究竟来不来,请问你是到哪一条路上去看
　　　他的?

辛普儿　师傅,我每一条路上都去看过了,就是那条通到城里去的路
　　　上没有去看过。

爱文斯　千万请你再到那一条路上去看一看。

辛普儿　好的,师傅。(下。)

爱文斯　祝福我的灵魂!我气得心里在发抖。我倒希望他欺骗我。
　　　真的气死我也!我恨不得把他的便壶摔在他那狗头上。

祝福我的灵魂!　(唱)

　　　　众鸟嘤鸣其相和兮,

　　　　临清流之潺湲,

　　　　展蔷薇之芳茵兮,

　　　　缀百花以为环。

上帝可怜我,我真的要哭出来啦。(唱)

众鸟嘤鸣其相和兮，

余独处乎巴比伦，

缀百花以为环兮，

临清流——

辛普儿重上。

辛普儿　他就要来了，在这一边，休师傅。

爱文斯　他来得正好。（唱）

临清流之潺湲——

上帝保佑好人！——他拿着什么家伙？

辛普儿　他没有带什么家伙，师傅。我家少爷，还有夏禄老爷和另外
　　　　一位大爷，也跨过梯磴，从那边一条路上来了。

爱文斯　请你把我的道袍给我；不，还是你给我拿在手里吧。（读书。）
　　　　培琪、夏禄及斯兰德上。

夏　禄　啊，牧师先生，您好？又在用功了吗？真的是赌鬼手里的骰
　　　　子，学士手里的书本，夺也夺不下来的。

斯兰德　（旁白）啊，可爱的安·培琪！

培　琪　您好，休师傅！

爱文斯　上帝祝福你们！

夏　禄　啊，怎么，一手宝剑，一手经典！牧师先生，难道您竟然是才
　　　　兼文武吗？

培　琪　在这样阴寒的天气，您这样短衣长袜，外套也不穿一件，精神
　　　　倒着实不比年轻人坏哩！

爱文斯　这都是有缘故的。

培　琪　牧师先生，我们是来给您做一件好事的。

爱文斯　很好,是什么事?

培　琪　我们刚才碰见一位很有名望的绅士,大概是受了什么人的委
　　　　屈,在那儿大发脾气。

夏　禄　我活了八十多岁了,从来不曾听见过一个像他这样有地位、
　　　　有学问、有气派的人,会这样忘记自己的身份。

爱文斯　他是谁?

培　琪　我想您也一定认识他的,就是那位著名的法国医生卡厄斯
　　　　大夫。

爱文斯　哎哟,气死我也! 你们向我提起他的名字,还不如向我提起
　　　　一块烂浆糊。

培　琪　为什么?

爱文斯　他懂得什么医经药典! 他是个坏蛋,一个十足没有种的
　　　　坏蛋!

培　琪　您跟他打起架来,才知道他厉害呢。

斯兰德　(旁白)啊,可爱的安·培琪!

夏　禄　看样子也是这样,他手里拿着武器呢。卡厄斯大夫来了,别
　　　　让他们碰在一起。

　　　　　　店主、卡厄斯及勒格比上。

培　琪　不,好牧师先生,把您的剑收起来吧。

夏　禄　卡厄斯大夫,您也收起来吧。

店　主　把他们的剑夺下来,由着他们对骂一场;让他们保全了皮肉,
　　　　只管把英国话撕个粉碎吧。

卡厄斯　请你让我在你的耳边问你一句话,你为什么失约不来?

爱文斯　(向卡厄斯旁白)不要生气,有话慢慢讲。

卡厄斯　哼,你是个懦夫,你是个狗东西猴崽子!

爱文斯　(向卡厄斯旁白)别人在寻我们的开心,我们不要上他们的当,伤

了各人的和气,我愿意和你交个朋友,我以后补报你好啦。(高声)
我要把你的便壶摔在你的狗头上,谁叫你约了人家自己不来!

卡厄斯　他妈的! 勒格比——老板,我没有等他来送命吗? 我不是在
约定的地方等了他好久吗?

爱文斯　我是个相信耶稣基督的人,我不会说假话,这儿才是你约定
的地方,我们这位老板可以替我证明。

店　主　我说,你这位法国大夫,你这位威尔士牧师,一个替人医治身
体,一个替人医治灵魂,你也不要吵,我也不要闹,大家算了吧。

卡厄斯　嗯,那倒是很好,好极了!

店　主　我说,大家静下来,听我店主说话。你们看我的手段巧不巧?
主意高不高? 计策妙不妙? 咱们少得了这位医生吗? 少不了,他
要给我开方服药。咱们少得了这位牧师,这位休师傅吗? 少不了,
他要给我念经讲道。来,一位在家人,一位出家人,大家跟我握握
手。好,老实告诉你们吧,你们两个人都给我骗啦,我叫你们一个
人到这儿,一个人到那儿,大家扑了个空。现在我们已经知道你
们两位都是好汉,谁的身上也不曾伤了一根毛,落得喝杯酒,大家
讲和了吧。来,把他们的剑拿去当了。来,孩子们,大家跟我来。

夏　禄　真是一个疯老板! ——各位,大家跟着他去吧。

斯兰德　(旁白)啊,可爱的安·培琪! (夏禄、斯兰德、培琪及店主同下。)

卡厄斯　嘿! 有这等事? 你把我们当作傻瓜了吗? 嘿! 嘿!

爱文斯　好得很,他简直拿我们开玩笑。我说,咱们还是言归于好,大
家商量出个办法,来向这个欺人的坏家伙,这个嘉德饭店的老板,
报复一下吧。

卡厄斯　很好,我完全赞成。他答应带我来看安·培琪,原来也是句
骗人的话,他妈的!

爱文斯　好,我要打破他的头。咱们走吧。(同下。)

第二场　温莎街道

　　　　　培琪大娘及罗宾上。

培琪大娘　走慢点儿,小滑头;你一向都是跟在人家屁股后面跑的,现在倒要抢上人家前头啦。我问你,你愿意我跟着你走呢,还是你愿意跟着主人走?

罗　宾　我愿意像一个男子汉那样在您前头走,不愿意像一个小鬼那样跟着他走。

培琪大娘　唷!你倒真是个小油嘴,我看你将来很可以到宫廷里去呢。
　　　　　福德上。

福　德　培琪嫂子,咱们碰见得巧极啦。您上哪儿去?

培琪大娘　福德大爷,我正要去瞧您家嫂子哩。她在家吗?

福　德　在家,她因为没有伴,正闷得发慌。照我看来,要是你们两人的男人都死掉了,你们俩人大可以结为夫妻呢。

培琪大娘　您不用担心,我们各人会再去嫁一个男人的。

福　德　您这个可爱的小鬼头是哪儿来的?

培琪大娘　我总记不起把他送给我丈夫的那个人叫什么名字。喂,你说你那个骑士姓甚名谁?

罗　宾　约翰·福斯塔夫爵士。

福　德　约翰·福斯塔夫爵士!

培琪大娘　对了,对了,正是他;我顶不会记人家的名字。他跟我的丈夫非常要好。您家嫂子真的在家吗?

福　德　真的在家。

培琪大娘　那么,少陪了,福德大爷,我巴不得立刻就看见她呢。(培琪大娘及罗宾下。)

福　德　培琪难道没有脑子吗？他难道一点都看不出，一点不会思想吗？哼，他的眼睛跟脑子一定都睡着了，因为他就是生了它们也不会去用的。嘿，这孩子可以送一封信到二十英里外的地方去，就像炮弹从炮口开到二百四十步外去一样容易。他放纵他的妻子，让她想入非非，为所欲为；现在她要去瞧我的妻子，还带着福斯塔夫的小厮！一个聪明人难道看不出苗头来吗？还带着福斯塔夫的小厮！好计策！他们已经完全布置好了；我们两家不贞的妻子，已经串通一气，一块儿去干这种不要脸的事啦。好，让我先去捉住那家伙，再去教训教训我的妻子，把这位假正经的培琪大娘的假面具揭了下来，让大家知道培琪是个冥顽不灵的王八。我干了这一番轰轰烈烈的事情，人家一定会称赞我。(钟鸣)时间已经到了，事不宜迟，我必须马上就去；我相信一定可以把福斯塔夫找到。人家都会称赞我，不会讥笑我，因为福斯塔夫一定跟我妻子在一起，就像地球是结实的一样毫无疑问。我就去。

　　　　培琪、夏禄、斯兰德、店主、爱文斯、卡厄斯及勒格比上。

培　琪
　　　　　福德大爷，咱们遇见得巧极啦。
夏　禄

福　德　真是来了大队人马，我正要请各位到舍间去喝杯酒呢。

夏　禄　福德大爷，我有事不能奉陪，请您原谅。

斯兰德　福德大叔，我也要请您原谅，我们已经约好到安小姐家里吃饭，人家无论给我多少钱，也不能使我失她的约。

夏　禄　我们打算替培琪家小姐跟我这位斯兰德贤侄攀一门亲事，今天就可以得到回音。

斯兰德　培琪大叔，我希望您不会拒绝我。

培　琪　我是一定答应的，斯兰德少爷；可是卡厄斯大夫，我的内人却看中您哩。

卡厄斯　嗯,是的,而且那姑娘也爱着我。我家那个快嘴桂嫂已经这样告诉我了。

店　主　您觉得那位年轻的范顿怎样? 他会跳跃,他会舞蹈,他的眼睛里闪耀着青春,他会写诗,他会说漂亮话,他的身上有春天的香味;他一定会成功的,他一定会成功的。他好像已经到了手、放进了口袋、连扣子都扣上了;他一定会成功的。

培　琪　可是他要是不能得到我的允许,就不会成功。这位绅士没有家产,他常常跟那位胡闹的王子①他们在一起厮混,他的地位太高,他所知道的事情也太多啦。不,我的财产是不能让他染指的。要是他跟她结婚,就让他把她空身娶了过去;我这份家私要归我自己做主,我可不能答应让他分了去。

福　德　请你们中间无论哪几位赏我一个面子,到舍间吃顿便饭;除了酒菜之外,还有新鲜的玩意儿,我有一头怪物要拿出来给你们欣赏欣赏。卡厄斯大夫,您一定要去;培琪大爷,您也去;还有休师傅,您也去。

夏　禄　好,那么再见吧;你们去了,我们到培琪大爷家里求起婚来,说话也可以方便一些。(夏禄、斯兰德下。)

卡厄斯　勒格比,你先回家去,我就来。

店　主　回头见,我的好朋友们;我要回去陪我的好骑士福斯塔夫喝酒去。(下。)

福　德　(旁白)对不起。我要先让他出一场丑哩。——列位,请了。

众　人　请了,我们倒要瞧瞧那个怪物去。(同下。)

---

① 指亨利四世的太子,后为亨利五世。

第三场　福德家中一室

福德大娘及培琪大娘上。

福德大娘　喂,约翰! 喂,劳勃!

培琪大娘　赶快,赶快!——那个盛脏衣服的篓子呢?

福德大娘　已经预备好了。喂,罗宾!

二仆携篓上。

培琪大娘　来,来,来。

福德大娘　这儿! 放下来。

培琪大娘　你吩咐他们怎样做,干干脆脆几句话就得了。

福德大娘　好,约翰和劳勃,我早就对你们说过了,叫你们在酿酒房的近旁等着不要走开,我一叫你们,你们就跑来,马上把这篓子扛了出去,跟着那些洗衣服的人一起到野地里去,跑得越快越好,一到那里,就把它扔在泰晤士河旁边的烂泥沟里。

培琪大娘　听见了没有?

福德大娘　我已经告诉过他们好几次了,他们不会弄错的。快去,我一叫你们,你们就来。(二仆下。)

培琪大娘　小罗宾来了。

罗宾上。

福德大娘　啊,我的小鹰儿! 你带什么信息来了?

罗　宾　福德奶奶,我家主人约翰爵士已经从您的后门进来了,他要跟您谈几句话。

培琪大娘　你这小鬼,你有没有在你主人面前搬嘴弄舌?

罗　宾　我可以发誓,我的主人不知道您也在这儿;他还向我说,要是

　　我把他到这儿来的事情告诉了您,他一定要把我撵走。

培琪大娘　这才是个好孩子,你嘴巴闭得紧,我一定替你做一身新衣服穿。现在我先去躲起来。

福德大娘　好的,你去告诉你的主人,说屋子里只有我一个人。(罗宾下)培琪嫂子,你别忘了你的戏。

培琪大娘　你放心吧,我要是这场戏演不好,你尽管喝倒彩好了。(下。)

福德大娘　好,让我们教训教训这个肮脏的脓包,这个满肚子臭水的胖冬瓜,叫他知道鸽子和老鸦的分别。

　　　　福斯塔夫上。

福斯塔夫　我的天上的明珠,你果然给我捉到了吗? 我已经活得很长久了,现在让我死去吧,因为我的心愿已经完全达到了。啊,这幸福的时辰!

福德大娘　哎哟,好爵爷!

福斯塔夫　好娘子,我不会说话,那些口是心非的好听话,我一句也不会。我现在心里正在起着一个罪恶的念头,但愿你的丈夫早早死了,我一定要娶你回去,做我的夫人。

福德大娘　我做您的夫人! 唉! 爵爷,那我怎么做得像呢?

福斯塔夫　在整个法兰西宫廷里也找不出像你这样一位漂亮的夫人。瞧你的眼睛比金刚钻还亮;你的秀美的额角,戴上无论哪一种威尼斯流行的新式帽子,都是一样合适的。

福德大娘　爵爷,像我这样的村婆娘,只好用青布包包头,能够不给人家笑话,也就算了,哪里配得上讲什么打扮。

福斯塔夫　哎哟,你说这样话,未免太侮辱了你自己啦。你要是到宫廷里去,一定可以大出风头;你那端庄的步伐,穿起圆圆的围裙来,一定走一步路都是仪态万方。命运虽然不曾照顾你,造物却给了你绝世的姿容,你就是有意把它遮掩,也是遮掩不了的。

福德大娘　您太过奖啦,我怎么有这样的好处呢?

福斯塔夫　那么我为什么爱你呢? 这就可以表明在你的身上,的确有
　　一点与众不同的地方。我不会像那些油头粉面、一身骚气的轻薄
　　少年一样,说你是这样、那样,把你捧上天去;可是我爱你,我爱的
　　只是你,你是值得我爱的。

福德大娘　别骗我啦,爵爷,我怕您爱着培琪嫂子哩。

福斯塔夫　难道我放着大门不走,偏偏要去走那倒霉的、黑魆魆的旁
　　门吗?

福德大娘　好,天知道我是怎样爱着您,您总有一天会明白我的心的。

福斯塔夫　希望你永远不要变心,我总不会有负于你。

福德大娘　我怎么也得向您表明我的心迹,您别叫我在您身上白用了
　　我的心呀;要不然我就不肯费这番心思了。

罗　宾　(在内)福德奶奶! 福德奶奶! 培琪奶奶在门口,她满头是汗,
　　气都喘不上来,慌慌张张的,一定要立刻跟您说话。

福斯塔夫　别让她看见我,我就躲在帐幕后面吧。

福德大娘　好,您快躲起来吧,她是个多嘴多舌的女人。(福斯塔夫匿幕后。)
　　　　培琪大娘及罗宾重上。

福德大娘　什么事? 怎么啦?

培琪大娘　哎哟,福德嫂子! 你干了什么事啦? 你的脸从此丢尽,你
　　再也不能做人啦!

福德大娘　什么事呀,好嫂子?

培琪大娘　哎哟,福德嫂子! 你嫁了这么一位好丈夫,为什么要让他
　　对你起疑心?

福德大娘　对我起什么疑心?

培琪大娘　起什么疑心? 算了,别装傻啦! 总算我看错了人。

福德大娘　唉,到底是怎么一回事呀?

培琪大娘　我的好奶奶,你那汉子带了温莎城里所有的捕役,就要到
　　　　这儿来啦;他说有一个男人在这屋子里,是你趁着他不在家的时
　　　　候约来的,他们要来捉这奸夫哩。这回你可完啦!

福德大娘　(旁白)说响一点。——哎哟,不会有这种事吧?

培琪大娘　谢天谢地,但愿你这屋子里没有男人! 可是半个温莎城里
　　　　的人都跟在你丈夫背后,要到这儿来搜寻这么一个人,这件事情
　　　　却是千真万确的。我抢先一步来通知你,要是你没有做过亏心事,
　　　　那自然最好;倘若你真的有一个朋友在这儿,那么赶快带他出去
　　　　吧。别怕,镇静一点。你必须保全你的名誉,不然你的一生从此
　　　　完啦。

福德大娘　我怎么办呢? 果然有一位绅士在这儿,他是我的好朋友;
　　　　我自己丢脸倒还不要紧,只怕连累了他,要是能够把他弄出这间
　　　　屋子,叫我损失一千镑钱我都愿意。

培琪大娘　要命! 你的汉子就要来啦,你还尽说废话! 想想办法吧,
　　　　这屋子里是藏不了他的。唉,我还当你是个好人! 瞧,这儿有一
　　　　个篓子,他要是不太高大,倒可以钻进去躲一下,再用些龌龊衣服
　　　　堆在上面,让人家看见了,当作一篓预备送出去漂洗的衣服——
　　　　啊,对了,就叫你家的两个仆人把他连篓一起抬了出去,岂不一干
　　　　二净?

福德大娘　他太胖了,恐怕钻不进去,怎么好呢?

福斯塔夫　让我看,让我看,啊,让我看! 我进去,我进去。就照你朋
　　　　友的话吧,我进去。

培琪大娘　啊,福斯塔夫爵士! 原来是你吗? 你给我的信上怎么说的?

福斯塔夫　我爱你,我只爱你一个人;帮我离开这屋子;让我钻进去。
　　　　我再也不——(钻入篓内,二妇以污衣覆其上。)

培琪大娘　孩子,你也来帮着把你的主人遮盖遮盖。福德嫂子,叫你

的仆人进来吧。好一个欺人的骑士!

福德大娘　喂,约翰! 劳勃! 约翰! (罗宾下。)

　　　　　二仆重上。

福德大娘　赶快把这一篓衣服抬起来。杠子在什么地方? 哎哟,瞧你们这样慢手慢脚的! 把这些衣服送到洗衣服的那里去;快点! 快点!

　　　　　福德、培琪、卡厄斯及爱文斯同上。

福　德　各位请过来;要是我的疑心全无根据,你们尽管把我取笑好了。让我成为你们的笑柄;是我活该如此。啊! 这是什么? 你们把这篓子抬到哪儿去?

仆　人　抬到洗衣服的那里去。

福德大娘　咦,他们把它抬到什么地方,跟你有什么相干? 你就是爱多管闲事,人家洗衣服,你也要问长问短的。

福　德　哼,洗衣服! 我倒希望把这屋子也洗洗干净呢,什么野畜生都可以跑进跑出——还是一头交配时期的野畜生呢! (二仆抬篓下)各位朋友,昨天晚上我做了一个梦,让我把这个梦告诉你们听。这儿是我的钥匙,请你们跟我到房间里来搜一下,我相信我们一定会捉到那头狐狸的。让我先把这门锁上了。好,咱们捉狐狸去。

培　琪　福德大爷,有话好讲,何必急成这个样子,让人家瞧着笑话。

福　德　对啦,培琪大爷。各位上去吧,你们马上就有新鲜的把戏看了,大家跟我来。(下。)

爱文斯　这种吃醋简直是无理取闹。

卡厄斯　我们法国就没有这种事,法国人是不兴吃醋的。

培　琪　咱们还是跟他上去吧,瞧他搜出什么来。(培琪、卡厄斯爱文斯同下。)

培琪大娘　咱们这计策岂不是一举两得?

福德大娘　我不知道愚弄我的丈夫跟愚弄福斯塔夫，比较起来哪一件事更使我高兴。

培琪大娘　你的丈夫问那篓子里有什么东西的时候，他一定吓得要命。

福德大娘　我想他是应该洗个澡了，把他扔在水里，对于他也是有好处的。

培琪大娘　该死的骗人的坏蛋！我希望像他那一类的人都要得到这种报应。

福德大娘　我觉得我的丈夫有点知道福斯塔夫在这儿；我从来没有见过他像今天这样的一股醋劲。

培琪大娘　让我想个计策把他试探试探。福斯塔夫那家伙虽然已经受到一次教训，可是像他那样荒唐惯了的人，一服药吃下去未必见效，我们应当让他多知道些厉害才是。

福德大娘　我们要不要再叫快嘴桂嫂那个傻女人到他那儿去，对他说这次把他扔在水里，实在是一时疏忽，并非故意，请他原谅，再约他一个日期，好让我们再把他作弄一次？

培琪大娘　一定那么办；我们叫他明天八点钟来，替他压惊。

　　　　　福德、培琪、卡厄斯及爱文斯重上。

福　德　我找不到他；这浑蛋也许只会吹牛，他自己知道这种事情是办不到的。

培琪大娘　（向福德大娘旁白）你听见吗？

福德大娘　（向培琪大娘旁白）嗯，别说话。——福德大爷，您待我真是太好了，是不是？

福　德　是，是，是。

福德大娘　上帝保佑您以后再不要用这种醒醒心思猜疑人家！

福　德　阿门！

培琪大娘　福德大爷，您真太对不起您自己啦。

福　德　是,是,是我不好。

爱文斯　这屋子里、房间里、箱子里、壁橱里,要是找得出一个人来,那么上帝在最后审判的日子饶恕我的罪恶吧!

卡厄斯　我也找不出来,一个人也没有。

培　琪　啧!啧!福德大爷!您不害羞吗?什么鬼附在您身上,叫您想起这种事情来呢?我希望您以后再不要发这种精神病了。

福　德　培琪大爷,这都是我不好,自取其辱。

爱文斯　这都是您良心不好的缘故,尊夫人是一位大贤大德的娘子,五千个女人里头也挑不出像她这样的一个;不,就是五百个里也挑不出呢。

卡厄斯　她真的是一个规矩女人。

福　德　好,我说过我请你们来吃饭。来,来,咱们先到公园里走走吧。请诸位多多原谅,我以后会告诉你们今天我有这一番举动的缘故。来,娘子。来,培琪嫂子。请你们原谅我,今天实在吵得太不像话了,请不要见怪!

培　琪　列位,咱们进去吧,可是今天一定要把他大大地取笑一番。明天早晨我请你们到舍间吃一顿早饭,吃过早饭,就去打鸟去;我有一只很好的猎鹰,要请你们赏识赏识它的本领。诸位以为怎样?

福　德　一定奉陪。

爱文斯　要是只有一个人去,我就是第二个。

卡厄斯　要是只有一个、两个人去、我就是第三个。

福　德　培琪大爷,请了。

爱文斯　请你明天不要忘记嘉德饭店老板那个坏家伙。

卡厄斯　很好,我一定不忘记。

爱文斯　这坏家伙,专爱开人家的玩笑!（同下。）

第四场　培琪家中一室

　　　　范顿、安·培琪及快嘴桂嫂上；桂嫂立一旁。

范　顿　我知道我得不到你父亲的欢心，所以你别再叫我去跟他说话
　　　了，亲爱的小安。

安　唉！那么怎么办呢？

范　顿　你应当自己做主才是。他反对我的理由，是说我的门第太高，
　　　又说我因为家产不够挥霍，想要靠他的钱来弥补弥补；此外他又
　　　举出种种理由，说我过去的行为太放荡，说我结交的都是一班胡
　　　闹的朋友；他老实不客气地对我说，我所以爱你，不过是把你看作
　　　一注财产而已。

安　他说的话也许是对的。

范　顿　不，我永远不会有这样的存心！安，我可以向你招认，我最初
　　　来向你求婚的目的，的确是为了你父亲的财产；可是自从我认识
　　　了你以后，我就觉得你的价值远超过一切的金银财富；我现在除
　　　了你美好的本身以外，再没有别的希求。

安　好范顿大爷，您还是去向我父亲说说吧，多亲近亲近他吧。要是
　　　机会和最谦卑的恳求都不能使您达到目的！那么——您过来，我
　　　对您说。（二人在一旁谈话。）

　　　　夏禄及斯兰德上。

夏　禄　桂嫂，打断他们的谈话，让我的侄子自己去向她求婚。

斯兰德　成功失败，在此一试。

夏　禄　不要慌。

斯兰德　不，她不会使我发慌，我才不放在心上呢；可是我有点胆怯。

桂　嫂　安,斯兰德少爷要跟你讲句话哩。

安　我就来。(旁白)这是我父亲中意的人,唉! 有了一年三百镑的收入,顶不上眼的伧夫也就变成俊汉了。

桂　嫂　范大爷,您好? 请您过来说句话。

夏　禄　她来了;侄儿,你上去吧。孩子,你要记得你有过父亲!

斯兰德　安小姐,我有过父亲,我的叔父可以告诉您许多关于他的很有趣的笑话。叔父,请您把我的父亲怎样从人家篱笆里偷了两只鹅的那个笑话讲给安小姐听吧,好叔父。

夏　禄　安小姐,我的侄儿很爱您。

斯兰德　对了,正像我爱葛罗斯特郡的无论哪一个女人一样。

夏　禄　他愿意像贵妇人一样地供养您。

斯兰德　这是一定的事,不管来的是什么人,尽管身份比我们乡绅人家要低。

夏　禄　他愿意在他的财产里划出一百五十镑钱来归在您的名下。

安　夏禄老爷,他要求婚,还是让他自己说吧。

夏　禄　啊,谢谢您,我真感谢您的好意。侄儿,她叫你哩;我让你们两个人谈谈吧。

安　斯兰德世兄。

斯兰德　是,好安小姐?

安　您对我有什么高见?

斯兰德　我有什么高见? 老天爷的心肝哪! 真是的,这玩笑开得多么妙! 我从来也没有过什么高见;我才不是那种昏头昏脑的家伙,我赞美上天。

安　我是说,斯兰德世兄,你有什么话要跟我说?

斯兰德　实实在在说,我自己本来一点没有什么话要跟您说,都是令尊跟家叔两个人的主张。要是我有这运气,那固然很好,不然的话,就让别人来享受这个福分吧! 他们可以告诉您许多我自己不会说的话,您还是去问您的父亲吧;他来了。

　　　　　培琪及培琪大娘上。

培　琪　啊,斯兰德少爷! 安,你爱他吧。咦,怎么! 范顿大爷,您到这儿来有什么事? 我早就对您说过了,我的女儿已经有了人家,您还是一趟一趟地到我家里来,这不是太不成话了吗?

范　顿　啊,培琪大爷,您别生气。

培琪大娘　范顿大爷,您以后别再来看我的女儿了。

培　琪　她是不会嫁给您的。

范　顿　培琪大爷,请您听我说。

培　琪　不,范顿大爷,我不要听您说话。来,夏禄老爷;来,斯兰德贤婿,咱们进去吧。范顿大爷,我不是没有跟您说明白,您实在太不讲理啦。(培琪、夏禄、斯兰德同下。)

桂　嫂　向培琪大娘说去。

范　顿　培琪大娘,我对于令爱的一片至诚,天日可表,一切的阻碍、谴责和世俗的礼法,都不能使我灰心后退;我希望能够得到您的同意。

安　好妈妈,别让我跟那个傻瓜结婚。

培琪大娘　我是不愿让你嫁给他;我会替你找一个好一点的丈夫。

桂　嫂　那就是我的主人卡厄斯大夫。

安　唉,要是叫我嫁给那个医生,我宁愿让你们把我活埋了!

培琪大娘　算了,别自寻烦恼啦。范顿大爷,我不愿帮您忙,也不愿跟您作梗,让我先去问问我的女儿,看她究竟对您有几分意思,慢慢地再说吧。现在我们失陪了,范顿大爷;她要是再不进去,她的父亲一定又要发脾气了。

范　顿　再见,培琪大娘。再见,小安。(培琪大娘及安·培琪下。)

桂　嫂　瞧，这都是我帮您的忙。我说，"您愿意把您的孩子随随便便嫁给一个傻瓜，一个医生吗？瞧范顿大爷多好！"这都是我帮您的忙。

范　顿　谢谢你；这一个戒指，请你今天晚上送给我的亲爱的小安。这几个钱是赏给你的。

桂　嫂　天老爷赐给您好福气！（范顿下）他的心肠真好，一个女人碰见这样好心肠的人，就是为他到火里水里去也甘心。可是我倒希望我的主人娶到了安小姐；我也希望斯兰德少爷能够娶到她；天地良心，我也希望范顿大爷娶到她。我要替他们三个人同样出力，因为我已经答应过他们，说过的话总是要作准的；可是我要替范顿大爷特别出力。啊，两位奶奶还要叫我到福斯塔夫那儿去一趟呢，该死，我怎么还在这儿拉拉扯扯的。（下。）

第五场　嘉德饭店中一室

福斯塔夫及巴道夫上。

福斯塔夫　喂，巴道夫！

巴道夫　有，爵爷。

福斯塔夫　给我倒一碗酒来，放一块面包在里面。想不到我活到今天，却给人装在篓子里抬出去，像一车屠夫切下来的肉骨肉屑一样倒在泰晤士河里！好，要是我再上人家这样一次当，我一定把我的脑髓敲出来，涂上牛油丢给狗吃。这两个混账东西把我扔在河里，简直就像淹死一只瞎眼老母狗的一窠小狗一样，不当一回事。你们瞧我这样胖大的身体，就可以知道我沉下水里去，是比别人格外快的，即使河底深得像地狱一样，我也会一下子就沉下去，要不是水浅多沙，我早就淹死啦；我最怕的就是淹死，因为一个人淹死了尸体会发胀,像我这样的人要是发起胀来,那还成什么样子!
不是要变成一堆死人山了吗?

> 巴道夫携酒重上。

巴道夫　爵爷,桂嫂要见您说话。

福斯塔夫　来,我一肚子都是泰晤士河里的水,冷得好像欲火上升的
　　　　时候吞下了雪块一样,让我倒下些酒去把它温一温吧。叫她进来。

巴道夫　进来,妇人。

> 快嘴桂嫂上。

桂　嫂　爵爷,您好? 早安,爵爷!

福斯塔夫　把这些酒杯拿去了,再给我好好地煮一壶酒来。

巴道夫　要不要放鸡蛋?

福斯塔夫　什么也别放;我不要小母鸡下的蛋放在我的酒里。怎么?

桂　嫂　呃,爵爷,福德娘子叫我来看看您。

福斯塔夫　别向我提起什么"福德"大娘啦! 我"浮"在水面上"浮"
　　　　够了;要不是她,我怎么会给人丢在河里,灌满了一肚子的水。

桂　嫂　哎哟,那怎么怪得了她? 那两个仆人把她气死了,谁想得到
　　　　他们竟误会了她的意思。

福斯塔夫　我也是气死了,会去应一个傻女人的约。

桂　嫂　爵爷,她为了这件事,心里说不出地难过呢;看见了她那种伤
　　　　心的样子,谁都会心软的。她的丈夫今天一早就去打鸟去了,她
　　　　请您在八点到九点之间,再到她家里去一次。我必须赶快把她的
　　　　话向您交代清楚。您放心好了,这一回她一定会好好地补报您的。

福斯塔夫　好,你回去对她说,我一定来;叫她想一想哪一个男人不是
　　　　朝三暮四,像我这样的男人,可是不容易找到的。

桂　嫂　我一定这样对她说。

福斯塔夫　去说给她听吧。你说是在九点到十点之间吗?

桂　嫂　八点到九点之间,爵爷。

福斯塔夫　好,你去吧,我一定来就是了。

桂　嫂　再会了,爵爷。(下。)

福斯塔夫　白罗克到这时候还不来,倒有些奇怪;他寄信来叫我等在这儿不要出去的。我很喜欢他的钱。啊! 他来啦。

　　　　　福德上。

福　德　您好,爵爷!

福斯塔夫　啊,白罗克大爷,您是来探问我到福德老婆那儿去的经过吗?

福　德　我正是要来问您这件事。

福斯塔夫　白罗克大爷,我不愿对您撒谎,昨天我是按照她约定的时间到她家里去的。

福　德　那么您进行得顺利不顺利呢?

福斯塔夫　不必说起,白罗克大爷。

福　德　怎么? 难道她又变卦了吗?

福斯塔夫　那倒不是,白罗克大爷,都是她的丈夫,那只贼头贼脑的死乌龟,一天到晚见神见鬼地疑心他的妻子;我跟她抱也抱过了,嘴也亲过了,誓也发过了,一本喜剧刚刚念好引子,他就疯疯癫癫地带了一大批狐群狗党,气势汹汹地说是要到家里来捉奸。

福　德　啊,那时候您正在屋子里吗?

福斯塔夫　那时候我正在屋子里。

福　德　他没有把您搜到吗?

福斯塔夫　您听我说下去。总算我命中有救,来了一位培琪大娘,报告我们福德就要来了的消息;福德家的女人吓得毫无主意,只好听了她的计策,把我装进一只盛脏衣服的篓子里去。

福　德　盛脏衣服的篓子!

福斯塔夫　　正是一只盛脏衣服的篓子！把我跟那些脏衬衫、臭袜子、油腻的手巾、一股脑儿塞在一起；白罗克大爷，您想想这股气味叫人可受得了？

福　德　　您在那篓子里待多久？

福斯塔夫　　别急，白罗克大爷，您听我说下去，就可以知道我为了您的缘故去勾引这个妇人，吃了多少苦。她们把我这样装进了篓子以后，就叫两个浑蛋仆人把我当作一篓脏衣服，抬到洗衣服的那里去；他们刚把我抬上肩走到门口，就碰见他们的主人，那个醋天醋地的家伙，问他们这里面装的是什么东西；我怕这个疯子真的要搜起篓子来，吓得浑身乱抖，可是命运注定他要做一个王八，居然他没有搜；好，于是他就到屋子里去搜查，我也就冒充着脏衣服出去啦。可是白罗克大爷，您听着，还有下文呢。我一共差不多死了三次：第一次，因为碰在这个吃醋的、带着一批喽啰的王八羔子手里，把我吓得死去活来；第二次，我让他们把我塞在篓里，像一柄插在鞘子里的宝剑一样，头朝地，脚朝天，再用那些油腻得恶心的衣服把我闷起来，您想，像我这样胃口的人，本来就是像牛油一样遇到了热气会熔化的，不闷死总算是侥天之幸；到末了，脂油跟汗水把我煎得半熟以后，这两个浑蛋仆人就把我像一个滚热的出笼包子似的，向泰晤士河里丢了下去，白罗克大爷，您想，我简直像一块给铁匠打得通红的马蹄铁，放下水里，连河水都滋啦滋啦地叫起来呢！

福　德　　爵爷，您为我受了这许多苦，我真是抱歉万分。这样看来，我的希望是永远达不到的了，您未必会再去一试吧？

福斯塔夫　　白罗克大爷，别说他们把我扔在泰晤士河里，就是把我扔到火山洞里，我也不会就此把她放手的。她的男人今天早上打鸟去了，我已经又得到了她的信，约我八点到九点之间再去。

福　德　现在八点钟已经过了,爵爷。

福斯塔夫　真的吗?那么我要去赴约了。您有空的时候再来吧,我一定会让您知道我进行得怎样;总而言之,她一定会到您手里的。再见,白罗克大爷,您一定可以得到她;白罗克大爷,您一定可以叫福德做一个大王八。(下。)

福　德　哼!嘿!这是一场梦景吗?我在做梦吗?我在睡觉吗?福德,醒来!醒来!你的最好的外衣上有了一个窟窿了,福德大爷!这就是娶了妻子的好处!这就是脏衣服篓子的用处!好,我要让他知道我究竟是什么人;我要现在就去把这奸夫捉住,他在我的家里,这回一定不让他逃走,他一定逃不了。也许魔鬼会帮助他躲起来,这回我一定要把无论什么稀奇古怪的地方都一起搜到,连放小钱的钱袋、连胡椒瓶子都要倒出来看看,看他能躲到哪里去。王八虽然已经做定了,可是我不能就此甘心呀;我要叫他们看看,王八也不是好欺侮的。(下。)

第
四
幕

第一场　街道

培琪大娘、快嘴桂嫂及威廉上。

培琪大娘　你想他现在是不是已经在福德家了？

桂　嫂　这时候他一定已经去了，或者就要去了。可是他因为给人扔在河里，很生气哩。福德大娘请您快点过去。

培琪大娘　等我把这孩子送上学，我就去。瞧，他的先生来了，今天大概又是放假。

爱文斯上。

培琪大娘　啊，休师傅！今天不上课吗？

爱文斯　不上课，斯兰德少爷放孩子们一天假。

桂　嫂　真是个好人！

培琪大娘　休师傅，我的丈夫说，我这孩子一点儿也念不进书；请你出几个拉丁文文法题目考考他吧。

爱文斯　走过来，威廉，把头抬起来，来吧。

培琪大娘　喂，走过去，把头抬起来，回答老师的问题，别害怕。

爱文斯　威廉，名词有几个"数"？

威　廉　两个①。

---

①　即"少数"和"多数"。

桂　嫂　说真的,恐怕还得加上一个"数",不是老听人家说:"算数!"

爱文斯　少啰唆! "美"是怎么说的,威廉?

威　廉　"标致"。

桂　嫂　婊子! 比"婊子"更美的东西还有的是呢。

爱文斯　你真是个头脑简单的女人,闭上你的嘴吧。"lapis"解释什么,
　　　　威廉?

威　廉　石子。

爱文斯　"石子"又解释什么,威廉?

威　廉　岩石。

爱文斯　不,是"lapis";请你把这个记住。

威　廉　Lapis。

爱文斯　真是个好孩子。威廉,"冠词"是从什么地方借来的?

威　廉　"冠词"是从"代名词"借来的,有这样几个变格——"单
　　　　数""主格"是:hic.haec.hoc。

爱文斯　"主格":hig,hag,hog；①请你听好——"所有格":hujus。好吧,"对
　　　　格"你怎么说?

威　廉　"对格":hinc。

爱文斯　请你记住了,孩子；"对格":hung,hang,hog。②

桂　嫂　"hang hog"就是拉丁文里的"火腿",我跟你说,错不了。③

爱文斯　少来唠叨,你这女人。"称呼格"是怎么变的,威廉?

威　廉　噢——"称呼格",噢——

----

① 休牧师是威尔士人,发音重浊,把"c"念成"g"。

② 休牧师是威尔士人,发音重浊,把"c"念成"g"。

③ 火腿要挂起来风干:"hang hog"在英语中听来像"挂猪肉",所以桂嫂猜想是"火腿"。

爱文斯　　记住,威廉:"称呼格"曰"无"。①

桂　嫂　　"胡"萝卜的根才好吃呢。

爱文斯　　你这女人,少开口。

培琪大娘　少说话!

爱文斯　　最后的"复数属格"该怎么说,威廉?

威　廉　　复数属格!

爱文斯　　对。

威　廉　　属格—— horum, harum, horum。

桂　嫂　　珍妮的人格! 她是个婊子,孩子,别提她的名字。

爱文斯　　你这女人,太不知羞耻了!

桂　嫂　　你教孩子念这样一些字眼儿才太邪门儿了——教孩子念"嫖呀""喝呀",他们没有人教,一眨巴眼也就学会吃喝嫖赌了——什么"嫖呀""喝呀",亏你说得出口!

爱文斯　　女人,你可是个疯婆娘? 你一点儿不懂得你的"格",你的"数",你的"性"吗? 天下哪儿去找像你这样的蠢女人。

培琪大娘　请你少说话吧。

爱文斯　　威廉,说给我听,代名词的几种变格。

威　廉　　哎哟,我忘了。

爱文斯　　那是 qui, quœ, quod；要是你把你的 quis 忘了,quœs 忘了,quods 忘了,小心你的屁股吧。现在去玩儿吧,去吧。

培琪大娘　我怕他不肯用功读书,他倒还算好。

爱文斯　　他记性好,一下子就记住了。再见,培琪大娘。

培琪大娘　再见,休师傅。孩子,你先回家去。来,我们已经耽搁得太

---

① 拉丁文指示代名词共有五格,而无"称呼格";所以休牧师用拉丁文提醒威廉:"曰'无'"(caret)近似英语中的"胡萝卜"(carrt),因此又引起桂嫂的一番插话。

久了。(同下。)

第二场　福德家中一室

福斯塔夫及福德大娘上。

福斯塔夫　娘子,你的懊恼已经使我忘记了我身受的种种痛苦。你既然这样一片真心对待我,我也决不会有丝毫亏负你;我不仅要跟你恩爱一番,还一定会加意奉承,格外讨好,管保教你心满意足就是了。可是你相信你的丈夫这回一定不会再来了吗?

福德大娘　好爵爷,他打鸟去了,一定不会早回来的。

培琪大娘　(在内)喂! 福德嫂子! 喂!

福德大娘　爵爷,您进去一下。(福斯塔夫下。)

培琪大娘上。

培琪大娘　啊,心肝! 你屋子里还有什么人吗?

福德大娘　没有,就是自己家里几个人。

培琪大娘　真的吗?

福德大娘　真的。(向培琪大娘旁白)大声一点说。

培琪大娘　真的没有什么人,那我就放心啦。

福德大娘　为什么?

培琪大娘　为什么,我的奶奶,你那汉子的老毛病又发作啦。他正在那儿拉着我的丈夫,痛骂那些有妻子的男人,不分青红皂白地咒骂着天下所有的女人,还把拳头捏紧了敲着自己的额角,嚷道:"快把绿帽子戴上吧,快把绿帽子戴上吧!"无论什么疯子狂人,比起他这种疯狂的样子来,都会变成顶文雅顶安静的人了。那个胖骑士不在这儿,真是运气!

福德大娘　怎么,他又说起他吗?

培琪大娘　不说起他还说起谁？他发誓说上次他来搜他的时候，他是
　　　　　给装在篓子里抬出去的；他一口咬定说他现在就在这儿，一定要
　　　　　叫我的丈夫和同去的那班人停止了打鸟，陪着他再来试验一次他
　　　　　疑心得对不对。我真高兴那骑士不在这儿，这回他该明白他自己
　　　　　的傻气了。

福德大娘　培琪嫂子，他离开这儿有多远？

培琪大娘　只有一点点路，就在街的尽头，一会儿就来了。

福德大娘　完了！那骑士正在这儿呢。

培琪大娘　那么你的脸要丢尽，他的命也保不住啦。你真是个宝货！
　　　　　快打发他走吧！快打发他走吧！丢脸还是小事，弄出人命案子来
　　　　　可不是玩的。

福德大娘　叫他到哪儿去呢？我怎样把他送出去呢？还是把他装在
　　　　　篓子里吗？

　　　　　　　福斯塔夫重上。

福斯塔夫　不，我再也不躲在篓子里了。还是让我趁他没有来，赶快
　　　　　出去吧。

培琪大娘　唉！福德的三个弟兄手里拿着枪，把守着门口，什么人都
　　　　　不让出去；否则您倒可以溜出去的。可是您干吗又到这儿来呢？

福斯塔夫　那么我怎么办呢？还是让我钻到烟囱里去吧。

福德大娘　他们平常打鸟回来，鸟枪里剩下的子弹都是往烟囱里放的。

培琪大娘　还是灶洞里倒可以躲一躲。

福斯塔夫　在什么地方？

福德大娘　他一定会找到那个地方的。他已经把所有的柜啦、橱啦、
　　　　　板箱啦、废箱啦、铁箱啦、井啦、地窖啦、以及诸如此类的地方，一
　　　　　起记在笔记簿上，只要照着单子一处处搜寻，总会把您搜到的。

福斯塔夫　那么我还是出去。

培琪大娘　爵爷,您要是就照您的本来面目跑出去,那您休想活命。除非化装一下——

福德大娘　我们把他怎样化装起来呢?

培琪大娘　唉!我不知道。哪里找得到一身像他那样身材的女人衣服?否则叫他戴上一顶帽子,披上一条围巾,头上罩一块布,也可以混了出去。

福斯塔夫　好心肝,乖心肝,替我想想法子。只要安全无事,什么丢脸的事我都愿意干。

福德大娘　我家女佣人的姑母,就是那个住在勃伦府的胖婆子,倒有一件罩衫在这儿楼上。

培琪大娘　对了,那正好给他穿,她的身材是跟他一样大的;而且她的那顶粗呢帽和围巾也在这儿。爵爷,您快奔上去吧。

福德大娘　去,去,好爵爷;让我跟培琪嫂子再给您找一方包头的布儿。

培琪大娘　快点,快点!我们马上就来给您打扮,您先把那罩衫穿上再说。(福斯塔夫下。)

福德大娘　我希望我那汉子能够瞧见他扮成这个样子;他一见这个勃伦府的老婆子就眼中冒火,他说她是个妖妇,不许她走进我们家里,说是一看见她就要打她。

培琪大娘　但愿上天有眼,让他尝一尝你丈夫的棍棒的滋味!但愿那棍棒落在他身上的时候,有魔鬼附在你丈夫的手里!

福德大娘　可是我那汉子真的就要来了吗?

培琪大娘　真的,他直奔而来;他还在说起那婆子呢,也不知道他哪里得来的消息。

福德大娘　让我们再试他一下。我仍旧去叫我的仆人把那婆子抬到门口,让他看见,就像上一次一样。

培琪大娘　可是他立刻就要来啦,还是先去把他装扮做那个勃伦府的巫婆吧。

福德大娘　我先去吩咐我的仆人,叫他们把篓子预备好了。你先上去,
　　我马上就把他的包头布带上来(下。)

培琪大娘　该死的狗东西! 这种人就是作弄他一千次也不算罪过。

　　　　　不要看我们一味胡闹,

　　　　　这蠢猪是他自取其殃;

　　　　　我们要告诉世人知道,

　　　　　风流娘们不一定轻狂。(下。)

　　　　　福德大娘率二仆重上。

福德大娘　你们再把那篓子抬出去;大爷快要到门口了,他要是叫你
　　们放下来,你们就听他的话放下来。快点,马上就去。(下。)

仆　甲　来,来,把它抬起来。

仆　乙　但愿这篓子里不要再装满了爵士才好。

仆　甲　我也希望不再像前次一样;抬一篓的铅都没有那么重哩。

　　　　　福德、培琪、夏禄、卡厄斯及爱文斯同上。

福　德　不错,培琪大爷,可是要是真有这回事,您还有法子替我洗去
　　污名吗? 狗才,把这篓子放下来;又有人来拜访过我的妻子了。
　　把年轻的男人装在篓子里抬进抬出! 你们这两个混账的家伙也
　　不是好东西! 你们都是串通了一气来算计我的。现在这个鬼可
　　要叫他出丑了。喂,我的太太,你出来! 瞧瞧你给他们洗些什么
　　好衣服!

培　琪　这真太过分了! 福德大爷,您要是再这样疯下去,我们真要
　　把您铐起来了,免得闹出什么乱子来。

爱文斯　哎哟,这简直是发疯! 像疯狗一样发疯!

夏　禄　真的,福德大爷,这真有点儿不大好。

福　德　我也是这样说哩。——

　　　　福德大娘重上。

福　德　过来,福德大娘,咱们这位贞洁的妇人、端庄的妻子、贤德的人儿,可惜嫁给了一个爱吃醋的傻瓜! 娘子,是我无缘无故瞎起疑心吗?

福德大娘　天日为证,你要是疑心我有什么不规矩的行为,那你的确太会多心了。

福　德　说得好,不要脸的东西! 你尽管嘴硬吧。过来,狗才! （翻出篓中衣服。）

培　琪　这真太过分了!

福德大娘　你好意思吗? 别去翻那衣服了。

福　德　我就会把你的秘密揭穿的。

爱文斯　这简直是岂有此理。还不把你妻子的衣服拿起来吗? 去吧,去吧。

福　德　把这篓子倒空了!

福德大娘　为什么呀,傻子,为什么呀?

福　德　培琪大爷,不瞒您说,昨天就有一个人装在这篓子里从我的家里抬出去,谁知道今天他不会仍旧在这里面? 我相信他一定在我家里,我的消息是绝对可靠的,我的疑心是完全有根据的。给我把这些衣服一起拿出来。

福德大娘　你要是在这里面找出一个男人来,就把他当个虱子掐死好了。

培　琪　没有什么人在这里面。

夏　禄　福德大爷,这真太不成话了,真太不成话了。

爱文斯　福德大爷,您应该常常祷告,不要随着自己的心一味胡思乱想;吃醋也没有这样吃法。

福　德　好,他没有躲在这里面。

培　琪　除了在您自己脑子里以外,您根本就找不到这样一个人。(二仆将篓抬下。)

福　德　帮我再把我的屋子搜一回,要是再找不到我所要找的人,你们尽管把我嘲笑得体无完肤好了;让我永远做你们餐席上谈笑的资料,要是人家提起吃醋的男人来,就把我当作一个现成的例子,因为我会在一枚空的核桃壳里找寻妻子的情人。请你们再帮我这一次忙,替我搜一下,好让我死了心。

福德大娘　喂,培琪嫂子! 您陪着那位老太太下来吧,我的丈夫要上楼来了。

福　德　老太太! 哪里来的老太太?

福德大娘　就是我家女仆的姑妈,住在勃伦府的那个老婆子。

福　德　哼! 这妖妇,这贼老婆子! 我不是不许她走进我的屋子里吗? 她又是给什么人带信来的,是不是? 我们都是头脑简单的人,不懂得求神问卜这些玩意儿,什么画符、念咒、起课这一类鬼把戏,我们全不懂得。快给我滚下来,你这妖妇,鬼老太婆! 滚下来!

福德大娘　不,我的好大爷! 列位大爷,别让他打这可怜的老婆子。

培琪大娘偕福斯塔夫女装重上。

培琪大娘　来,普拉老婆婆;来,搀着我的手。

福　德　我要"泼辣辣"地揍她一顿呢。——(打福斯塔夫)滚出去,你这妖妇,你这贱货,你这臭猫,你这鬼老太婆! 滚出去! 滚出去! 我要请你去见神见鬼呢,我要给你算算命呢。(福斯塔夫下。)

培琪大娘　你羞不羞? 这可怜的老妇人差不多给你打死了。

福德大娘　欺负一个苦老太婆,真有你的!

福　德　该死的妖妇!

爱文斯　我想这妇人的确是一个妖妇;我不喜欢长胡须的女人,我看见她的围巾下面露出几根胡须呢。

福　　德　列位,请你们跟我来好不好?看看我究竟是不是瞎起疑心。要是我完全无理取闹,请你们以后再不要相信我的话。

培　　琪　咱们就再顺顺他的意思吧。各位,大家都来。(福德、培琪、夏禄、卡厄斯、爱文斯同下。)

培琪大娘　他把他打得真可怜。

福德大娘　这一顿打才打得痛快呢。

培琪大娘　我想把那棒儿放在祭坛上供奉起来,它今天立下了很大的功劳。

福德大娘　我倒有一个意思,不知道你以为怎样?我们横竖名节无亏,问心无愧,索性一不做,二不休!再把他作弄一番好不好?

培琪大娘　他吃过了这两次苦头,一定把他的色胆都吓破了;除非魔鬼盘踞在他心里,大概他不会再来冒犯我们了。

福德大娘　我们要不要把我们怎样作弄他的情形告诉我们的丈夫知道?

培琪大娘　很好,这样也可以点破你那汉子的疑心。要是他们认为这个荒唐的胖爵士还有应加惩处的必要,那么仍旧可以委托我们全权办理的。

福德大娘　我想他们一定要让他当着众人出一次丑;我们这一个笑话也一定要这样才可以告一段落。

培琪大娘　好,那么我们就去商量办法吧;我的脾气是想到就做,不让事情耽搁下去的。(同下。)

第三场　嘉德饭店中一室

店主及巴道夫上。

巴道夫　老板,那几个德国人要问您借三匹马;公爵明天要上朝来了,
　　　　他们要去迎接他。

店　主　什么公爵来得这样秘密? 我不曾在宫廷里听见人家说起。
　　　　让我去跟那几个客人谈谈。他们会说英国话吗?

巴道夫　会说的,老板;我去叫他们来。

店　主　马可以借给他们,可是我不能让他们白骑,世上没有这样便
　　　　宜的事情。他们已经住了我的房子一个星期了,我已经为了他们
　　　　回绝了多少别的客人;我可不能跟他们客气,这笔损失是一定要
　　　　叫他们赔偿的。来。(同下。)

第四场　福德家中一室

培琪、福德、培琪大娘、福德大娘及爱文斯上。

爱文斯　女人家有这样的心思,难得难得!

培　琪　他是同时寄信给你们两个人的吗?

培琪大娘　我们在一刻钟内同时接到。

福　德　娘子,请你原谅我。从此以后,我一切听任你;我宁愿疑心太
　　　　阳失去了热力,不愿疑心你有不贞的行为。你已经使一个对于你
　　　　的贤德缺少信心的人,变成你的一个忠实的信徒了。

培　琪　好了,好了,别说下去了。太冒冒失失固然不好,太服服帖帖
　　　　可也不对。我们还是来商量计策吧;让我们的妻子为了给大家解

解闷,再跟这个胖老头子约好一个时间,到了那时候,我们就去捉住他,把他羞辱一顿。

福　德　她们刚才说起的那个办法,再好没有了。

培　琪　怎么?约他在半夜里到林苑里去相会吗?嘿!他再也不会来的。

爱文斯　你们说他已经给丢在河里,还给人当作一个老婆子痛打了一顿,我想他一定吓怕了,不会再来了;他的肉体已经受到责罚,他一定不敢再起欲念了。

培　琪　我也这样想。

福德大娘　你们只要商量商量等他来了怎样对付他,我们俩人自会想法子叫他来的。

培琪大娘　有一个古老的传说,说是曾经在这儿温莎地方做过管林子的猎夫赫恩,鬼魂常常在冬天的深夜里出现,绕着一株橡树兜圈子,头上还长着又粗又大的角,手里摇着一串链子,发出怕人的声音;他一出来,树木就要枯黄,牲畜就要害病,乳牛的乳汁会变成血液。这一个传说从前代那些迷信的人们嘴里流传下来,就好像真有这回事一样,你们各位也都听见过的。

培　琪　是呀,有许多人不敢在深夜里经过这株赫恩的橡树呢。可是你为什么要提起它呢?

福德大娘　这就是我们的计策:我们要叫福斯塔夫头上装了两只大角,扮做赫恩的样子,在那橡树的旁边等着我们。

培　琪　好,就算他听着你们这样打扮着来了,你们预备把他怎样呢?你有什么妙计呢?

培琪大娘　那我们也已经想好了:我们先叫我的女儿安和我的小儿子,还有三四个跟他们差不多大的孩子,大家打扮成一队精灵的样子,穿着绿色的和白色的衣服,各人头上顶着一圈蜡烛,手里拿着响铃,埋伏在树旁的土坑里;等福斯塔夫跟我们相会的时候,他们就一拥而出,嘴里唱着各色各样的歌儿;我们一看见他们出来,就假装吃惊逃走了,然后让他们把他团团围住,把这龌龊的爵士你拧一把,我刺一下,还要质问他为什么在这仙人们游戏的时候,胆敢装扮做那种秽恶的形状,闯进神圣的地方来。

福德大娘　这些假扮的精灵们要把他拧得遍体鳞伤,还用蜡烛烫他的皮肤,直等他招认一切为止。

培琪大娘　等他招认以后,我们大家就一起出来,摔下他的角,把他一路取笑着回家。

福　德　孩子们倒要叫他们练习得熟一点,否则会露出破绽来的。

爱文斯　我可以教这些孩子们怎样做;我自己也要扮做一个猴崽子,用蜡烛去烫这爵士哩。

福　德　那好极啦。我去替他们买些面具来。

培琪大娘　我的小安要扮作一个仙后,穿着很漂亮的白袍子。

培　琪　我去买缎子来给她做衣服。(旁白)到了那个时候,我可以叫斯兰德把安偷走,到伊登去跟她结婚。——你们马上就派人到福斯塔夫那里去吧。

福　德　不,我还要用白罗克的名字去见他一次,他会把什么话都告诉我。他一定会来的。

培琪大娘　不怕他不来。我们这些精灵们的一切应用的东西和饰物,也该赶快预备起来了。

爱文斯　我们就去办起来吧;这是个很好玩的玩意儿,而且也是光明正大的恶作剧。(培琪、福德、爱文斯同下。)

培琪大娘　福德嫂子,你就去找桂嫂,叫她到福斯塔夫那里去,探探他的意思。(福德大娘下)我现在要到卡厄斯大夫那里去,他是我看中的人,除了他谁也不能娶我的小安。那个斯兰德虽然有家私,却是一个呆子,我的丈夫偏偏喜欢他。这医生又有钱,他的朋友在宫廷里又有势力,只有他才配做她的丈夫,即使有二万个更了不得的人来向她求婚,我也不给他们。(下。)

第五场　嘉德饭店中一室

　　　　店主及辛普儿上。

店　主　你要干吗,乡下佬,蠢东西?说吧,讲吧,干干脆脆的。

辛普儿　呃,老板,我是斯兰德少爷叫我来跟约翰·福斯塔夫爵士说话的。

店　主　那边就是他的房间、他的公馆、他的床铺,你瞧门上新画着浪子回家故事的就是。只要你去敲敲门,喊他一声,他就会跟你胡说八道。去敲他的门吧。

辛普儿　刚才有一个胖大的老妇人跑进他的房间里去,请您让我在这儿等她下来吧;我本来是要跟她说话的。

店　主　哈!一个胖女人!也许是来偷东西的,让我叫他一声。喂,骑士!好爵爷!你在房间里吗?使劲回答我,你的店主东——你的老朋友在叫你哪。

福斯塔夫　(在上)什么事,老板?

店　主　这儿有一个流浪的鞑靼人等着你的胖婆娘下来。叫她下来,好家伙,叫她下来;我的屋子是干干净净的,不能让你们干那些鬼鬼祟祟的勾当。哼,不要脸!

　　　　福斯塔夫上。

福斯塔夫　老板,刚才是有一个胖老婆子在我这儿,可是现在她已经走了。

辛普儿　请问一声,爵爷,她就是勃伦府那个算命的女人吗?

福斯塔夫　对啦,螺蛳精;你问她干吗?

辛普儿　爵爷,我家主人斯兰德少爷因为瞧见她在街上走过,所以叫
　　　我来问问她,他有一串链子给一个叫做尼姆的骗去了,不知道那
　　　链子还在不在那尼姆的手里。

福斯塔夫　我已经跟那老婆子讲起过这件事了。

辛普儿　请问爵爷,她怎么说呢?

福斯塔夫　呃,她说,那个从斯兰德手里把那链子骗去的人,就是偷他
　　　链子的人。

辛普儿　我希望我能够当面跟她谈谈;我家少爷还叫我问她别的事情哩。

福斯塔夫　什么事情? 说出来听听看。

店　主　对了,快说。

辛普儿　爵爷,我家少爷吩咐我要保守秘密呢。

店　主　你要是不说出来,就叫你死。

辛普儿　啊,实在没有什么事情,不过是关于培琪家小姐的事情,我家
　　　少爷叫我来问问看,他命里能不能娶她做妻子。

福斯塔夫　那可要看他的命运怎样了。

辛普儿　您怎么说?

福斯塔夫　娶得到是他的命,娶不到也是他的命。你回去告诉主人,
　　　就说那老妇人这样对我说的。

辛普儿　我可以这样告诉他吗?

福斯塔夫　是的,乡下佬,你尽管这样说好了。

辛普儿　多谢爵爷;我家少爷听见了这样的消息,一定会十分高兴
　　　的。(下。)

店　主　你真聪明,爵爷,你真聪明。真有一个算命的婆子在你房间
　　　里吗?

福斯塔夫　是的,老板,她刚才还在我这儿;她教给我许多我一生从来

没有学过的智慧,我不但没有花半个钱的学费,而且她反倒给我酬劳呢。

　　　　巴道夫上。

巴道夫　哎哟,老板,不好了! 又是骗子,尽是些骗子!

店　主　我的马呢? 蠢奴才,好好地对我说。

巴道夫　都跟着那些骗子们跑掉啦;一过了伊登,他们就把我从马上推下来,把我丢在一个烂泥潭里,他们就像三个德国鬼子似的,策马加鞭,飞也似的去了。

店　主　狗才,他们是去迎接公爵去的。别说他们逃走,德国人都是规规矩矩的。

　　　　爱文斯上。

爱文斯　老板在哪儿?

店　主　师傅,什么事?

爱文斯　留心你的客人。我有一个朋友到城里来,他告诉我有三个德国骗子,一路上骗人家的马匹金钱;里亭、梅登海、科白路,各家旅店都上了他们的当。我是一片好心来通知你,你当心些吧;你是个很乖巧的人,专爱开人家的玩笑,要是你也被人家骗了,那未免太笑话啦。再见。(下。)

　　　　卡厄斯上。

卡厄斯　店主东呢?

店　主　卡厄斯大夫,我正在这儿心乱如麻呢。

卡厄斯　我不懂你的意思;可是人家告诉我,你正在准备着隆重地招待一个德国的公爵,可是我不骗你,我在宫廷里就不知道有什么公爵要来。我是一片好心来通知你,再见。(下。)

店　主　狗才,快去喊人去捉贼! 骑士,帮帮我忙,我这回可完了! 狗才,快跑,捉贼! 完了! 完了! (店主及巴道夫下。)

福斯塔夫　我但愿全世界的人都受骗,因为我自己也受了骗,而且还挨了打。要是宫廷里的人听见了我怎样一次次的化身,给人当衣服洗,用棍子打,他们一定会把我身上的油一滴一滴熔下来,去擦渔夫的靴子;他们一定会用俏皮话把我挖苦得像一只干瘪的梨一样丧气。自从那一次赖了赌债以后,我一直交着坏运。好,要是我在临终以前还来得及念祷告,我一定要忏悔。

　　　　快嘴桂嫂上。

福斯塔夫　啊,又是谁叫你来的?

桂　嫂　除了那两个人还有谁?

福斯塔夫　让魔鬼跟他的老娘把那两个人抓了去吧!趁早把她们这样打发了吧。我已经为了她们吃过多少苦,男人本来是容易变心的,谁受得了这样的欺负!

桂　嫂　您以为她们没有吃苦吗?说来才叫人伤心哪,尤其是那位福德娘子,天可怜见的,给她的汉子打得身上一块青一块黑的,简直找不出一处白净的地方。

福斯塔夫　什么一块青一块黑的,我自己给他打得五颜六色,浑身挂彩呢;我还差一点给他们当勃伦府的妖妇抓了去。要不是我急中生智,把一个老太婆的举动装扮得活灵活现,我早已给浑蛋官差们锁上脚镣,办我一个妖言惑众的罪名了。

桂　嫂　爵爷,让我到您房间里去跟您说话,您就会明白一切,而且包在我身上,一定会叫您满意的。这儿有一封信,您看了就知道了。天哪!把你们拉拢在一起,真麻烦死了!你们中间一定有谁得罪了天,所以才这样颠颠倒倒的。

福斯塔夫　那么你跟我上楼,到我的房间里来吧。(同下。)

第六场　嘉德饭店中另一室

范顿及店主上。

店　主　范顿大爷,别跟我说话,我一肚子都是闷气,我想索性这桩生意也不做了。

范　顿　可是你听我说。我要你帮我做一件事,事成之后,我不但赔偿你的全部损失,而且还愿意送给你黄金百镑,作为酬谢。

店　主　好,范顿大爷,您说吧。我不知道我能不能帮您的忙,可是至少我不会泄漏秘密。

范　顿　我曾经屡次告诉你我对于培琪家安小姐的深切的爱情;她对我也已经表示默许了,要是她自己做得了主,我一定可以如愿以偿的。刚才我收到了她一封信,信里所说起的事情,你要是知道了,一定会拍手称奇;原来她给我出了个好主意,而这主意又是跟一个笑料分不开的,要说到我们的事儿,就得提到那个笑料,要给你讲那个笑料,就得说一说我们的事儿。那胖骑士福斯塔夫不免要给他们捉弄,受一番惊吓了;究竟要开什么玩笑,我一五一十都跟你说了吧。(指信)听着,我的好老板,今夜十二点钟到一点钟之间,在赫恩橡树的近旁,我的亲爱的小安要扮成仙后的样子,为什么要这样打扮,这儿写得很明白。她父亲叫她趁着大家开玩笑开得乱哄哄的时候,就穿着这身服装,跟斯兰德悄悄地溜到伊登去结婚,她已经答应他了。可是她母亲竭力反对她嫁给斯兰德,决意把她嫁给卡厄斯,她也已经约好那个医生,叫他也趁着人家忙得不留心的时候,用同样的方式把她带到教长家里去,请一个牧师替他们立刻成婚;她对于她母亲的这个计策,也已经假装服

从的样子，答应了那医生了。他们的计划是这样的：她的父亲要她全身穿着白的衣服，以便认识，斯兰德看准了时机，就搀着她的手，叫她跟着走，她就跟着他走；她的母亲为了让那医生容易辨认起见，——因为他们大家都是戴着面具的——却叫她穿着宽大的浅绿色的袍子，头上系着飘扬的丝带，那医生一看有了下手的机会，便上去把她的手捏一把，这一个暗号便是叫她跟着他走的。

店　主　她预备欺骗她的父亲呢，还是欺骗她的母亲？

范　顿　我的好老板，她要把他们两人一起骗了，跟我一块儿溜走。所以我要请你费心去替我找一个牧师，十二点钟到一点钟之间在教堂里等着我，为我们举行正式的婚礼。

店　主　好，您去实行您的计划吧，我一定给您找牧师去。只要把那位姑娘带来，牧师是不成问题的。

范　顿　多谢多谢，我一定永远记住你的恩德，而且我马上就会报答你的。（同下。）

第
五
幕

第一场　嘉德饭店中一室

　　福斯塔夫及快嘴桂嫂上。

福斯塔夫　请你别再啰哩啰唆了,去吧,我一定不失约就是了。这已经是第三次啦,我希望单数是吉利的。去吧,去吧! 人家说单数是用来占卜生、死、机缘的。去吧!

桂　　嫂　我去给您弄一根链子来,再去设法找一对角来。

福斯塔夫　好,去吧;别耽搁时间了。抬起你的头来,扭扭屁股走吧。

　　（桂嫂下。）

　　　　福德上。

福斯塔夫　啊,白罗克大爷! 白罗克大爷,事情成功不成功,今天晚上就可以知道。请您在半夜时候,到赫恩橡树那儿去,就可以看见新鲜的事儿。

福　　德　您昨天不是对我说过,要到她那儿去赴约吗?

福斯塔夫　白罗克大爷,我昨天到她家里去的时候,正像您现在看见我一样,是个可怜的老头儿;可是白罗克大爷,我从她家里出来的时候,却变成一个苦命的老婆子了。白罗克大爷,她的丈夫,福德那个浑蛋,简直是个疯狂的吃醋鬼投胎。他欺我是个女人,把我没头没脑一顿打;可是,白罗克大爷,要是我穿着男人的衣服,别说他是个福德,就算他是个身长丈二的天神,拿着一根千斤重的梁柱向我打来,我也不怕他。我现在还有要事,请您跟我一路走吧,白罗克大爷,我可以把一切的事情完全告诉您。自从我小时候偷鹅、赖学、抽陀螺挨打以后,直到现在才重新尝到挨打的滋味。跟我来,我要告诉您关于这个叫做福德的浑蛋的古怪事儿;今天晚上我就可以向他报复,我一定会把他的妻子送到您的手里。跟我来。白罗克大爷,您就有新鲜事儿看了! 跟我来。(同下。)

第二场　温莎林苑

培琪、夏禄及斯兰德上。

培　琪　来,来,咱们就躲在这座古堡的壕沟里,等我们那班精灵们的火光出现以后再出来。斯兰德贤婿,记着我的女儿。

斯兰德　好,一定记着;我已经跟她当面谈过,约好了用什么口号互相通知。我看见她穿着白衣服,就上去对她说"口母",她就回答我"不见得",这样我们就不会认错啦。

夏　禄　那也好,可是何必嚷什么"口母"哩,什么"不见得"哩,你只要看定了穿白衣服的人就行啦。钟已经敲十点了。

培　琪　天乌沉沉的,精灵和火光在这时候出现,再好没有了,愿上天保佑我们的游戏成功! 除了魔鬼以外,谁都没有恶意;我们只要看谁的头上有角,就知道他是魔鬼。去吧,大家跟我来。(同下。)

第三场　温莎街道

培琪大娘、福德大娘及卡厄斯上。

培琪大娘　大夫,我的女儿是穿绿的;您看时机一到,便过去搀她的手,带她到教长家里去,赶快把事情办了。现在您一个人先到林苑里去,我们两个人是要一块儿去的。

卡厄斯　我知道我应当怎么办。再见。

培琪大娘　再见,大夫。我的丈夫把福斯塔夫羞辱过了以后,知道这医生已经跟我的女儿结婚,一定会把一场高兴,化作满腔怒火的;可是管他呢,与其让他害得我将来心碎,宁可眼前挨他一顿臭骂。

福德大娘　小安和她的一队精灵现在在什么地方?还有那个威尔士鬼子休牧师呢?

培琪大娘　他们都把灯遮得暗暗的,躲在赫恩橡树近旁的一个土坑里;一等到福斯塔夫跟我们会见的时候,他们就立刻在黑夜里出现。

福德大娘　那一定会叫他大吃一惊的。

培琪大娘　要是吓不倒他,我们也要把他讥笑一番;要是他果然吓倒了,我们还是要讥笑他的。

福德大娘　咱们这回不怕他不上圈套。

培琪大娘　像他这种淫棍,欺骗他、教训他也是好事。

福德大娘　时间快到啦,到橡树底下去,到橡树底下去!　(同下。)

第四场　温莎林苑

爱文斯化装率扮演精灵的一群上。

爱文斯　跑,跑,精灵们,来;别忘了你们各人的词句。大家放大胆子,跟我跑下这土坑里,等我一发号令,就照我吩咐你们的做起来。来,来;跑,跑。(同下。)

第五场　林苑中的另一部分

福斯塔夫顶公鹿头扮赫恩上。

福斯塔夫　温莎的钟已经敲了十二点,时间快到了。好色的天神们,
　　　照顾照顾我吧! 记着,乔武大神,你曾经为了你的情人欧罗巴①的
　　　缘故,化身做一头公牛,爱情使你头上生角。强力的爱啊! 它会
　　　使畜生变成人类,也会使人类变成畜生。而且,乔武大神,你为了
　　　你心爱的勒达②,还化身做过一只天鹅呢。万能的爱啊! 你差一点
　　　儿把天神的尊容变得像一只蠢鹅! 这真是罪过哪 :首先不该变成
　　　一头畜生——啊,老天,这罪过可没有一点人气味! 接着又不该
　　　变做了一头野禽——想想吧,老天,这可真是禽兽一般的罪过!
　　　既然天神们也都这样贪淫,我们可怜的凡人又有什么办法呢? 至
　　　于讲到我,那么我是这儿温莎地方的一匹公鹿 ;在这树林子里,也
　　　可以算得上顶胖的了。天神,让我过一个凉快的交配期吧,否则
　　　谁能责备我不该排泄些脂肪呢。——谁来啦? 我的母鹿吗?

福德大娘及培琪大娘上。

福德大娘　爵爷,你在这儿吗,我的公鹿? 我的亲爱的公鹿?

福斯塔夫　我的黑尾巴的母鹿! 让天上落下马铃薯般大的雨点来吧,
　　　让它配着淫曲儿的调子响起雷来吧,让糖梅子、春情草像冰雹雪
　　　花般落下来吧,只要让我躲在你的怀里,什么泼辣的大风大雨我
　　　都不怕。(拥抱福德大娘。)

---

①　欧罗巴(Europa),希腊罗马神话中的美女,为天神乔武所爱,乔武化为公牛载之而去。

②　勒达(Leda),希腊罗马神话中斯巴达王后, 天神乔武化为天鹅将她占有。

福德大娘　　培琪嫂子也跟我一起来了呢,好人儿。

福斯塔夫　　那么你们把我当作偷来的公鹿一般切开来,各人分一条大腿去,留下两块肋条肉给我自己,肩膀肉赏给那看园子的,还有这两只角,送给你们的丈夫做个纪念品吧。哈哈! 你们瞧我像不像猎人赫恩? 丘比特是个有良心的孩子,现在他让我尝到甜头了。我用鬼魂的名义欢迎你们! (内喧声。)

培琪大娘　　哎哟! 什么声音?

福德大娘　　天老爷饶恕我们的罪过吧!

福斯塔夫　　又是什么事情?

福德大娘
培琪大娘　　快逃! 快逃! (二人奔下。)

福斯塔夫　　我想多半是魔鬼不愿意让我下地狱,因为我身上的油太多啦,恐怕在地狱里惹起一场大火来,否则他不会这样一次一次地跟我捣蛋。

　　　　　爱文斯乔装山羊神萨特①,毕斯托尔扮小妖,安·培琪扮仙后,威廉及若干儿童各扮精灵侍从,头插小蜡烛,同上。

安　　　　黑的,灰的,绿的,白的精灵们,

　　　　　月光下的狂欢者,黑夜里的幽魂,

　　　　　你们是没有父母的造化的儿女,

　　　　　不要忘记了你们各人的职务。

　　　　　传令的小妖,替我向众精灵宣告。

毕斯托尔　　众精灵,静听召唤,不许喧吵!

　　　　　蟋蟀儿,你去跳进人家的烟囱,

　　　　　看他们炉里的灰屑有没有扫空;

---

① 萨特(Satyt),希腊罗马神话中人身马尾、遨游山林的怪物。

我们的仙后最恨贪懒的婢子，

看见了就把她拧得浑身青紫。

福斯塔夫　他们都是些精灵，谁要是跟他们说话，就不得活命；让我闭上眼睛趴下来吧，神仙们的事情是不许凡人窥看的。

爱文斯　比德在哪里？你去看有谁家的姑娘，

念了三遍祈祷方才睡上眠床，

你就悄悄地替她把妄想收束，

让她睡得像婴儿一样甜熟；

谁要是临睡前不思量自己的过错，

你要叫他们腰麻背疼，手脚酸楚。

安　　去，去，小精灵！

把温莎古堡内外搜寻：

每一间神圣的华堂散播着幸运，

让它巍然卓立，永无毁损，

祝福它宅基巩固，门户长新，

辉煌的大厦恰称着贤德的主人！

每一个尊严的宝座用心扫洗，

洒满了被邪垢的鲜花香水，

祝福那文楹绣瓦，画栋雕梁，

千秋万岁永远照耀着荣光！

每夜每夜你们手挽手在草地上，

拉成一个圆圈儿跳舞歌唱，

清晨的草上留下你们的足迹，

一团团葱翠新绿的颜色；

再用青紫粉白的各色鲜花，

写下了天书仙语，"清心去邪"，

像一簇簇五彩缤纷的珠玉，

像英俊骑士所穿的锦绣衣袴；

草地是神仙的纸！花是神仙的符篆。

去，去，往东的向东！往西的向西！

等到钟鸣一下，可不要忘了

我们还要绕着赫恩橡树舞蹈。

爱文斯　　大家排着队，大家手牵手，

二十个萤虫给我们点亮灯笼，

照着我们树荫下舞影幢幢。

且慢！哪里来的生人气？

福斯塔夫　　天老爷保佑我不要给那个威尔士老怪瞧见，他会叫我变成

一块干酪哩！

毕斯托尔　　坏东西，你是个天生的孽种。

安　　　　让我用炼狱火把他指尖灼烫，

看他的心地是纯洁还是肮脏：

他要是心无污秽，火不能伤，

哀号呼痛的一定居心不良。

毕斯托尔　　来，试一试！

爱文斯　　来，看这木头怕不怕火熏。（众以烛烫福斯塔夫。）

福斯塔夫　　啊！啊！啊！

爱文斯　　坏透了，坏透了，这家伙淫毒攻心！

精灵们，唱个歌儿取笑他；

围着他窜窜跳跳，拧得他遍体酸麻。

（歌。）

哼，罪恶的妄想！

哼，淫欲的孽障！

淫欲是一把血火，

不洁的邪念把它点亮，

痴心扇着它的火焰，

妄想把它愈吹愈旺。

精灵们，拧着他，

不要把恶人宽放；

拧他，烧他，拖着他团团转，

直等星月烛光一齐黑暗。

> 精灵等一面唱歌，一面拧福斯塔夫。卡厄斯自一旁上，将一穿绿衣的精灵偷走；斯兰德自另一旁上，将一穿白衣的精灵偷走；范顿上，将安·培琪偷走。内猎人号角声，犬吠声，众精灵纷纷散去。福斯塔夫扯下鹿头起立。

> 培琪、福德、培琪大娘、福德大娘同上，将福斯塔夫捉住。

培　琪　哎，别逃呀；现在您可给我们瞧见啦；难道您只好扮扮猎人赫恩吗？

培琪大娘　好了好了，咱们不用尽跟他开玩笑啦。好爵爷，您现在喜不喜欢温莎的娘儿们？看见这一对漂亮的鹿角吗，丈夫？把这对鹿角扔在林子里不是比拿到城里去更合适些吗？

福　德　爵爷，现在究竟谁是个大王八？白罗克大爷，福斯塔夫是个浑蛋，是个混账王八蛋；瞧他的头上还长着角哩，白罗克大爷！白罗克大爷，他从福德那里什么好处也没有得到，只得到了一只脏衣服的篓子，一顿棒儿，还有二十镑钱，那笔钱是要向他追还的，白罗克大爷；我已经把他的马扣留起来做抵押了，白罗克大爷。

福德大娘　爵爷，只怪我们运气不好，没有缘分，总是好事多磨。以后我再不把您当作我的情人了，可是我会永远记着您是我的公鹿。

福斯塔夫　我现在才明白我受了你们愚弄，做了一头蠢驴啦。

福　德　岂止蠢驴，还是笨牛呢，这都是一目了然的事。

福斯塔夫　原来这些都不是精灵吗？我曾经三四次疑心他们不是什么精灵，可是一则因为我自己做贼心虚，二则因为突如其来的怪事，把我吓昏了头，所以会把这种破绽百出的骗局当作真实，虽然荒谬得不近情理，也会使我深信不疑，可见一个人做了坏事，虽有天大的聪明，也会受人之愚的。

爱文斯　福斯塔夫爵士，您只要敬奉上帝，消除欲念，精灵们就不会来拧您的。

福　德　说得有理，休大仙。

爱文斯　还有您的嫉妒心也要除掉才好。

福　德　我以后再不疑心我的妻子了，除非有一天你会说地道的英国话来追求我的老婆。

福斯塔夫　难道我已经把我的脑子剜出来放在太阳里晒干了，所以连这样明显的骗局也看不出来吗？难道一只威尔士的老山羊都会捉弄我？难道我该用威尔士土布给自己做一顶傻子戴的鸡冠帽吗？这么说，我连吃烤过的干酪都会把自己哽住了呢。

爱文斯　干酪是熬不出什么扭油来的——你这个大肚子倒是装满了扭油呢。

福斯塔夫　又是"钢酪"，又是"扭油"！想不到我活到今天，却让那一个连英国话都说不像的家伙来取笑吗？罢了罢了！这也算是我贪欢好色的下场！

培琪大娘　爵爷，我们虽然愿意把那些三从四德的道理一脚踢得远远

的,为了寻欢作乐,甘心死后下地狱;可是什么鬼附在您身上,叫
您相信我们会喜欢您呢?

福　德　　像你这样的一只杂碎布丁?一袋烂麻线?

培琪大娘　一个浸胖的浮尸?

培　琪　　又老、又冷、又干枯,再加上一肚子的肮脏?

福　德　　像魔鬼一样到处造谣生事?

培　琪　　一个穷光蛋的孤老头子?

福　德　　像个泼老太婆一样千刀万恶?

爱文斯　　一味花天酒地,玩玩女人,喝喝白酒蜜酒,喝醉了酒白瞪着眼
　　　　　睛骂人吵架?

福斯塔夫　好,尽你们说吧;算我倒霉落在你们手里,我也懒得跟这头
　　　　　威尔士山羊斗嘴了。无论哪个无知无识的傻瓜都可以欺负我,悉
　　　　　听你们把我怎样处置吧。

福　德　　好,爵爷,我们要带您到温莎去看一位白罗克大爷,您骗了他
　　　　　的钱,却没有替他把事情办好;您现在已经吃过不少苦了,要是再
　　　　　叫您把那笔钱还出来,我想您一定要万分心痛吧?

福德大娘　不,丈夫,他已经受到报应,那笔钱就算了吧;冤家宜解不
　　　　　宜结,咱们不要逼人太甚。

福　德　　好,咱们拉拉手,过去的事情,以后不用再提啦。

培　琪　　骑士,不要懊恼,今天晚上请你到我家里来喝杯乳酒。我的
　　　　　妻子刚才把你取笑,等会儿我也要请你陪我把她取笑取笑。告诉
　　　　　她,斯兰德已经跟她的女儿结了婚啦。

培琪大娘　(旁白)博士们不会信他的胡说。要是安·培琪是我的女儿,
　　　　　那么这个时候她已经做了卡厄斯大夫的太太啦。

　　　　　　　斯兰德上。

斯兰德　　哎哟!哎哟!岳父大人,不好了!

培　琪　怎么,怎么,贤婿,你已经把事情办好了吗?

斯兰德　办好了! 哼,我要让葛罗斯特郡人都知道这件事;否则还是让你们把我吊死了吧!

培　琪　什么事情,贤婿?

斯兰德　我到了伊登那里去本来是要跟安·培琪小姐结婚的,谁知道她是一个又高又大、笨头笨脑的男孩子、倘不是在教堂里,我一定要把他揍一顿,说不定他也要把我揍一顿。我还以为他真的就是安·培琪哩—— 真是白忙了场! ——谁知道他是驿站长的儿子。

培　琪　那么一定是你看错了人啦。

斯兰德　那还用说吗?我把一个男孩子当作女孩子,当然是看错了人啦。要是我真的跟他结了婚,虽然他穿着女人的衣服,我也不会要他的。

培　琪　这是你自己太笨的缘故。我不是告诉你怎样从衣服上认出我的女儿来吗?

斯兰德　我看见她穿着白衣服,便上去喊了一声"口母",她答应了我一声"不见得",正像安跟我预先约好的一样;谁知道他不是安,却是驿站长的儿子。

爱文斯　耶稣基督! 斯兰德少爷,难道您生着眼睛不会看,竟会去跟一个男孩子结婚吗?

培　琪　我心里乱得很,怎么办呢?

培琪大娘　好官人,别生气,我因为知道了你的计划,所以叫女儿改穿绿衣服;不瞒你说,她现在已经跟卡厄斯医生一同到了教长家里,在那里举行婚礼啦。

　　　　卡厄斯上。

卡厄斯　培琪大娘呢? 哼,我上了人家的当啦! 我跟一个男孩子结了婚,一个乡下男孩子,不是安·培琪。我上了当啦!

培琪大娘　怎么,你不是看见她穿着绿衣服的吗?

卡厄斯　是的,可是那是个男孩子;我一定要叫全温莎的人评个理去。(下。)

福　德　这可奇了。谁把真的安带了去呢?

培琪大娘　我心里怪不安的。范顿大爷来了。

　　　范顿及安·培琪上。

培琪大娘　啊,范顿大爷!

安　好爸爸,原谅我! 好妈妈,原谅我!

培　琪　小姐,你怎么不跟斯兰德少爷一块儿去?

培琪大娘　姑娘,你怎么不跟卡厄斯大夫一块儿去?

范　顿　你们不要把她问得心慌意乱,让我把实在的情形告诉你们吧。你们用可耻的手段,想叫她嫁给她所不爱的人;可是她跟我两个人久已心心相许,到了现在,更觉得什么都不能把我们俩人拆开。她所犯的过失是神圣的,我们虽然欺骗了你们,却不能说是不正当的诡计,更不能说是忤逆不孝,因为她要避免强迫婚姻所造成的无数不幸的日子,只有用这办法。

福　德　木已成舟,培琪大爷,您也不必发呆啦。在恋爱的事情上,都是上天亲自安排好的;金钱可以买田地,娶妻只能靠运气。

福斯塔夫　我很高兴,虽然我遭了你们的算计,你们的箭却也会发而不中。

培　琪　算了,有什么办法呢? ——范顿,愿上天给你快乐! 拗不过来的事情,也只好将就过去。

福斯塔夫　猎狗在晚上出来,哪只鹿也不能幸免。

培琪大娘　好,我也不再想这样想那样了。范顿大爷,愿上天给您许许多多快乐的日子! 官人,我们大家回家去,在火炉旁边把今天的笑话谈笑一番吧;请约翰爵士和大家都去。

福　德　很好,爵爷,您对白罗克并没有失信,因为他今天晚上真的要去陪福德大娘一起睡觉了。(同下。)

William Shakespeare
COMPLETE WORKS

一报还一报

朱生豪　译

莎士比亚
全集

剧中人物

文森修　公爵

安哲鲁　公爵在假期中的摄政

爱斯卡勒斯　辅佐安哲鲁的老臣

克劳狄奥　少年绅士

路西奥　纨袴子

两个纨袴绅士

凡里厄斯　公爵近侍

狱吏

托马斯

彼　得　｝两个教士

陪审官

爱尔博　糊涂的差役

弗洛斯　愚蠢的绅士

庞贝　妓院中的当差

阿伯霍逊　刽子手

巴那丁　酗酒放荡的囚犯

依莎贝拉　克劳狄奥的姊姊

玛利安娜　安哲鲁的未婚妻

朱丽叶　克劳狄奥的恋人

弗兰西丝卡　女尼

咬弗动太太　鸨妇

大臣、差役、市民、童儿、侍从等

地　点

维也纳

第
一
幕

第一场　公爵宫廷中一室

公爵、爱斯卡勒斯、群臣及侍从等上。

公　爵　爱斯卡勒斯！

爱斯卡勒斯　有，殿下。

公　爵　关于政治方面的种种机宜，我不必多向你絮说，因为我知道
　　　　你在这方面的经验阅历，胜过我所能给你的任何指示；对于地方
　　　　上人民的习性，以及布政施教的宪章、信赏必罚的律法，你也都了
　　　　如指掌，比得上任何博学练达之士，所以我尽可信任你的才能，让
　　　　你自己去适宜应付。我给你这一道诏书，愿你依此而行。（以诏书
　　　　授爱斯卡勒斯）来人，去唤安哲鲁过来。你看，他这人能不能代理
　　　　我的责任？因为我在再三考虑之下，已经决定当我出巡的时候，
　　　　叫他摄理政务；他可以充分享受众人的畏惧爱敬，全权处置一切
　　　　的事情。你以为怎样？

爱斯卡勒斯　在维也纳地方，要是有人值得受这样隆重的眷宠恩荣，
　　　　那就是安哲鲁大人了。

公　爵　他来了。

　　　　　　安哲鲁上。

安哲鲁　听见殿下的召唤，小臣特来恭听谕令。

公　爵　安哲鲁，在你的生命中有一种与众不同的地方，使人家一眼

便知道你的全部的为人。你自己和你所有的一切，倘不拿出来贡献于人世，仅仅一个人独善其身，那实在是一种浪费。上天生下我们，是要把我们当作火炬，不是照亮自己，而是普照世界；因为我们的德行倘不能推及他人，那就等于没有一样。一个人有了才华智慧，必须使它产生有益的结果；造物是一个工于算计的女神，她所给予世人的每一分才智，都要受赐的人知恩感激，加倍报答。可是我虽然这样对你说，也许我倒是更应该受你教益的；所以请你收下这道诏书吧，安哲鲁；(以诏书授安哲鲁)当我不在的时候，你就是我的全权代表，你的片言一念，可以决定维也纳人民的生死，年高的爱斯卡勒斯虽然先受到我的嘱托，他却是你的辅佐。

安哲鲁　殿下，当您还没有在我这块顽铁上面打下这样光荣伟大的印记之前，最好请您先让它多受一番试验。

公　爵　不必推托了，我在详细考虑之后，才决定选中你，所以你可以受之无愧。我因为此行很是匆促，对于一切重要事务不愿多加过问。我去了以后，随时会把我在外面的一切情形写信给你；我也盼望你随时把这儿的情形告诉我。现在我们再会吧，希望你们好好执行我的命令。

安哲鲁　可是殿下，请您容许我们为您壮壮行吧。

公　爵　我急于动身，这可不必了。你在代我摄政的时候，尽管放手干去，不必有什么顾虑；你的权力就像我自己一样，无论是需要执法从严的，或者不妨衡情宽恕的，都凭着你的判断执行。让我握你的手。我这回出行不预备给大家知道；我虽然爱我的人民，可是不愿在他们面前铺张扬厉，他们热烈的夹道欢呼，虽然可以表明他们对我的好感，可是我想，喜爱这一套的人是难以称为审慎的。再会吧！

安哲鲁　上天保佑您一路平安！

爱斯卡勒斯　愿殿下早日平安归来！

公　爵　谢谢你们。再见！（下。）

爱斯卡勒斯　大人，我想请您准许我跟您开诚布公地谈一下，我必须知道我自己的地位。主上虽然付我以重托，可是我还不曾明白我的权限是怎样。

安哲鲁　我也是一样。让我们一块儿回去对这个问题作出圆满的安排吧。

爱斯卡勒斯　敬遵台命。（同下。）

第二场　街道

路西奥及二绅士上。

路西奥　我们的公爵和其他的公爵们要是跟匈牙利国王谈判不成功，那么这些公爵们要一致向匈牙利国王进攻了。

绅士甲　上天赐我们和平，可是不要让我们和匈牙利国王讲和平！

绅士乙　阿门！

路西奥　你倒像那个虔敬的海盗，带着十诫出去航海，可是把其中的一诫涂掉了。

绅士乙　是"不可偷盗"那一诫吗？

路西奥　对了，他把那一诫涂掉了。

绅士甲　是啊，有了这一诫，那简直是打碎了那海盗头子和他们这一伙的饭碗，他们出去就是为了劫取人家的财物。哪一个当兵的人在饭前感恩祈祷的时候，愿意上帝给他和平？

绅士乙　我就没有听见过哪个兵士不喜欢和平。

路西奥　我相信你没有听见过，因为你是从来不到祈祷的地方去的。

绅士乙　什么话？至少也去过十来次。

绅士甲　啊,你也听见过有韵的祈祷文吗?

路西奥　长长短短各国语言的祈祷他都听见过。

绅士甲　我想他不论什么宗教的祈祷都听见过。

路西奥　对啊,宗教尽管不同,祈祷总是祈祷;这就好比你尽管祈祷,
　　　　总是一个坏人一样。

绅士甲　嘿,我看老兄也差不多吧。

路西奥　这我倒承认,就像花边和闪缎差不多似的。你就是花边。

绅士甲　你就是闪缎,上好闪缎;真称得起是光溜溜的。我宁可做英
　　　　国粗纱的花边,也不愿意像你这样,头发掉得精光,冒充法国闪
　　　　缎。这话说得够味儿吧?

路西奥　够味儿;说实话,这味儿很让人恶心。你既然不打自招,以后
　　　　我可就学乖了,这辈子总是先向你敬酒,不喝你用过的杯子,免得
　　　　染上脏病。

绅士甲　我这话反倒说出破绽来了,是不是?

绅士乙　可不是吗? 有病没病也不该这么说。

路西奥　瞧,瞧,我们那位消灾解难的太太来了! 我这一身毛病都是
　　　　在她家里买来的,简直破费了——

绅士乙　请问,多少?

路西奥　猜猜看。

绅士乙　一年三千块冤大头的洋钱。

绅士甲　哼,还也许不止呢。

路西奥　还得添一个法国光头克朗。

绅士甲　你老以为我有病;其实你错了,我很好。

路西奥　对啦,不是普通人所说的健康;而是好得像中空的东西那样会
　　　　发出好听的声音;你的骨头早就空了,骨髓早让风流事儿吸干了。

　　　　　咬弗动太太上。

绅士甲　啊,久违了! 您的屁股上哪一面疼得厉害?

咬弗动太太　哼,哼,那边有一个人给他们捉去关在监牢里了,像你们
　　　这样的人,要五千个才抵得上他一个呢。

绅士乙　请问是谁啊?

咬弗动太太　嘿,是克劳狄奥大爷哪。

绅士甲　克劳狄奥关起来了! 哪有此事!

咬弗动太太　嘿,可是我亲眼看见他给人捉住抓了去,而且就在三天
　　　之内,他的头要给割下来呢。

路西奥　别说笑话,我想这是不会的。你真的知道有这样的事吗?

咬弗动太太　千真万真,原因是他叫朱丽叶小姐有了身孕。

路西奥　这倒有几分可能。他约我在两点钟以前和他会面,到现在还
　　　没有来,他这人是从不失信的。

绅士乙　再说,这和我们方才谈起的新摄政的脾气也有几分符合。

绅士甲　尤其重要的是 :告示的确是这么说的。

路西奥　快走! 我们去打听打听吧。(路西奥及二绅士下。)

咬弗动太太　打仗的打仗去了,病死的病死了,上绞刑架的上绞刑架
　　　去了,本来有钱的穷下来了,我现在弄得没有主顾上门啦。

　　　　庞贝上。

咬弗动太太　喂,你有什么消息?

庞　贝　那边有人给抓了去坐牢了。

咬弗动太太　他干了什么事?

庞　贝　关于女人的事。

咬弗动太太　可是他犯的什么罪?

庞　贝　他在禁河里摸鱼。

咬弗动太太　怎么,谁家的姑娘跟他有了身孕了?

庞　贝　反正是有一个女人怀了胎了。您还没有听见官府的告示吗?

咬弗动太太　什么告示?

庞　贝　维也纳近郊的妓院一律拆除。

咬弗动太太　城里的怎么样呢?

庞　贝　那是要留着传种的;它们本来也要拆除,幸亏有人说情。

咬弗动太太　那么咱们在近郊的院子都要拆除了吗?

庞　贝　是啊,连片瓦也不留。

咬弗动太太　哎哟,这世界真是变了! 我可怎么办呢?

庞　贝　您放心吧,好讼师总是有人请教的,您可以迁地为良,重操旧
业,我还是做您的当差。别怕,您侍候人家辛苦了这一辈子,人家
总会可怜您照应您的。

咬弗动太太　那边又有什么事啦,酒保大爷? 咱们避避吧。

庞　贝　狱官带着克劳狄奥大爷到监牢里去啦,后面还跟着朱丽叶小
姐。(咬弗动太太、庞贝同下。)

　　　　狱吏、克劳狄奥、朱丽叶及差役等上。

克劳狄奥　官长,你为什么要带着我这样游行全城,在众人面前羞辱
我? 快把我带到监狱里去吧。

狱　吏　我也不是故意要你难堪,这是安哲鲁大人的命令。

克劳狄奥　威权就像是一尊天神,使我们在犯了过失之后必须受到重
罚;它的命令是天上的纶音,不临到谁自然最好,临到谁的身上就
没法反抗;可是我这次的确是咎有应得。

　　　　路西奥及二绅士重上。

路西奥　哎哟,克劳狄奥! 你怎么戴起镣铐来啦?

克劳狄奥　因为我从前太自由了,我的路西奥。过度的饱食有伤胃口,
毫无节制的放纵,结果会使人失去了自由。正像饥不择食的饿鼠
吞咽毒饵一样,人为了满足他的天性中的欲念,也会饮鸩止渴,送
了自己的性命。

路西奥　我要是也像你一样,到了吃官司的时候还会讲这么一番大道理,我一定去把我的债主请几位来,叫他们告我。可是,说实话,与其道貌岸然地坐监,还是当个自由自在的蠢货好。你犯的是什么罪,克劳狄奥?

克劳狄奥　何必说起,说出来也是罪过。

路西奥　什么,是杀了人吗?

克劳狄奥　不是。

路西奥　是奸淫吗?

克劳狄奥　就算是吧。

狱　吏　别多说了,去吧。

克劳狄奥　官长,让我再讲一句话吧。路西奥,我要跟你说话。(把路西奥扯至一旁。)

路西奥　只要是对你有好处的,你尽管说吧。官府把奸淫罪看得如此认真吗?

克劳狄奥　事情是这样的:我因为已经和朱丽叶互许终身,和她发生了关系;你是认识她的;她就要成为我的妻子了,不过没有举行表面上的仪式而已,因为她还有一注嫁奁在她亲友的保管之中,我们深恐他们会反对我们相爱,所以暂守秘密,等到那注嫁奁正式到她自己手里的时候,方才举行婚礼,可是不幸我们秘密的交欢,却在朱丽叶身上留下了无法遮掩的痕迹。

路西奥　她有了身孕了吗?

克劳狄奥　正是,现在这个新任的摄政,也不知道是因为不熟悉向来的惯例;或是因为初掌大权,为了威慑人民起见,有意来一次下马威;不知道这样的虐政是在他权限之内,还是由于他一旦高升,擅自作为——这些我都不能肯定。可是他已经把这十九年来束诸高阁的种种惩罚,重新加在我的身上了。他一定是为了要博取名誉才这样做的。

路西奥　我相信一定是这个缘故，现在你的一颗头颅搁在你的肩膀上，已经快要摇摇欲坠了，一个挤牛奶的姑娘在思念情郎的时候，叹一口气也会把它吹下来的。你还是想法叫人追上公爵，向他求情开脱吧。

克劳狄奥　这我也试过，可是不知道他究竟在什么地方。路西奥，我想请你帮我一下忙。我的姊姊今天要进庵院修道受戒，你快去把我现在的情形告诉她，代我请求她向那严厉的摄政说情。我相信她会成功，因为在她的青春的魅力里，有一种无言的辩才，可以使男子为之心动；当她在据理力争的时候，她的美妙的辞令更有折服他人的本领。

路西奥　我希望她能够成功，因为否则和你犯同样毛病的人，大家都要惴惴自危，未免太教爱好风流的人丧气；而且我也不愿意看见你为了一时玩耍，没来由送了性命。我就去。

克劳狄奥　谢谢你，我的好朋友。

路西奥　两点钟之内给你回音。

克劳狄奥　来，官长，我们去吧。（各下。）

第三场　寺院

公爵及托马斯神父上。

公　爵　不，神父，别那么想，不要以为爱情的微弱的箭镞会洞穿一个铠胄严密的胸膛。我所以要请你秘密地收容我，并不是因为我有一般年轻人那种燃烧着的情热，而是为了另外更严肃的事情。

托马斯　那么请殿下告诉我吧。

公　爵　神父，你是最知道我的，你知道我多么喜爱恬静隐退的生活，而不愿把光阴消磨在少年人奢华糜费、争奇炫饰的所在。我已经把我的全部权力交给安哲鲁——他是一个持身严谨、屏绝嗜欲的君子——叫他代理我治理维也纳。他以为我是到波兰去了，因为我向外边透露着这样的消息，大家也都是这样相信着。神父，你要知道我为什么要这样做吗？

托马斯　我很愿意知道，殿下。

公　爵　我们这儿有的是严峻的法律，对于放肆不驯的野马，这是少不了的羁勒，可是在这十四年来，我们却把它当作具文，就像一头蛰居山洞、久不觅食的狮子，它的爪牙全然失去了锋利。溺爱儿女的父亲倘使把藤鞭束置不用，仅仅让它作为吓人的东西，到后来它就会被孩子们所藐视，不会再对它生畏。我们的法律也是一样，因为从不施行的缘故，变成了毫无效力的东西，胆大妄为的人，可以把它恣意玩弄；正像婴孩殴打他的保姆一样，法纪完全荡然扫地了。

托马斯　殿下可以随时把这束置不用的法律实施起来，那一定比交给安哲鲁大人执行更能令人畏服。

公　爵　我恐怕那样也许会叫人过分畏惧了。因为我对于人民的放纵，原是我自己的过失；罪恶的行为，要是姑息纵容，不加惩罚，那就是无形的默许，既然准许他们这样做了，现在再重新责罚他们，那就是暴政了。所以我才叫安哲鲁代理我的职权，他可以凭借我的名义重整颓风，可是因为我自己不在其位，人民也不致对我怨谤。一方面我要默察他的治绩，预备装扮作一个贵宗的僧侣，在各处巡回察访，不论皇亲国戚或是庶民，我都要一一访问。所以我要请你借给我一套僧服，还要有劳你指教我一个教士所应有的一切行为举止。我这样的行动还有其他的原因，我可以慢慢告诉你，可是其中的一个原因，是因为安哲鲁这人平日拘谨严肃，从不承认他的感情会冲动,或是面包的味道胜过石子,所以我们倒要等着看看,要是权力能够转移人的本性,那么世上正人君子的本来面目究竟是怎样的。(同下。)

第四场　尼庵

依莎贝拉及弗兰西丝卡上。

依莎贝拉　那么你们做尼姑的没有其他的权利了吗?

弗兰西丝卡　你以为这样的权利还不够吗?

依莎贝拉　够了够了;我这样说并不是希望更多的权利,我倒希望我们皈依圣克来的姊妹们,应该守持更严格的戒律。

路西奥　(在内)喂!上帝赐平安给你们。

依莎贝拉　谁在外面喊叫?

弗兰西丝卡　是个男人的声音。好依莎贝拉,你把钥匙拿去开门,问他有什么事。你可以去见他,我却不能,因为你还没有受戒。等到你立愿修持以后,你就不能和男人讲话,除非当着住持的面;而且讲话的时候,不准露脸,露脸的时候不准讲话。他又在叫了,请你就去回答他吧。(下。)

依莎贝拉　平安如意!谁在那里叫门?

路西奥上。

路西奥　愿你有福,姑娘!我看你脸上的红晕,就知道你是个童贞女。你可以带我去见见依莎贝拉吗? 她也是在这儿修行的,她有一个不幸的兄弟叫克劳狄奥。

依莎贝拉　请问您为什么要说"不幸的兄弟"? 因为我就是他的姊姊依莎贝拉。

路西奥　温柔美丽的姑娘,令弟叫我向您多多致意。废话少说,令弟现在已经下狱了。

依莎贝拉　哎哟！为了什么？

路西奥　假如我是法官，那么为了他所干的事，我不但不判他罪，还要
　　　　大大地褒奖他哩。他跟他的女朋友要好，她已经有了身孕啦。

依莎贝拉　先生，请您少开玩笑吧。

路西奥　我说的是真话。虽然我惯爱跟姑娘们搭讪取笑，乱嚼舌头，
　　　　可是您在我的心目中是崇高圣洁、超世绝俗的，我在您面前就像
　　　　对着神明一样，不敢说半句谎话。

依莎贝拉　您这样取笑我，未免太亵渎神圣了。

路西奥　请您别那么想。简简单单、确确实实是这么一回事情；令弟
　　　　和他的爱人已经同过床了。万物受过滋润灌溉，就会丰盛饱满，
　　　　种子播了下去，一到开花的季节，荒芜的土地上就会变成万卉争
　　　　荣；令弟的辛苦耕耘，也已经在她的身上结起果实来了。

依莎贝拉　有人跟他有了身孕了吗？是我的妹妹朱丽叶吗？

路西奥　她是您的妹妹吗？

依莎贝拉　是我的义妹，我们是同学，因为彼此相亲相爱，所以姊妹相称。

路西奥　正是她。

依莎贝拉　啊，那么让他跟她结婚好了。

路西奥　问题就在这里。公爵突然离开本地，许多人信以为真，准备
　　　　痛痛快快地玩一下，我自己也是其中的一个；可是我们从熟悉政
　　　　界情形的人们那里知道，公爵这次的真正目的，完全不是他向外
　　　　界所宣布的那么一回事。代替他全权综持政务的是安哲鲁，这个
　　　　人的血就像冰雪一样冷，从来不觉得感情的冲动，欲念的刺激，只
　　　　知道用读书克制的功夫锻炼他的德性。他看到这里的民风习于
　　　　淫佚，虽然有严刑峻法，并不能使人畏惧，正像一群小鼠在睡狮的
　　　　身旁跳梁无忌一样，所以决心重整法纪；令弟触犯刑章，按律例应

处死刑,现在给他捉去,正是要杀一儆百,给众人看一个榜样。他的生命危在旦夕,除非您肯去向安哲鲁婉转求情,也许有万一之望;我所以受令弟之托前来看您的目的,也就在于此。

依莎贝拉　他一定要把他处死吗?

路西奥　他已经把他判罪了,听说处决的命令已经下来。

依莎贝拉　唉! 我有什么能力能够搭救他呢?

路西奥　尽量运用您的全力吧。

依莎贝拉　我的全力? 唉,我恐怕——

路西奥　疑惑足以败事,一个人往往因为遇事畏缩的缘故,失去了成功的机会。到安哲鲁那边去,让他知道当一个少女有什么恳求的时候,男人应当像天神一样慷慨;当她长跪哀吁的时候,无论什么要求都应该毫不迟疑地允许她的。

依莎贝拉　那么我就去试试看吧。

路西奥　可是事不宜迟。

依莎贝拉　我马上就去;不过现在我还要去关照一声住持。谢谢您的好意,请向舍弟致意,事情成功与否,今天晚上我就给他消息。

路西奥　那么我就告别了。

依莎贝拉　再会吧,好先生。(各下。)

第二幕

第一场　安哲鲁府中厅堂

安哲鲁、爱斯卡勒斯、陪审官、狱吏、差役及其他侍从上！

安哲鲁　我们不能把法律当作吓鸟用的稻草人，让它安然不动地矗立在那边，鸟儿们见惯以后，会在它顶上栖息而不再对它害怕。

爱斯卡勒斯　是的，可是我们的刀锋虽然要锐利，操刀的时候却不可大意，略伤皮肉就够了，何必一定要致人于死命？唉！我所要营救的这位绅士，他有一个德高望重的父亲。我知道你在道德方面是一丝不苟的，可是你要想想当你在感情用事的时候，万一时间凑合着地点，地点凑合着你的心愿，或是你自己任性的行动，可以达到你的目的，你自己也很可能——在你一生中的某一时刻——犯下你现在给他判罪的错误，从而堕入法网。

安哲鲁　受到引诱是一件事，爱斯卡勒斯，堕落又是一件事。我并不否认，在宣过誓的十二个陪审员中间，也许有一两个盗贼在内，他们所犯的罪，也许比他们所判决的犯人所犯的更重；可是法律所追究的只是公开的事实，审判盗贼的人自己是不是盗贼，却是法律所不问的。我们俯身下去拾起掉在地上的珠宝，因为我们的眼睛看见它；可是我们没看见的，就毫不介意而践踏过去。你不能因为我也犯过同样的过失而企图轻减他的罪名；倒是应该这样告诫我：现在我既然判他的罪，有朝一日我若蹈他的覆辙，就要毫无偏袒地宣布自己的死刑。至于他,是难逃一死的。

爱斯卡勒斯　既然如此,就照你的意思办吧。

安哲鲁　狱官在哪里?

狱　吏　有,大人。

安哲鲁　明天早上九点钟把克劳狄奥处决;让他先在神父面前忏悔一
番,因为他的生命的旅途已经完毕了。(狱吏下。)

爱斯卡勒斯　上天饶恕他,也饶恕我们众人! 也有犯罪的人飞黄腾
达,也有正直的人负冤含屈;十恶不赦的也许逍遥法外,一时失足
的反而铁案难逃。

　　　　爱尔博及若干差役牵弗洛斯及庞贝上。

爱尔博　来,把他们抓去。这种人什么事也不做,只晓得在窑子里鬼
混,假如他们可以算是社会上的好公民,那么我也不知道什么是
法律了。把他们抓去!

安哲鲁　喂,你叫什么名字? 吵些什么?

爱尔博　禀老爷,小的是公爵老爷手下的一名差役,名字叫做爱尔博。
这两个穷凶极恶的好人,要请老爷秉公发落。

安哲鲁　好人! 哦,他们是什么好人? 他们不是坏人吗?

爱尔博　禀老爷,他们是好人是坏人小的也不大明白,总之他们不是
好东西,完全不像一个亵渎神圣的好基督徒。

爱斯卡勒斯　好一个聪明的差役,越说越玄妙了。

安哲鲁　说明白些,他们究竟是什么人? 你叫爱尔博吗? 你干吗不说
话了,爱尔博?

庞　贝　老爷,他不会说话;他是个穷光蛋。

安哲鲁　你是什么人?

爱尔博　他吗,老爷? 他是个妓院里的酒保,兼充乌龟;他在一个坏女
人那里做事,她的屋子在近郊的都给封起来了;现在她又开了一

个窑子，我想那也不是好地方。

爱斯卡勒斯　那你怎么知道呢？

爱尔博　禀老爷，那是因为我的老婆，我当着天在您老爷面前发誓，我
　　　　恨透了我的老婆——

爱斯卡勒斯　啊，这跟你老婆有什么相干？

爱尔博　是呀，老爷，谢天谢地，我的老婆是个规矩的女人。

爱斯卡勒斯　所以你才恨透了她吗？

爱尔博　我是说，老爷，这一家人家倘不是窑子，我就不但恨透我的老
　　　　婆，而且我自己也是狗娘养的，因为那里从来不干好事。

爱斯卡勒斯　你怎么知道？

爱尔博　那都是因为我的老婆，老爷。她倘不是个天生规矩的女人，
　　　　那么说不定在那边什么奸略诱、不干不净的事都做出来了。

爱斯卡勒斯　一个女人会干这种事吗？

爱尔博　老爷，干这种事的正是一个女人，咬弗动太太；亏得她呸地啐
　　　　他一脸唾沫，没听他那一套。

庞　贝　禀老爷，他说得不对。

爱尔博　你是个好人，你就向这些混账东西说说看我怎么说得不对。

爱斯卡勒斯　你听他说的话多么颠颠倒倒。

庞　贝　老爷，她进来的时候凸起一个大肚子，嚷着要吃煮熟的梅
　　　　子——我这么说请老爷别见怪。说来这也是很久以前的事了。
　　　　那时我们屋子里就只剩两颗梅子，放在一只果碟里，那碟子是三
　　　　便士买来的，您老爷大概也看见过这种碟子，不是瓷碟子，可也是
　　　　很好的碟子。

爱斯卡勒斯　算了算了，别尽碟子、碟子地闹个不清了。

庞　贝　是，老爷，您说得一点不错。言归正传，我刚才说的，这位爱
　　　　尔博奶奶因为肚子里有了孩子，所以肚子凸得高高的；我刚才也

说过,她嚷着要吃梅子,可是碟子里只剩下两颗梅子,其余的都给这位弗洛斯大爷吃去了,他是规规矩矩会过钞的。您知道,弗洛斯大爷,我还短您三便士呢。

弗洛斯　可不是吗?

庞　贝　那么很好,您还记得吗?那时候您正在那儿磕着梅子的核儿。

弗洛斯　不错,我正在那里磕梅子核儿。

庞　贝　很好,您还记得吗?那时候我对您说,某某人某某人害的那种病,一定要当心饮食,否则无药可治。

弗洛斯　你说得一点不错。

庞　贝　很好——

爱斯卡勒斯　废话少说,你这讨厌的傻瓜!究竟你们对爱尔博的妻子做了些什么不端之事,他才来控诉你们?快快给我来个明白。

庞　贝　唉哟,老爷,您可来不得。

爱斯卡勒斯　不,我不是那个意思。

庞　贝　可是,老爷,您先别性急,可以慢慢儿来。我先要请老爷瞧瞧这位弗洛斯大爷,他一年有八十镑钱进益,他的老太爷是在万圣节去世的。弗洛斯大爷,是在万圣节吗?

弗洛斯　在万圣节的前晚。

庞　贝　很好,这才是千真万确的老实话。老爷,那时候他坐在葡萄房间里的一张矮椅上面;那是您顶欢喜坐的地方,不是吗?

弗洛斯　是的,因为那里很开敞,冬天有太阳晒。

庞　贝　很好,这才没有半点儿假。

安哲鲁　这样说下去,就是在夜长的俄罗斯也可以说上整整一夜。我可要先走一步,请你代劳审问,希望你能够把他们每人抽一顿鞭子。

爱斯卡勒斯　我也希望这样。再见,大人。现在你说吧,你们对爱尔博的妻子做了些什么事?

庞　贝　什么也没有做呀，老爷。

爱尔博　老爷，我请您问他这个人对我的老婆干了些什么。

庞　贝　请老爷问我吧。

爱斯卡勒斯　好，那么你说，这个人对她干了些什么？

庞　贝　请老爷瞧瞧他的脸。好弗洛斯大爷，请您把脸对着上座的老
　　　爷，我自有道理。老爷，您有没有瞧清楚他的脸？

爱斯卡勒斯　是的，我看得很清楚。

庞　贝　不，请您再仔细看一看。

爱斯卡勒斯　好，现在我仔细看过了。

庞　贝　老爷，您看他的脸是不是会欺侮人的？

爱斯卡勒斯　不，我看不会。

庞　贝　我可以按着《圣经》发誓，他的脸是他身上最坏的一部分。
　　　好吧，既然他的脸是他身上最坏的一部分，可是您老爷说的它不
　　　会欺侮人，那么弗洛斯大爷怎么会欺侮这位差役的奶奶？我倒要
　　　请您老爷评评看。

爱斯卡勒斯　他说得有理。爱尔博，你怎么说？

爱尔博　启上老爷，他这屋子是一间清清白白的屋子，他是个清清白
　　　白的小子，他的老板娘是个清清白白的女人。

庞　贝　老爷，我举手发誓，他的老婆才比我们还要清清白白得多呢。

爱尔博　放你的屁，混账东西！她从来不曾跟什么男人、女人、小孩子
　　　清清白白过。

庞　贝　老爷，他还没有娶她的时候，她就跟他清清白白过了。

爱斯卡勒斯　这场官司可越审越糊涂了，到底是谁执法，谁犯法呀？
　　　他说的是真话吗？

爱尔博　狗娘养的王八蛋！你说我还没有娶她就跟她清清白白过
　　　吗？要是我曾经跟她清清白白过，或是她曾经跟我清清白白过，

那么请老爷把我革了职吧。好家伙,你给我拿出证据来,否则我就要告你一个殴打罪。

爱斯卡勒斯　要是他打了你一记耳光,你还可以告他诽谤罪。

爱尔博　谢谢老爷的指教。您看这个王八蛋应该怎样发落呢?

爱斯卡勒斯　既然他做了错事,你想尽力地揭发他,那么为了知道到底是什么错事,还是让他继续吧。

爱尔博　谢谢老爷。你看吧,你这混账东西,现在可叫你知道些厉害了,你继续吧,你这狗娘养的,非叫你继续不可。

爱斯卡勒斯　朋友,你是什么地方人?

弗洛斯　回大人,我是本地生长的。

爱斯卡勒斯　你一年有八十镑收入吗?

弗洛斯　是的,大人。

爱斯卡勒斯　好!(向庞贝)你是干什么营生的?

庞　贝　小的是个酒保,在一个苦寡妇的酒店里做事。

爱斯卡勒斯　你的女主人叫什么名字?

庞　贝　她叫咬弗动太太。

爱斯卡勒斯　她嫁过多少男人?

庞　贝　回老爷,一共九个,最后一个才是咬弗动。

爱斯卡勒斯　九个!——过来,弗洛斯先生。弗洛斯先生,我希望你以后不要再跟酒保、当差这一批人来往,他们会把你诱坏了的,你也会把他们送上绞刑架。现在你给我去吧,别让我再听见你和别人闹事。

弗洛斯　谢谢大人。我从来不曾自己高兴上什么酒楼妓院,每次都是给他们吸引进去的。

爱斯卡勒斯　好,以后你可别让他们吸引你进去了,再见吧。过来,酒保哥儿,你叫什么名字?

庞　　贝　　小的名叫庞贝。

爱斯卡勒斯　有别名吗？

庞　　贝　　别名叫屁股，大爷。

爱斯卡勒斯　你的裤子倒是又肥又大，够得上称庞贝大王。庞贝，你虽然打着酒保的幌子，也是个乌龟，是不是？给我老实说，我不来难为你。

庞　　贝　　老老实实禀告老爷，小的是个穷小子，不过混碗饭吃。

爱斯卡勒斯　你要吃饭，就去当乌龟吗？庞贝，你说你这门生意是不是合法的？

庞　　贝　　只要官府允许我们，它就是合法的。

爱斯卡勒斯　可是官府不能允许你们，庞贝，维也纳地方不能让你们干这种营生。

庞　　贝　　您老爷的意思，是打算把维也纳城里的年轻人都阉起来吗？

爱斯卡勒斯　不，庞贝。

庞　　贝　　那么，照小的看，他们是还会干下去的。老爷只要下一道命令把那些婊子、光棍们抓住重办，像我们这种王八羔子也就惹不了什么祸了。

爱斯卡勒斯　告诉你吧，上面正在预备许多命令，杀头的、绞死的人多着呢。

庞　　贝　　您要是把犯风流罪的一起杀头、绞死，不消十年工夫，您就要无头可杀了。这种法律在维也纳行上十年，我就可以出三便士租一间最好的屋子。您老爷到那时候要是还健在的话，请记住庞贝曾经这样告诉您。

爱斯卡勒斯　谢谢你，好庞贝。为了报答你的预言，请你听好；我劝你以后小心一点，不要再给人抓到我这儿来；要是你再闹什么事情，或者仍旧回去干你那老营生，那时候我可要像当年的凯撒对待庞贝一样,狠狠地给你些颜色看。说得明白些,我可得叫人赏你一顿鞭子。现在姑且放过了你,快给我去吧。

庞　贝　多谢老爷的嘱咐。(旁白)可是我听不听你的话,还要看我自己高兴呢,用鞭子抽我!哼!好汉不是拖车马,不怕鞭子不怕打,我还是做我的王八羔子去。(下。)

爱斯卡勒斯　过来,爱尔博。你当官差当了多久了?

爱尔博　禀老爷,七年半了。

爱斯卡勒斯　我看你办事这样能干,就知道你是一个多年的老手。你说一共七年了吗?

爱尔博　七年半了,老爷。

爱斯卡勒斯　唉!那你太辛苦了!他们不应该叫你当一辈子的官差。在你同里之中,就没有别人可以当这个差事吗?

爱尔博　禀老爷,要找一个有脑筋干得了这个差事的人,可也不大容易,他们选来选去,还是选中了我。我为了拿几个钱,苦也吃够了。

爱斯卡勒斯　你回去把你同里之中最能干的拣六七个最能干的人,开一张名单给我。

爱尔博　名单开好以后,送到老爷府上吗?

爱斯卡勒斯　是的,拿到我家里来。你去吧。现在大概几点钟了?

陪审官　十一点钟了,大人。

爱斯卡勒斯　请你到寒舍间吃顿便饭去吧。

陪审官　多谢大人。

爱斯卡勒斯　克劳狄奥不免一死,我心里很是难过,可是这也没有办法。

陪审官　安哲鲁大人是太厉害了些。

爱斯卡勒斯　那也是不得不然。慈悲不是姑息,过恶不可纵容。可怜的克劳狄奥!咱们走吧。(同下。)

第二场　同前。另一室

狱吏及仆人上。

仆　人　他正在审案子,马上就会出来。我去给你通报。

狱　吏　谢谢你。(仆人下)不知道他会不会回心转意。唉! 他不过好像在睡梦之中犯下了过失,三教九流,年老的年少的,哪一个人没有这个毛病,偏偏他因此送掉了性命。

安哲鲁上。

安哲鲁　狱官,你有什么事见我?

狱　吏　是大人的意思,克劳狄奥明天必须处死吗?

安哲鲁　我不是早就吩咐过你了吗? 你难道没有接到命令? 干吗又来问我?

狱　吏　卑职因为事关人命,不敢儿戏,心想大人也许会收回成命。卑职曾经看见过法官在处决人犯以后,重新追悔他宣判的失当。

安哲鲁　追悔不追悔,与你无关。我叫你怎么做,你就怎么做 ;假如你不愿意,尽可呈请辞职,我这里不缺少你。

狱　吏　请大人恕卑职失言,卑职还要请问大人,朱丽叶快要分娩了,她现在正在呻吟枕蓐,我们应当把她怎样处置才好?

安哲鲁　把她赶快送到适宜一点的地方去。

仆人重上。

仆　人　外面有一个犯人的姊姊求见大人。

安哲鲁　他有一个姊姊吗?

狱　吏　是,大人,她是一位贞洁贤淑的姑娘,听说她预备做尼姑,不知道现在有没有受戒。

安哲鲁　　好,让她进来。(仆人下)你就去叫人把那个淫妇送出去,给她
　　　　预备好一切需用的东西! 可是不必过于浪费,我就会签下命令来。

　　　　　依莎贝拉及路西奥上。

狱　　吏　　大人,卑职告辞了! (欲去。)

安哲鲁　　再等一会儿。(向依莎贝拉)有劳芳踪莅止,请问贵干?

依莎贝拉　　我是一个不幸之人,要向大人请求一桩恩惠,请大人俯听
　　　　我的哀诉。

安哲鲁　　好,你且说来。

依莎贝拉　　有一件罪恶是我所深恶痛绝,切望法律把它惩治的,可是
　　　　我却不能不违背我的素衷,要来请求您网开一面;我知道我不应
　　　　当为它渎清,可是我的心里却徘徊莫决。

安哲鲁　　是怎么一回事?

依莎贝拉　　我有一个兄弟已经判处死刑,我要请大人严究他所犯的过
　　　　失,宽恕了犯过失的人。

狱　　吏　　(旁白)上帝赐给你动人的辞令吧!

安哲鲁　　严究他所犯的过失,而宽恕了犯过失的人吗? 所有的过失在
　　　　未犯以前,都已定下应处的惩罚,假使我只管严究已经有明文禁
　　　　止的过失,而让犯过失的人逍遥法外,我的职守岂不等于是一句
　　　　空话吗?

依莎贝拉　　唉,法律是公正的,可是太残酷了! 那么我已经失去了一
　　　　个兄弟。上天保佑您吧!

路西奥　　(向依莎贝拉旁白)别这么就算罢了;再上前去求他,跪下来,拉
　　　　住他的衣角;你太冷淡了,像你刚才那样子,简直就像向人家讨一
　　　　枚针一样不算一回事。你再去说吧。

依莎贝拉　　他非死不可吗?

安哲鲁　　姑娘,毫无挽回余地了。

依莎贝拉　　不,我想您会宽恕他的,您要是肯开恩的话,一定会得到上天和众人的赞许。

安哲鲁　　我不会宽恕他。

依莎贝拉　　可是要是您愿意,您可以宽恕他吗?

安哲鲁　　听着,我所不愿意做的事,我就不能做。

依莎贝拉　　可是您要是能够对他发生怜悯,就像我这样为他悲伤一样,那么也许您会心怀不忍而宽恕了他吧? 您要是宽恕了他,对于这世界是毫无损害的。

安哲鲁　　他已经定了罪,太迟了。

路西奥　　(向依莎贝拉旁白)你太冷淡了。

依莎贝拉　　太迟吗? 不,我现在要是说错了一句话,就可以把它收回。相信我的话吧,任何大人物的章饰,无论是国王的冠冕、摄政的宝剑、大将的权标,或是法官的礼服,都比不上仁慈那样更能衬托出他们的庄严高贵。倘使您和他易地相处,也许您会像他一样失足,可是他决不会像您这样铁面无情。

安哲鲁　　请你快去吧。

依莎贝拉　　我愿我有您那样的权力,而您是处在我的地位! 那时候我也会这样拒绝您吗? 不,我要让您知道做一个法官是怎样的,做一个囚犯又是怎样的。

路西奥　　(向依莎贝拉旁白)不错,打动他的心,这才对了。

安哲鲁　　你的兄弟已经受到法律的裁判,你多说话也没有用处。

依莎贝拉　　唉! 唉! 一切众生都是犯过罪的,可是上帝不忍惩罚他们,却替他们设法赎罪。要是高于一切的上帝毫无假借地审判到您,您能够自问无罪吗? 请您这样一想,您就会恍然自失,嘴唇里吐出怜悯的话来的。

安哲鲁　　好姑娘,你别伤心吧;法律判你兄弟的罪,并不是我。他即使是我的亲戚、我的兄弟，或是我的儿子，我也是一样对待他。他明天一定要死。

依莎贝拉　明天！啊，那太快了！饶了他吧！饶了他吧！他还没有准备去死呢。我们就是在厨房里宰一只鸡鸭，也要按着季节；为了满足我们的口腹之欲，尚且不能随便杀生害命，那么难道我们对于上帝所造的人类，就可以这样毫无顾虑地杀死吗？大人，请您想一想，有多少人犯过和他同样的罪，谁曾经因此而死去？

路西奥　（向依莎贝拉旁白）是，说得好。

安哲鲁　法律虽然暂时昏睡，它并没有死去。要是第一个犯法的人受到了处分，那么许多人也就不敢为非作恶了。现在法律已经醒了过来，看到了人家所做的事，像一个先知一样，它在镜子里望见了许多未来的罪恶，在因循息息之中滋长起来，所以它必须乘它们尚未萌芽的时候，及时设法制止。

依莎贝拉　可是您也应该发发慈悲。

安哲鲁　我在秉公执法的时候，就在大发慈悲。因为我怜悯那些我所不知道的人，惩罚了一个人的过失，可以叫他们不敢以身试法。而且我也没有亏待了他，他在一次抵罪以后，也可以不致再在世上重蹈覆辙。你且宽心吧，你的兄弟明天是一定要死的。

依莎贝拉　那么您一定要做第一个判罪的人，而他是第一个受到这样刑罚的人吗？唉！有着巨人一样的膂力是一件好事，可是把它像一个巨人一样使用出来，却是残暴的行为。

路西奥　（向依莎贝拉旁白）说得好。

依莎贝拉　世上的大人先生们倘使都能够兴雷作电，那么天上的神明将永远得不到安静，因为每一个微僚末吏都要卖弄他的威风，让天空中充满了雷声。上天是慈悲的，它宁愿把雷霆的火力，去劈碎一株槎枒状硕的橡树，却不去损坏柔弱的郁金香；可是骄傲的世人掌握到暂时的权力,却会忘记了自己琉璃易碎的本来面目,像一头盛怒的猴子一样,装扮出种种丑恶的怪相,使天上的神明们因为怜悯他们的痴愚而流泪;其实诸神的脾气如果和我们一样,他们笑也会笑死的。

路西奥　(向依莎贝拉旁白)说下去,说下去,他会懊悔的。他已经有点动心了,我看得出来。

狱　吏　(旁白)上天保佑她把他说服!

依莎贝拉　我们不能按着自己去评判我们的兄弟;大人物可以戏侮圣贤,显露他们的才华,可是在平常人就是亵渎不敬。

路西奥　(向依莎贝拉旁白)你说得对,再说下去。

依莎贝拉　将官嘴里一句一时气愤的话,在兵士嘴里却是大逆不道。

路西奥　(向依莎贝拉旁白)你明白了吧? 再说下去。

安哲鲁　你为什么要向我说这些话?

依莎贝拉　因为当权的人虽然也像平常人一样有错误,可是他却可以凭借他的权力,把自己的过失轻轻忽略过去。请您反躬自省,问一问您自己的心,有没有犯过和我的弟弟同样的错误;要是它自觉也曾沾染过这种并不超越人情的罪恶,那么请您舌上超生,恕了我弟弟的一命吧。

安哲鲁　她说得那样有理,倒叫我心思摇惑不定。——恕我失陪了。

依莎贝拉　大人,请您回过身来。

安哲鲁　我还要考虑一番。你明天再来吧。

依莎贝拉　请您听我说我要怎样报答您的恩惠。

安哲鲁　怎么! 你要贿赂我吗?

依莎贝拉　是的,我要用上天也愿意嘉纳的礼物贿赂您。

路西奥　(向依莎贝拉旁白)亏得你这么说,不然事情又糟了。

依莎贝拉　我不向您呈献黄金铸成的钱财,也不向您呈献贵贱随人喜恶的宝石;我要献给您的,是黎明以前上达天庭的虔诚的祈祷,它从太真纯朴的处女心灵中发出,是不沾染半点俗尘的。

安哲鲁　好,明天再来见我吧。

路西奥　(向依莎贝拉旁白)很好,我们去吧。

依莎贝拉　上天赐大人平安!

安哲鲁　(白)阿门;因为我已经受到诱惑了,我们俩人的祈祷是貌同心异的。

依莎贝拉　明天我在什么时候访候大人呢?

安哲鲁　午前无论什么时候都行。

依莎贝拉　愿您消灾免难!　(依莎贝拉、路西奥及狱吏下。)

安哲鲁　免受你和你的德行的引诱! 什么? 这是从哪里说起? 是她的错处? 还是我的错处? 诱惑的人和受诱惑的人,哪一个更有罪? 嘿! 她没有错,她也没有引诱我。像芝兰旁边的一块臭肉,在阳光下蒸发腐烂的是我,芝兰却不曾因为枯萎而失去了芬芳,难道一个贞淑的女子,比那些狂花浪柳更能引动我们的情欲吗? 难道我们明明有许多荒芜的旷地,却必须把圣殿拆毁,种植我们的罪恶吗? 呸! 呸! 呸! 安哲鲁,你在干些什么? 你是个什么人? 你因为她的纯洁而对她爱慕,因为爱慕她而必须玷污她的纯洁吗? 啊,让她的弟弟活命吧! 要是法官自己也偷窃人家的东西,那么盗贼是可以振振有词的。啊! 我竟是这样爱她,所以才想再听见她说话、饱餐她的美色吗? 我在做些什么梦? 狡恶的魔鬼为了引诱圣徒,会把圣徒作他钩上的美饵;因为爱慕纯洁的事物而驱令我们犯罪的诱惑,才是最危险的。娼妓用尽她天生的魅力,人工的狐媚,都不能使我的心中略起微波,可是这位贞淑的女郎却把我完全征服了。我从前看见人家为了女人发痴,总是讥笑他们,想不到我自己也会有这么一天!　(下。)

第三场 狱中一室

公爵作教士装及狱吏上。

公 爵 尊驾是狱官吗？愿你有福！

狱 吏 正是，师傅有何见教？

公 爵 为了存心济世，兼奉教中之命，我特地来此访问苦难颠倒的
众生。请你许我看看他们，告诉我他们各人所犯的罪名，好让我
向他们劝导指点一番。

狱 吏 师傅但有所命，敢不乐从。瞧，这儿来的一位姑娘，因为年轻
识浅，留下了终身的玷辱，现在她怀孕在身，她的情人又被判死
刑；他是一个风流英俊的青年，却为风流葬送了一生！

朱丽叶上。

公 爵 他的刑期定在什么时候？

狱 吏 我想是明天。我已经给你一切预备好了，稍待片刻，就可以
送你过去。

公 爵 美貌的人儿，你自己知道悔罪吗？

朱丽叶 我忏悔，我现在忍辱含羞，都是我自己不好。

公 爵 我可以教你怎样悔罪的方法。

朱丽叶 我愿意诚心学习。

公 爵 你爱那害苦你的人吗？

朱丽叶 我爱他，是我害苦了他。

公 爵 这么说来，那么你们所犯的罪恶，是彼此出于自愿的吗？

朱丽叶 是的。

公 爵 那么你的罪比他更重。

朱丽叶　是的,师傅,我现在忏悔了。

公　爵　那很好,孩子;可是也许你的忏悔只是因为你的罪恶给你带来了耻辱,这种哀痛的心情还是为了自己,说明我们不再为非作歹不是因为爱上帝,而是因为畏惧惩罚——

朱丽叶　我深知自己的罪恶,所以诚心忏悔,虽然身受耻辱,我也欣然接受。

公　爵　这就是了。听说你的爱人明天就要受死,我现在要去向他开导开导。上帝保佑你!　(下。)

朱丽叶　明天就要死!痛苦的爱情呀!你留着我这待死之身,却叫惨死的恐怖永远缠绕着我。

狱　吏　可怜!　(同下。)

第四场　安哲鲁府中一室

安哲鲁上。

安哲鲁　我每次要祈祷沉思的时候,我的心思总是纷乱无主:上天所听到的只是我的口不应心的空言,我的精神却贯注在依莎贝拉身上;上帝的名字挂在我的嘴边咀嚼,心头的欲念,兀自在那里奔腾。我已经厌倦于我所矜持的尊严,正像一篇大好的文章一样,在久读之后,也会使人掩耳;现在我宁愿把我这岸然道貌,去换一根因风飘荡的羽毛。什么地位!什么面子!多少愚人为了你这虚伪的外表而凛然生畏,多少聪明人为了它而俯首帖服!可是人孰无情,不妨把善良天使的名号写在魔鬼的角上,冒充他的标志。

一仆人上。

安哲鲁　啊,有谁来了?

仆　人　一个叫依莎贝拉的尼姑求见大人。

安哲鲁　领她进来,(仆人下)天啊,我周身的血液为什么这样涌上心头,害得我心旌摇摇不定,浑身失去了气力?正像一群愚人七手八脚地围集在一个晕去的人的身边一样,本想救他,却因阻塞了空气的流通而使他醒不过来;又像一个圣明的君主手下的子民,各弃所业争先恐后地拥挤到宫廷里来瞻望颜色,无谓的忠诚反而造成了不愉快。

　　　　依莎贝拉上。

安哲鲁　啊,姑娘!

依莎贝拉　我来听候大人的旨意。

安哲鲁　我希望你自己已经知道,用不着来问我。你的弟弟不能活命。

依莎贝拉　好。上天保佑您!

安哲鲁　可是他也许可以多活几天;也许可以活得像你我一样长;可是他必须死。

依莎贝拉　最后还是要受到您的判决吗?

安哲鲁　是的。

依莎贝拉　那么请问他在什么时候受死?好让他在未死之前忏悔一下,免得灵魂受苦。

安哲鲁　哼!这种下流的罪恶!用暧昧的私情偷铸上帝的形象,就像从造化窃取一个生命,同样是不可宽恕的。用诈伪的手段剥夺合法的生命,和非法地使一个私生的孩子问世,完全没有差别。

依莎贝拉　这是天上的法律,人间却不是如此。

安哲鲁　你以为是这样的吗?那么我问你:你还是愿意让公正无私的法律取去你兄弟的生命呢,还是愿意像那个被他奸污的姑娘一样,牺牲肉体的清白,从而把他救赎出来?

依莎贝拉　大人,相信我,我情愿牺牲肉体,却不愿玷污灵魂。

安哲鲁　我不是跟你讲什么灵魂。你知道迫不得已犯下的罪恶是只能充数,不必计较的。

依莎贝拉　您这话是什么意思?

安哲鲁　当然,我不能保证这点;因为我所说的将来还可以否认。回
　　答我这一个问题:我现在代表着明文规定的法律,宣布你兄弟的
　　死刑;假使为了救你的兄弟而犯罪,这罪恶是不是一件好事呢?

依莎贝拉　请您尽管去做吧,有什么不是,我愿用灵魂去担承;这是好
　　事,根本不是什么罪恶。

安哲鲁　那么按照同样的方式权衡轻重,你也可以让灵魂冒险去犯
　　罪呀!

依莎贝拉　倘使我为他向您乞恕是一种罪恶,那么我愿意担当上天的
　　惩罚;倘使您准许我的请求是一种罪恶,那么我会每天清晨祈祷
　　上天,让它归并到我的身上,决不让您负责。

安哲鲁　不,你听我。你误会了我的意思了。也许是你不懂我的话,
　　也许你假装不懂,那可不大好。

依莎贝拉　我除了有一点自知之明之外,宁愿什么都不懂,事事都不好。

安哲鲁　智慧越是遮掩,越是明亮,正像你的美貌因为蒙上黑纱而十
　　倍动人。可是听好,我必须明白告诉你,你兄弟必须死。

依莎贝拉　噢。

安哲鲁　按照法律,他所犯的罪名应处死刑。

依莎贝拉　是。

安哲鲁　我现在要这样问你,你的兄弟已经难逃一死,可是假使有这
　　样一条出路——其实无论这个或任何其他做法,当然都不可能,
　　这只是为了抽象地说明问题——假使你,他的姊姊,给一个人爱
　　上了,他可以授意法官,或者运用他自己的权力,把你的兄弟从森
　　严的法网中解救出来,唯一的条件是你必须把你肉体上最宝贵的
　　一部分献给此人,不然他就得送命,那么你预备怎样?

依莎贝拉　为了我可怜的弟弟，也为了我自己，我宁愿接受死刑的宣判，让无情的皮鞭在我身上留下斑斑的血迹，我会把它当作鲜明的红玉；即使把我粉身碎骨，我也会从容就死，像一个疲倦的旅人奔赴他的渴慕的安息，我却不愿让我的身体蒙上羞辱。

安哲鲁　那么你的兄弟就再不能活了。

依莎贝拉　还是这样的好，宁可让一个兄弟在片刻的惨痛中死去，不要让他的姊姊因为救他而永远沉沦。

安哲鲁　那么你岂不是和你所申斥的判决同样残酷吗？

依莎贝拉　卑劣的赎罪和大度的宽赦是两件不同的事情；合法的慈悲，是不可和肮脏的徇纵同日而语的。

安哲鲁　可是你刚才却把法律视为暴君，把你兄弟的过失，认作一时的游戏而不是罪恶。

依莎贝拉　原谅我，大人！我们因为希望达到我们所追求的目的，往往发出违心之论。我爱我的弟弟，所以才会在无心中替我所痛恨的事情辩解。

安哲鲁　我们都是脆弱的。

依莎贝拉　如果你所说的脆弱，只限于我兄弟一人，其他千千万万的男人都毫无沾染，那么他倒是死得不冤了。

安哲鲁　不，女人也是同样的脆弱。

依莎贝拉　是的，正像她们所照的镜子一样容易留下影子，也一样容易碎裂。女人！愿上天帮助她们！男人若是利用她们的弱点来找便宜，恰恰是污毁了自己。不，你尽可以说我们是比男人十倍脆弱的，因为我们的心性像我们的容颜一样温柔，很容易接受虚伪的印记。

安哲鲁　我同意你的话。你既然自己知道你们女人的柔弱，我想我们谁都抵抗不住罪恶的引诱，那么恕我大胆，我要用你的话来劝告你自己:请你保持你女人的本色吧;你既然不能做一个超凡绝俗的神仙,而从你一切秀美的外表看来,都不过是一个女人,那么就该接受一个女人不可避免的命运。

依莎贝拉　我只有一片舌头,说不出两种言语;大人,请您还是用您原来的语调对我说话吧。

安哲鲁　老老实实说,我爱你。

依莎贝拉　我的弟弟爱朱丽叶,你却对我说他必须因此受死。

安哲鲁　依莎贝拉,只要你答应爱我!就可以免他一死。

依莎贝拉　我知道你自恃德行高超,无须检点,但是这样对别人漫意轻薄,似乎也有失体面。

安哲鲁　凭着我的名誉,请相信我的话出自本心。

依莎贝拉　嘿,相信你的名誉!你那卑鄙龌龊的本心!好一个虚有其表的正人君子!安哲鲁,我要公开你的罪恶,你等着瞧吧!快给我签署一张赦免我弟弟的命令,否则我要向世人高声宣布你是一个怎样的人。

安哲鲁　谁会相信你呢,依莎贝拉?我的洁白无瑕的名声,我的持躬的严正,我的振振有词的驳斥,我的柄持国政的地位,都可以压倒你的控诉,使你自取其辱,人家会把你的话当作挟嫌诽谤,我现在一不做二不休,不再控制我的情欲,你必须满足我的饥渴,放弃礼法的拘束,解脱一切的忸怩,这些对你要请求的事情是有害无利的;把你的肉体呈献给我,来救你弟弟的性命,否则他不但不能活命,而且因为你的无情冷酷,我要叫他遍尝各种痛苦而死去。明天给我答复,否则我要听任感情的支配,叫他知道些厉害。你尽管向人怎样说我,我的虚伪会压倒你的真实。(下。)

依莎贝拉　我将向谁诉说呢?把这种事情告诉别人,谁会相信我?凭着一条可怕的舌头,可以操纵人的生死,把法律供自己的驱使,是非善恶,都由他任意判断!我要去看我的弟弟,他虽然因为一时情欲的冲动而堕落,可是他是一个爱惜荣誉的人,即使他有二十颗头颅,他也宁愿让它们在二十个断头台上被人砍落,而不愿让他姊姊的身体遭受如此的污辱。依莎贝拉,你必须活着做一个清白的人,让你的弟弟死去吧,贞操是比兄弟更为重要的。我还要去把安哲鲁的要求告诉他,叫他准备一死,使他的灵魂得到安息。(下。)

第
三
幕

第一场　狱中一室

公爵作教士装及克劳狄奥、狱吏同上。

公　爵　那么你在希望安哲鲁大人的赦免吗?

克劳狄奥　希望是不幸者的唯一药饵;我希望活,可是也准备着死。

公　爵　能够抱着必死之念,那么活果然好,死也无所惶虑。对于生命应当作这样的譬解:要是我失去了你,我所失去的,只是一件愚人才会加以爱惜的东西,你不过是一口气,寄托在一个多灾多难的躯壳里,受着一切天时变化的支配。你不过是被死神戏弄的愚人,逃避着死,结果却奔进他的怀里。你并不高贵,因为你所有的一切配备,都沾濡着污浊下贱。你并不勇敢,因为你畏惧着微弱的蛆虫的柔软的触角。睡眠是你所渴慕的最好的休息,可是死是永恒的宁静,你却对它心惊胆裂。你不是你自己,因为你的生存全赖着泥土中所生的谷粒。你并不快乐,因为你永远追求着你所没有的事物,而遗忘了你所已有的事物。你并不固定,因为你的脾气像月亮一样随时变化。你即使富有,也和穷苦无异,因为你正像一头不胜重负的驴子,背上驮载着金块在旅途上跋涉,直等死来替你卸下负荷。你没有朋友,因为即使是你自己的骨血,嘴里称你为父亲尊长,心里也在诅咒着你不早早伤风发疹而死。你没有青春也没有年老,二者都只不过是你在餐后睡眠中的一场梦

–273
莎士比亚
全集

景;因为你在年轻的时候,必须像一个衰老无用的人一样,向你的长者乞讨赒济;到你年老有钱的时候,你的感情已经冰冷,你的四肢已经麻痹,你的容貌已经丑陋,纵有财富,也享不到丝毫乐趣。那么所谓生命这东西,究竟有什么值得珍爱呢? 在我们的生命中隐藏着千万次的死亡,可是我们对于结束一切痛苦的死亡却那样害怕。

克劳狄奥　谢谢您的教诲。我本来希望活命,现在却唯求速死;我要在死亡中寻求永生,让它降临到我的身上吧。

依莎贝拉　(在内)有人吗! 愿这里平安有福!

狱　吏　是谁? 进来吧,这样的祝颂是应该得到欢迎的。

公　爵　先生,不久我会再来看你。

克劳狄奥　谢谢师傅。

　　　　　依莎贝拉上。

依莎贝拉　我要跟克劳狄奥说两句话儿。

狱　吏　欢迎得很,瞧,先生,你的姊姊来了。

公　爵　狱官,让我跟你说句话儿。

狱　吏　您尽管说吧。

公　爵　把我带到一个地方去,可以听见他们说话,却不让他们看见我。(公爵及狱吏。)

克劳狄奥　姊姊,你给我带些什么安慰来?

依莎贝拉　我给你带了最好的消息来了。安哲鲁大人有事情要跟上天接洽,想差你马上就去,你可以永远住在那边;所以你赶快预备起来吧,明天就要出发了。

克劳狄奥　没有挽回了吗?

依莎贝拉　没有挽回了,除非为了要保全一颗头颅而劈碎了一颗心。

克劳狄奥　那么还有法想吗?

依莎贝拉　是的，弟弟，你可以活；法官有一种恶魔样的慈悲，你要是
　　　恳求他，他可以放你活命，可是你将终身披戴镣铐直到死去。

克劳狄奥　永久的禁锢吗？

依莎贝拉　是的，永久的禁锢；纵使你享有广大的世界，也不能挣脱这
　　　一种束缚。

克劳狄奥　是怎样一种束缚呢？

依莎贝拉　你要是屈服应承了，你的廉耻将被完全褫夺，使你毫无面
　　　目做人。

克劳狄奥　请明白告诉我吧。

依莎贝拉　啊，克劳狄奥，我在担心着你；我害怕你会爱惜一段狂热的
　　　生命，重视有限的岁月，甚于永久的荣誉。你敢毅然就死吗？死
　　　的惨痛大部分是心理上造成的恐怖，被我们践踏的一只无知的甲
　　　虫，它的肉体上的痛苦，和一个巨人在临死时所感到的并无异样。

克劳狄奥　你为什么要这样羞辱我？你以为温柔的慰藉，可以坚定我
　　　的决心吗？假如我必须死，我会把黑暗当作新娘，把它拥抱在我
　　　的怀里。

依莎贝拉　这才是我的好兄弟，父亲地下有知，也一定会这样说的。
　　　是的，你必须死，你是一个正直的人，决不愿靠着卑鄙的手段苟全
　　　生命。这个外表俨如神圣的摄政，板起面孔摧残着年轻人的生命，
　　　像鹰隼一样不放松他人的错误，却不料他自己正是一个魔鬼。他
　　　的污浊的灵魂要是揭露出来，就像是一口地狱一样幽黑的深潭。

克劳狄奥　正人君子的安哲鲁，竟是这样一个人吗？

依莎贝拉　啊，这是地狱里狡狯的化装，把罪恶深重的犯人装扮得像
　　　一个天神。你想得到吗，克劳狄奥？要是我把我的贞操奉献给他，
　　　他就可以把你释放。

克劳狄奥　天啊，那真太岂有此理了！

依莎贝拉　是的,我要是容许他犯这丑恶的罪过,他对你的罪恶就可以置之不顾了。今夜我必须去干那我所不愿把它说出口来的丑事,否则你明天就要死。

克劳狄奥　那你可干不得。

依莎贝拉　唉! 他倘然要的是我的命,那我为了救你的缘故,情愿把它毫不介意地抛掷了。

克劳狄奥　谢谢你,亲爱的依莎贝拉。

依莎贝拉　那么克劳狄奥,你预备着明天死吧。

克劳狄奥　是。他也有感情,使他在执法的时候自己公然犯法吗? 那一定不是罪恶,即使是罪恶,在七大重罪中也该是最轻的一项。

依莎贝拉　什么是最轻的一项?

克劳狄奥　倘使那是一件不可赦的罪恶,那么他是一个聪明人,怎么会为了一时的游戏,换来了终身的愧疚? 啊,依莎贝拉!

依莎贝拉　弟弟你怎么说?

克劳狄奥　死是可怕的。

依莎贝拉　耻辱的生命是尤其可恼的。

克劳狄奥　是的,可是死了,到我们不知道的地方去,长眠在阴寒的囚牢里发霉腐烂,让这有知觉有温暖的、活跃的生命化为泥土 ;一个追求着欢乐的灵魂,沐浴在火焰一样的热流里,或者幽禁在寒气砭骨的冰山,无形的飙风把它吞卷,回绕着上下八方肆意狂吹 ;也许还有比一切无稽的想象所能臆测的更大的惨痛,那太可怕了! 只要活在这世上,无论衰老、病痛、穷困和监禁给人怎样的烦恼苦难,比起死的恐怖来,也就像天堂一样幸福了。

依莎贝拉　唉! 唉!

克劳狄奥　好姊姊,让我活着吧! 你为了救你弟弟而犯的罪孽,上天不但不会责罚你,而且会把它当作一件善事。

依莎贝拉　呀,你这畜生! 没有信心的懦夫! 不知廉耻的恶人! 你想
　　　　靠着我的丑行而活命吗? 为了苟延你自己的残喘,不惜让你的姊
　　　　姊蒙污受辱,这不简直是伦常的大变吗? 我真想不到! 愿上帝保
　　　　障我母亲不曾失去过贞操;可是像你这样一个下流畸形的不肖
　　　　子,也太不像我父亲的亲骨肉了! 从今以后,我和你义断恩绝,你
　　　　去死吧! 即使我只须一举手之劳可以把你救赎出来,我也宁愿瞧
　　　　着你死。我要用千万次的祈祷求你快快死去,却不愿说半句话救
　　　　你活命。

克劳狄奥　不,听我说,依莎贝拉。

依莎贝拉　呸! 呸! 呸! 你的犯罪不是偶然的过失,你已经把它当作
　　　　一件不足为奇的常事。对你怜悯的,自己也变成了淫媒。你还是
　　　　快点儿死吧。(欲去。)

克劳狄奥　啊,听我说,依莎贝拉。

　　　　　公爵重上。

公　　爵　道妹,许我跟你说句话儿。

依莎贝拉　请问有何见教?

公　　爵　你要是有工夫,我有些话要跟你谈谈;我所要向你探问的事
　　　　情;对你自己也很有关系。

依莎贝拉　我没有多余的工夫,留在这儿会耽误其他的事情;可是我
　　　　愿意为你稍驻片刻。

公　　爵　(向克劳狄奥旁白)孩子,我已经听到了你们姊弟俩的谈话。安
　　　　哲鲁并没有向她图谋非礼的意思,他不过想试探试探她的品性,
　　　　看看他对于人性的评断有没有错误。她因为是一个冰清玉洁的
　　　　女子,断然拒绝了他的试探,那正是他所引为异常欣慰的。我曾
　　　　经监临安哲鲁的忏悔,知道这完全是事实。所以你还是准备着死
　　　　吧,不要抱着错误的希望,使你的决心动摇。明天你必须死,赶快

跪下来祈祷吧。

克劳狄奥　让我向我的姊姊赔罪,现在我对生命已经毫无顾恋,但愿速了此生。

公　爵　打定这个主意吧,再会。（克劳狄奥下。）

　　　　　狱吏重上。

公　爵　狱官,跟你说句话儿。

狱　吏　师傅有什么见教?

公　爵　你现在来了,可是我希望你去。让我和这位姑娘谈一会儿话,你可以相信我的内心和我的道袍。我不会加害于她。

狱　吏　我就去。（下。）

公　爵　造物给你美貌,也给你美好的德性;没有德性的美貌,是转瞬即逝的;可是因为在你的美貌之中,有一颗美好的灵魂,所以你的美貌是永存的。安哲鲁对你的侮辱,已经被我偶然知道了;倘不是他的堕落已有先例,我一定会对他大惑不解。你预备怎样满足这位摄政,搭救你的兄弟呢?

依莎贝拉　我现在就要去答复他,我宁愿让我的弟弟死于国法,不愿有一个非法而生的孩子。唉! 我们那位善良的公爵是多么受了安哲鲁的欺骗! 等他回来以后,我要是能够当着他的面,一定要向他揭穿安哲鲁的治绩。

公　爵　那也好,可是照现在的情形看来,他仍旧可以有辞自解,他可以说,那不过是试试你罢了。所以我劝你听我的劝告,我因为欢喜帮助人家,已经想出了一个办法。我相信你可以对一位受委屈的、可怜的小姐做一件光明正大的好事,从愤怒的法律下救出你的兄弟,不但不使你冰清玉洁的身体白璧蒙玷,而且万一公爵回来后知道了这件事情,也一定会十分高兴的。

依莎贝拉　请你说下去。只要是无愧良心的事,我什么都敢去做。

公　爵　有德必有勇,正直的人决不胆怯。你知道溺海而死的勇士弗
　　　　莱德里克有一个妹妹名叫玛利安娜吗?

依莎贝拉　我曾经听人说起过这位小姐,提起她名字的时候人家总是
　　　　称赞她的好处。

公　爵　她和这个安哲鲁本来已经缔下婚约,婚期也已选定了,可是
　　　　就在订婚以后举行婚礼以前,她的哥哥弗莱德里克在海中遇难,
　　　　他妹妹的嫁奁就在那艘失事的船上也一起同归于尽。这位可怜
　　　　的小姐真是倒霉透顶,她不但失去了一位高贵知名的哥哥,他对
　　　　她是一向爱护备至的;而且她的嫁奁,她的大部分的财产,也随着
　　　　他葬身鱼腹;这还不算,她又失去了一个已经订婚的丈夫,这个假
　　　　道学的安哲鲁。

依莎贝拉　有这种事?安哲鲁就这样把她遗弃了吗?

公　爵　他把她遗弃不顾,让她眼泪洗面,也不向她说半句安慰的话
　　　　儿;故意说他发现了她的品行不端,把盟约完全撕毁。她直到如
　　　　今,还在为他的薄幸而哀伤泣血,可是他却像一块大理石一样,眼
　　　　泪洗不软他的硬心肠。

依莎贝拉　这位可怜的姑娘活着还不如死去,可是让这个家伙活在人
　　　　世,那真是毫无天理了!可是我们现在怎么能够帮助她呢?

公　爵　这一个裂痕你可以很容易把它修补;你要是能够成全这一件
　　　　好事,不但可以救活你的兄弟,也可以保全你的贞节。

依莎贝拉　好师傅,请你指点我。

公　爵　我所说起的这位姑娘,始终保持着专一的爱情;他的薄情无
　　　　义,照理应该使她斩断情丝,可是像一道受到阻力的流水一样,她
　　　　对他的爱反而因此更加狂烈。你现在可以去见安哲鲁,曲意应承
　　　　他的要求,可是必须提出这样的条件:你和他约会的时间不能过
　　　　于长久,而且必须在黄昏人静以后便于来往的地方。他答应了这

样的条件,我们就可以去劝这位受屈的姑娘顶替着你如约前往。这次的幽会将来暴露出来,他不能不设法向她补偿。这样你的兄弟可以救出,你自己的清白不受污损,可怜的玛利安娜因此重圆破镜,淫邪的摄政也可以得到教训。我会去向这位姑娘说,叫她依计而行。你要是愿意这样做,那么虽然是一种骗局,可是因为它有这么多重的好处,尽可问心无愧。你的意思怎样?

依莎贝拉　想象到这一件事,已经使我感觉安慰,我相信它一定会得到美满的结果。

公　爵　那可全仗你的出力。快到安哲鲁那边去,他即使要在今夜向你求欢,你也一口答应他。我现在就要到圣路加教堂去,玛利安娜所住的田庄就在它的附近,你可以在那边找我,事情要干得越快越妙。

依莎贝拉　谢谢你的好主意。再见,好师傅。(各下。)

第二场　监狱前街道

公爵作教士装上;爱尔博、庞贝及差役等自对方上。

爱尔博　嘿,要是你们不肯改邪归正,一定要把男人女人像牲畜一样买卖,那么这世界上要碰来碰去都是私生子了。

公　爵　天啊!又是什么事情?

庞　贝　真是一个煞风景的世界!咱们放风月债的倒够了霉,他们放金钱债的,法律却让他穿起皮袍子来,怕他着了凉;那皮袍子是外面狐皮里面羊皮,因为狡猾的狐狸比善良的绵羊值钱,这世界到处是好人吃苦,坏人出头!

爱尔博　走吧,朋友。您好,师傅!

公　爵　您好,大哥。请问这个人所犯何事?

爱尔博 不瞒师傅说,他冒犯了法律,而且我们看他还是个贼,因为我们在他身上搜到了一把撬锁的东西,已经送到摄政老爷那里去了。

公 爵 好一个不要脸的王八!你靠着散播罪恶,做你活命的根本。你肚里吃的,身上穿的,没有一件不是用龌龊的造孽钱换来。你自己想一想,你喝着脏脏,吃着肮脏,穿着肮脏,住着肮脏,你还能算是一个人吗?快去好好地改过自新吧。

庞 贝 不错,肮脏是有些肮脏,可是我可以证明——

公 爵 哼,如果魔鬼给罪恶出过证明,你当然也可以证明了。官差,把他带到监狱里去吧。重刑和教诲必须同时并用,才可以叫这畜生畏法知过。

爱尔博 我们要把他带去见摄政老爷,他早就警告过他了。摄政老爷最恨的是这种王八羔子;一个乌龟要是来到摄政老爷面前,那就是该他回老家的日子了。

公 爵 我们大家要是都能像有些人在表面看来那样立身无过,犯了过错又能不加掩饰,那就好了!

爱尔博 他的脖子就要到您的腰上啦——成了一根绳索,师傅。

庞 贝 谢天谢地,救命的人来了。

　　　　路西奥上。

路西奥 啊,尊贵的庞贝!你给凯撒捉住了吗?他们奏凯归来,把你拖在车轮上面游行吗?难道你现在已经没有姑娘们应市,可以让你掏空人家的钱袋吗?你怎么说?哈,这个调门儿、这场把戏、这个办法不坏吧?上次下大雨没淹着吗?你怎么说,老丈?世界已经换了样子变得沉默寡言了吗?是怎么一回事?

公 爵 世界永远是这样,向着堕落的路上跑!

路西奥 你那宝贝女东家好不好?她现在还在干那老活儿吗?

庞 贝 不瞒您说,大爷,她已经坐吃山空,连裤子都当光了。

路西奥　啊，那很好、俏姐儿、骚鸨儿，免不了有这么一天。你现在到
　　　　监狱里去吗，庞贝？

庞　贝　是的，大爷。

路西奥　啊，那也很好，庞贝，再见！你去对他们说是我叫你来的，是
　　　　为了欠了人家的钱吗，庞贝？还是为了什么？

庞　贝　他们因为我是个王八才抓我。

路西奥　好，那么把他关起来吧。他是个道地的王八，而且还是个世
　　　　袭的哩。再见，好庞贝，给我望望坐牢的朋友们。这回你可以安
　　　　分守己了，庞贝；因为你只好大门不出、二门不迈了。

庞　贝　好大爷，我想请您把我保出来。

路西奥　不，那不成，庞贝，我是不干那行的。我可以为你祈祷，求上
　　　　天把你关长久一些。要是你没有耐性，在牢里惹是生非，那正说
　　　　明你是个好样的。回头见，好庞贝。——祝福你，师傅。

公　爵　祝福你。

路西奥　布利吉姑娘还那么爱打扮吗，庞贝？

爱尔博　走吧，朋友，走吧。

庞　贝　那么您不肯保我吗？

路西奥　不保，庞贝。师傅，外面有什么消息？

爱尔博　走吧，朋友，快走。

路西奥　庞贝，钻到狗洞里去吧。（爱尔博、庞贝及差役等下）师傅，关于
　　　　公爵你知道有什么消息？

公　爵　我不知道，你可以告诉我一些吗？

路西奥　有人说他去看俄罗斯皇帝，有人说他在罗马！可是你想他到
　　　　底在哪里？

公　爵　我不知道，可是无论他在什么地方，我愿他平安。

路西奥　他这样悄悄溜走，不在朝里享福，倒去做一个云游的叫花子，

简直是在发疯。安哲鲁大人代理他把地方治得很好,犯罪的都逃不过他。

公　爵　是的,他代理得很好。

路西奥　其实他对于犯奸淫的人稍为放松一点,也是不碍什么的,像他这样子,未免太苛了。

公　爵　这种罪恶太普遍了,必须用严刑方才能够矫正过来。

路西奥　对啊,这种罪恶是人人会犯的;可是师傅,你要是想把它完全消灭,那你除非把吃喝也一起禁止了。他们说这个安哲鲁不是像平常人那样爷娘生下来的,你想这话真不真?

公　爵　那么他是怎么生下来的呢?

路西奥　有人说他是女人鱼产下的卵,有人说他的父母是两条风干的鳘鱼。可是我的的确确知道他撒下的尿都冻成了冰,我也的的确确知道他是个活动的木头人。

公　爵　先生,你太爱开玩笑了。

路西奥　嘿,人家的鸡巴不安分,他就要人家的命,这还成什么话儿!公爵倘使还在这儿,他也会这样吗?哼,他不但不因为人家养了一百个私生子而把他吊死,他还要自己拿出钱来抚养这一百个私生子哩。他自己也是喜欢逢场作戏的,所以他不会跟别人苦苦作对。

公　爵　我可从来不知道公爵也是喜欢玩女人的,他不是那样一个人吧。

路西奥　那你可受了人家的欺了,师傅。

公　爵　不见得吧。

路西奥　嘿,他看见了一个五十岁的老乞婆,也会布施她一块钱呢;他这人是有些想入非非的。告诉你知道吧,他还是个爱喝酒的。

公　爵　你把他说得太不成话了。

路西奥　我跟他非常熟悉,这位公爵是一个不可貌相的人,他这次离开的原因我是知道的。

公　爵　请问是什么原因呢?

路西奥　对不起,这是一个不能泄漏的秘密;可是我可以让你知道,一般人都认为这位公爵很有智慧。

公　爵　啊,他当然是很有智慧的。

路西奥　他是个浅薄愚笨、没有头脑的家伙。

公　爵　也许是你妒嫉他,也许是你自己愚蠢,也许是你看错了人,所以才会这样信口胡说。他的立身处世和他的操劳国事,都可以证明你所说的话完全不对。只要按照他的言行来检验,那么即使妒嫉他的人,也不得不承认他是一个学者、一个政治家和一个军人。你这样诽谤他,足见你自己的无知;或者,即使你略有所知,也是由于心怀恶意而故意掩盖真相。

路西奥　我认识他,我跟他很有交情哩。

公　爵　有交情就不会说这种话;真有交情,谈话里就会体现出更真挚的友情。

路西奥　算了吧,我可不会随便瞎说的。

公　爵　这我可不相信,因为你不知道你自己在说些什么话。可是公爵倘使有一天回来——这是我们众人都馨香祷祝的——我要请你当着他的面回答我的问话;你现在说的倘是老实话;那时候一定不会否认。我们后会有期;请教尊姓大名?

路西奥　鄙人名叫路西奥,公爵是很熟悉我的。

公　爵　要是我有机会向他谈起你的话,他一定会更加熟悉你的。

路西奥　你去谈好了,我不怕。

公　爵　啊,你希望公爵永远不会回来,也许你以为我是个无足轻重的对手。当然,我的话恐怕伤害不了你,因为你准会矢口否认的。

路西奥　我要是否认就不得好死,你别看错人了。可是这些话不必多说。你知道克劳狄奥明天会不会死?

公　爵　他为什么要死？

路西奥　为什么？为了把一只漏斗插进人家的瓶子里去。但愿我们刚才所说的那位公爵早点儿回来，这个绝子绝孙的摄政要叫大家不许生男育女，好让维也纳将来死得不剩一个人。就是麻雀在他的屋檐下做窠，他也要因为它们的淫荡而把它们赶掉呢。公爵在这里的时候，对于这种不干不净的事情是不闻不问的，他决不会把它们在光天化日之下揭露出来，要是他回来了就好了！这个克劳狄奥就是因为松了松裤带，才给判了死罪。再见，好师傅，请你给我祈祷祈祷。我再告诉你吧，公爵在持斋的日子会偷吃羊肉。他人老心不老，看见个女叫花子也会拉住亲个嘴儿，尽管她满嘴都是黑面包和大蒜的气味。你就说我这样告诉你。再见。（下。）

公　爵　人间的权力尊荣，总是逃不过他人的讥弹；最纯洁的德性，也免不了背后的诽谤。哪一个国王有力量堵塞住谗言的唇舌呢？可是有谁来了？

　　　　爱斯卡勒斯、狱吏及差役等牵咬弗动太太上。

爱斯卡勒斯　去，把她送到监狱里去！

咬弗动太太　好老爷，饶了我吧；您是一个慈悲的好人，我的好爷爷！

爱斯卡勒斯　再三告诫过你，你还是不知道悔改吗？无论怎样慈悲的人，看见像你这种东西，也会变做铁面阎罗的。

狱　吏　禀大人，她当鸨妇已经当了十一年了。

咬弗动太太　老爷，这都是路西奥那家伙跟我作对信口胡说的。公爵老爷在朝的时候，他把一个姑娘弄大了肚皮，他答应娶她，那孩子到今年五月一日就该有一岁多了，我一直替他养着，现在他反而到处说我的坏话！

爱斯卡勒斯　那家伙是个淫棍，去把他找来。把她送到监狱里去！走吧，别多说了。（差役推咬弗动太太下）狱官，我的同僚安哲鲁意见已决,克劳狄奥明天必须处决。给他请好神父；预备好一切身后之事。安哲鲁不肯发半点怜悯之心，我也没有办法。

狱　吏　禀大人，这位师傅曾经去看过克劳狄奥，跟他谈论过死生的大道理。

爱斯卡勒斯　晚安，神父。

公　爵　愿大人有福！

爱斯卡勒斯　你是从哪儿来的？

公　爵　我不是本国人，只是由于偶然的机缘，目前在这里居留；我是一个以慈悲为事的教门的僧侣，新近奉教皇之命，从教廷来办一些公务。

爱斯卡勒斯　外边有什么消息没有？

公　爵　没有，可是我知道过于热衷为善，需要一服解热的药剂；只有新奇的事物是众人追求的目标；习见既久，即成陈腐；常道一成不变，持恒即为至德；人心不可测，择交当谨慎。世间的事情，大抵就像这几句哑谜。虽然是老生常谈，可是每天都可以发现类似的例子。请问大人，公爵是个何等之人？

爱斯卡勒斯　他是一个重视自省功夫甚于一切纷争扰攘的人。

公　爵　他有些什么嗜好？

爱斯卡勒斯　他欢喜看见人家快乐，甚于自己追寻快乐，他是一个淡泊寡欲的君子。可是我们现在不用说他，但愿他平安如意吧。请你告诉我你看见克劳狄奥自知将死以后，有些什么准备？我听说你已经去访问过他了。

公　爵　他承认他所受的判决是情真罪当，愿意俯首听候法律的处分；可是他也抱着几分侥幸免死的妄想，我已经替他把这种妄想扫除，现在他已经安心待死了。

爱斯卡勒斯　你已经对上天尽了你的责任，也替这罪犯做了一件好事。我曾经多方设法营救他,可是我的同僚是这样的铁面无私,我不能不承认他是个严明的法官。

公　爵　他自己做人倘使也像他判决他人一样严正,那就很好了;要是他也有失足的一天,那么他现在已经对他自己下过判决了。

爱斯卡勒斯　我还要去看看这个罪犯。再会。

公　爵　愿您平安!　(爱斯卡勒斯及狱吏下)

　　　　欲代上天行惩,
　　　　先应玉洁冰清;
　　　　持躬唯谨唯慎,
　　　　孜孜以德自绳;
　　　　诸事扪心反省,
　　　　待人一秉至公;
　　　　决不滥加残害,
　　　　对己放肆纵容。
　　　　安哲鲁则反之,
　　　　实乃羊皮虎质;
　　　　严谴他人小过,
　　　　自身变本加厉!
　　　　貌似正人君子,
　　　　企图一手遮天;
　　　　使尽狡猾伎俩,
　　　　索得名誉金钱。
　　　　何不以诈易诈,
　　　　令其弄假成真?
　　　　弱女虽遭遗弃,

亦可旧约重申；

即以其人之道，

还治其人之身。（下。）

第四幕

第一场　圣路加教堂附近的田庄

玛利安娜及童儿上，童儿唱歌。

童　儿

莫以负心唇，

婉转弄辞巧；

莫以薄幸眼，

颠倒迷昏晓；

定情密吻乞君还，

当日深盟今已寒！

玛利安娜　别唱下去了，你快去吧，有一个可以给我安慰的人来了，他的劝告常常宽解了我的怨抑的情怀。（童儿下。）

公爵仍作教士装上。

玛利安娜　原谅我，师傅，我希望您不曾看见我在这里好像毫没有心事似的听着音乐。可是相信我吧，音乐不能给我快乐，我只是借它抒泄我的愁怀。

公　爵　那很好，虽然音乐有一种魔力，可以感化人心向善，也可以诱人走上堕落之路。请你告诉我，今天有人到这儿来探问过我吗？

我跟人家约好要在这个时候见面。

玛利安娜　我今天一直坐在这儿,不见有人问起过您。

公　爵　我相信你的话。现在时候就要到了,请你进去一会儿,也许随后我还要来跟你谈一些和你有切身利益的事。

玛利安娜　谢谢师傅。(下。)

　　　　　依莎贝拉上。

公　爵　你来得正好,欢迎欢迎。你从这位好摄政那边带了些什么消息来?

依莎贝拉　他有一个周围砌着砖墙的花园,在花园西面有一座葡萄园,必须从一道板门里进去,这个大钥匙便是开这板门的;从葡萄园到花园之间还有一扇小门,可以用这一个钥匙去开。我已经答应他在今夜夜深时分,到他花园里和他相会。

公　爵　可是你已经把路认清了吗?

依莎贝拉　我已经把它详详细细地记在心头;他曾经用不怀好意的殷勤,用耳语低声给我指点,领我在那条路上走了两趟。

公　爵　你们有没有约定其他应注意的事项必须叫她遵守?

依莎贝拉　没有,我只对他说我们必须在黑暗中相会,我也告诉他我不能久留,因为我假意对他说有一个仆人陪着我来,他以为我是为了我弟弟的事情而来的。

公　爵　这样很好。我还没有对玛利安娜说知此事。喂! 出来吧!

　　　　　玛利安娜重上。

公　爵　让我介绍你跟这位姑娘认识,她是来帮助你的。

依莎贝拉　我愿意能够为您效劳。

公　爵　你相信我是很尊重你的吧?

玛利安娜　好师傅,我一直知道您对我是一片诚心。

公　爵　那么请你把这位姑娘当作你的好朋友,她有话要对你讲。你们进去谈谈,我在外面等着你们;可是不要太长久,苍茫的暮色已经逼近了。

玛利安娜　请了。(玛利安娜、依莎贝拉同下。)

公　爵　啊,地位!尊严!无数双痴愚的眼睛在注视着你,无数种虚伪矛盾的流言在传说着你的行动,无数个说俏皮话的人把你奉若神明,在幻想中把你讥讽嘲弄!

　　　　玛利安娜及依莎贝拉重上。

公　爵　欢迎,你们商量得怎样了?

依莎贝拉　她愿意干那件事,只要你以为不妨一试。

公　爵　我不但赞成,而且还要求她这样做。

依莎贝拉　你和他分别的时候,不必多说什么,只要轻轻地说:"别忘了我的弟弟。"

玛利安娜　都在我身上,你放心好了。

公　爵　好孩子,你也不用担心什么,他跟你已有婚约在先,用这种诡计把你们牵合在一起,不算是什么罪恶,因为你和他已经有了正式的名分了,这就使欺骗成为合法。来,咱们去吧,要收获谷实,还得等待我们去播种。(同下。)

第二场　狱中一室

　　　　狱吏及庞贝上。

狱　吏　过来,小子,你会杀头吗?

庞　贝　老爷,他要是个光棍汉子,那就好办;可是他要是个有老婆的,那么人家说丈夫是妻子的头,叫我杀女人的头,我可下不了这个手。

狱　吏　算了吧,别胡扯了,痛痛快快回答我。明儿早上要把克劳狄奥跟巴那丁处决。我们这儿的刽子手缺少一个助手,你要是愿意帮他,就可以脱掉你的脚镣;否则就要把你关到刑期满了,再狠狠抽你一顿鞭子,然后放你出狱,因为你是一个罪大恶极的王八。

庞　贝　老爷,我做一个偷偷摸摸的王八也不知做了多少时候了,可是我现在愿意改行做一个正正当当的刽子手。我还要向我的同事老前辈请教请教哩。

狱　吏　喂,阿伯霍逊!阿伯霍逊在不在?

　　　　阿伯霍逊上。

阿伯霍逊　您叫我吗,老爷?

狱　吏　这儿有一个人,可以在明天行刑的时候帮助你。你要是认为他可用,就可以和他订一年合同,让他在这儿跟你住在一起;不然的话,暂时让他帮帮忙,再叫他去吧。他不能假借什么身份来推托,他本来是一个王八。

阿伯霍逊　是个王八吗,老爷?他妈的!他要把咱们干这行巧艺的脸都丢尽了。

狱　吏　算了吧,你也比他高不了多少;完全是半斤八两。(下。)

庞　贝　大哥,请您赏个脸——您的脸长得倒真是不错,就是有点杀气腾腾的味道——给我解释解释:您是管您这一行叫什么巧艺吗?

阿伯霍逊　不错,老弟,称得起是巧艺。

庞　贝　我听人说调脂涂色算是巧艺;可是,大哥,您知道窑姐儿们都很拿手,她们是我的同僚,这就证明我干的那行也是巧艺;可是绞死人有何巧可言,不瞒您说,就是绞死我,我也想不出来。

阿伯霍逊　老弟,那确是巧艺。

庞　贝　有何为证?

阿伯霍逊　良民的衣服,贼穿上满合适。要是贼穿着小点,良民会认为是够大的;要是贼穿着大点,他自己会认为是够小的。所以,良民的衣服,贼穿上永远合适。

> 狱吏重上。

狱　吏　你们说定了没有?

庞　贝　老爷,我愿意给他当下手;因为我发现当刽子手确实是比当
王八更高尚的职业;每逢杀人之前,他总得说一声:"请您宽恕。"

狱　吏　你记着点;明天早上四点钟把斧头砧架预备好。

阿伯霍逊　来吧,王八,让我传授给你一点手艺;跟我来。

庞贝　我很愿意领教,要是您有一天用得着我,我愿意引颈而待,报答
您的好意。

狱　吏　去把克劳狄奥和巴那丁叫来见我。(庞贝、阿伯霍逊同下)我
很替克劳狄奥可惜,可是那个杀人犯巴那丁,却是个死不足惜
的家伙。

> 克劳狄奥上。

狱　吏　瞧,克劳狄奥,这是执行你死刑的命令,现在已经是午夜,明
天八点钟你就要与世永辞了。巴那丁呢?

克劳狄奥　他睡得好好的,像一个跋涉长途的疲倦的旅人一样,叫都
叫不醒。

狱　吏　对他有什么办法呢?好,你去准备着吧。听,什么声音?——
愿上天赐给你灵魂安静!(克劳狄奥下)且慢。这也许是赦免善良
的克劳狄奥的命令下来了。

> 公爵仍作教士装上。

狱　吏　欢迎,师傅。

公　爵　愿静夜的良好气氛降临到你身上,善良的狱官!刚才有什么
人来过没有?

狱　吏　熄灯钟鸣以后,就没有人来过。

公　爵　依莎贝拉也没有来吗?

狱　　吏　　没有。

公　　爵　　大概他们就要来了。

狱　　吏　　关于克劳狄奥有什么好消息没有？

公　　爵　　也许会有。

狱　　吏　　我们这位摄政是一个忍心的人。

公　　爵　　不，不，他执法的公允，正和他立身的严正一样；他用崇高的克制工夫，屏绝他自己心中的人欲，也运用他的权力，整饬社会的风纪。假如他明于责人，暗于责己，那么他所推行的诚然是暴政；可是我们现在却不能不称赞他的正直无私。现在他们来了。（狱吏下）这是一个善良的狱官，像他这样仁慈可亲的狱官，倒是难得的。（敲门声）啊，谁在那里？门敲得这么急，一定有什么要事。

　　　　　　　狱吏重上。

狱　　吏　　他必须在外面等一会儿，我已经把看门的人叫醒，去开门让他进来了。

公　　爵　　你没有接到撤回成命的公文，克劳狄奥明天一定要死吗？

狱　　吏　　没有，师傅。

公　　爵　　天虽然快亮了，在破晓以前，大概还会有消息来的。

狱　　吏　　也许你对内幕有所了解，可是我相信撤回成命是不可能的；因为这种事情毫无先例，而且安哲鲁大人已经公开表示他决不徇私枉法，怎么还会网开一面？

　　　　　　　一使者上。

狱　　吏　　这是他派来的人。

公　　爵　　他拿着克劳狄奥的赦状来了。

使　　者　　（以公文交狱吏）安哲鲁大人叫我把这公文送给你，他还要我吩咐你，叫你依照命令行事，不得稍有差池。现在天差不多亮了，再见。

狱　　吏　　我一定服从他的命令。（使者下。）

公　爵　（旁白）这是用罪恶换来的赦状，赦罪的人自己也变成了犯罪的人；身居高位的如此以身作则，在下的还不翕然从风吗？法官要是自己有罪，那么为了同病相怜的缘故，犯罪的人当然可以逍遥法外。——请问这里面说些什么？

狱　吏　告诉您吧，安哲鲁大人大概以为我有失职的地方，所以要在这时候再提醒我一下。奇怪得很，他从来不曾有过这样的事情。

公　爵　请你读给我听。

狱　吏　"克劳狄奥务须于四时处决，巴那丁于午后处决，不可轻听人言，致干未便。克劳狄奥首级仰于五时送到，以凭察验。如有玩忽命令之处，即将该员严惩不贷，切切凛遵毋违。"师傅，您看这是怎么一回事？

公　爵　今天下午处决的这个巴那丁是个怎么样的人？

狱　吏　他是一个在这儿长大的波希米亚人，在牢里已经关了九年了。

公　爵　那个公爵为什么不放他出去或者把他杀了？我听说他惯常是这样的。

狱　吏　他有朋友们给他奔走疏通；他所犯的案子，直到现在安哲鲁大人握了权，方才有了确确凿凿的证据。

公　爵　那么现在案情已经明白了吗？

狱　吏　再明白也没有了，他自己也并不抵赖。

公　爵　他在监狱里自己知道不知道忏悔？他心里感觉怎样？

狱　吏　在他看来，死就像喝醉了酒睡了过去一样没有什么可怕，对于过去现在或未来的事情，他毫不关心，毫无顾虑，也一点没有忧惧；死在他心目中不算怎么一回事，可是他却是一个彻头彻尾的凡人。

公　爵　他需要劝告。

狱　吏　他可不要听什么劝告。他在监狱里是很自由的，给他机会逃走,他也不愿逃;一天到晚喝酒,喝醉了就一连睡上好几天。我们常常把他叫醒了,假装要把他拖去杀头,还给他看一张假造的公文,可是他却无动于衷。

公　爵　我们等会儿再说他吧。狱官,我一眼就知道你是个诚实可靠的人,我的老眼要是没有昏花,那么我是不会看错人的,所以我敢大着胆子,跟你商量一件事。你现在奉命执行死刑的克劳狄奥,他所犯的罪并不比判决他的安哲鲁所犯的罪更重。为了向你证明我这一句话,我要请你给我四天的时间,同时你必须现在就帮我做一件危险的事情。

狱　吏　请问师傅要我做什么事?

公　爵　把克劳狄奥暂缓处刑。

狱　吏　唉!这怎么办得到呢?安哲鲁大人有命令下来,限定时间,还要把他的首级送去验明,我要是稍有违背他的命令之处,我的头也要跟克劳狄奥一样保不住了。

公　爵　你要是听我吩咐,我可以保你没事。今天早上你把这个巴那丁处决了,把他的头送到安哲鲁那边去。

狱　吏　他们俩人安哲鲁都见过,他认得出来。

公　爵　啊,人死了脸会变样子,你可以再把他的头发剃光,胡子扎起来,就说犯人因为表示忏悔,在临死之前要求这样,你知道这是很通行的一种习惯,假如你因为干了这事,不但得不到感激和好处,反而遭到责罚,那么凭我所信奉的圣徒起誓,我一定用我的生命为你力保。

狱　吏　原谅我,好师傅,这是违背我的誓言的。

公　爵　你是向公爵宣誓呢,还是向摄政宣誓的?

狱　吏　我向他也向他的代理人宣誓。

公　爵　要是公爵赞许你的行动,那么你总不以为那是一件错事吧?

狱　吏　可是公爵怎么会赞许我这样做呢?

公　爵　那不仅是可能的,而且是一定的。可是你既然这样胆小,我
　　　　的服装、我的人格和我的谆谆劝诱,都不能使你安心听从我,那么
　　　　我可以比原来打算的更进一步,替你解除一切忧虑。你看吧,这
　　　　是公爵的亲笔签署和他的印信,我相信你认识他的笔迹,这图章
　　　　你也看见过。

狱　吏　我都认识。

公　爵　这里面有一通公爵就要回来的密谕,你等会儿就可以读它,
　　　　里面说的是公爵将在这两天内到此。这件事情安哲鲁也不知道,
　　　　因为他就在今天会接到几封古怪的信,也许是说公爵已经死了,
　　　　也许是说他已经出家修行了,可是都没有提起他就要回来的话。
　　　　瞧吧,晨星已经从云端里出现,召唤牧羊人起来放羊了。你不用
　　　　惊奇事情会如此突兀,真相大白以后,一切的为难都会消释。把
　　　　刽子手喊来,叫他把巴那丁杀了;我就去劝他忏悔去。来,不用惊
　　　　讶,你马上就会明白一切的。天差不多已经大亮了。(同下。)

第三场　狱中另一室

　　　　庞贝上。

庞　贝　我在这里倒是很熟悉,就像回到妓院里一样。人们很可能错
　　　　认这是咬弗动太太开的窨子,因为她的许多老主顾都在这儿。头
　　　　一个是纨绔少爷,他借了人家一笔债,是按实物付给的——全是
　　　　些废纸和生姜——折合一百九十七镑;可是脱手的时候才卖了五
　　　　马克现钱;这也是没办法的事,因为当时生姜赶上滞销,爱吃姜的
　　　　老婆子们全都死了。还有一个舞迷少爷,是让锦绣商店的老板告
　　　　下来的,前后共欠桃红色锻袍四身,这会儿他可成为衣不蔽体的

叫花子了。还有傻大爷,风流哥儿,贾黄金,喜欢拿刀动剑的磁公鸡,专给人闭门羹吃的浪荡子,在演武场上显手段的快马先生,周游列国、衣饰阔绰的鞋带先生,因为醉酒闹事把白干扎死的烧酒大爷……此外还有不知多少;原来都是挥金如土的阔少,这会儿只能向囚窗外面的过路人哀求施舍了。

> 阿伯霍逊上。

阿伯霍逊　小子,去把巴那丁带来!

庞　贝　巴那丁大爷!您现在应该起来杀头了,巴那丁大爷!

阿伯霍逊　喂,巴那丁!

巴那丁　(在内)他妈的!谁在那儿大惊小怪?你是哪一个?

庞　贝　是你的朋友刽子手。请你好好地起来,让我们把你杀死。

巴那丁　(在内)滚开!混账东西,给我滚开!我还要睡觉呢。

阿伯霍逊　对他说他非赶快醒来不可。

庞　贝　巴那丁大爷,请你醒醒吧,等你杀过了头,再睡觉不迟。

阿伯霍逊　跑进去把他拖出来。

庞　贝　他来了,他来了,我听见他的稻草在响了。

阿伯霍逊　斧头预备好了吗,小子?

庞　贝　预备好了。

> 巴那丁上。

巴那丁　啊,阿伯霍逊!你来干吗?

阿伯霍逊　老实对你说,我要请你赶快祈祷,因为命令已经下来了。

巴那丁　混账东西,老子喝了一夜的酒,现在怎么能死去?

庞　贝　啊,那再好没有了,因为你喝了一夜的酒,到早上杀了头,你就可以痛痛快快睡他一整天了。

阿伯霍逊　瞧,你的神父也来了,你还以为我们在跟你开玩笑吗?

> 公爵仍作教士装上。

公　爵　闻知尊驾不久就要离开人世,我因为被不忍之心所驱使,特地前来向你劝慰一番,我还愿意跟你一起祈祷。

巴那丁　师傅,我还不想死哩;昨天晚上我狂饮了一夜,他们要我死,我可还要从容准备一下,尽管他们把我脑浆打出都没用。无论如何,要我今天就死我是不答应的。

公　爵　哎哟,这是没有法想的,你今天一定要死,所以我劝你还是准备走上你的旅途吧。

巴那丁　我发誓不愿在今天死,什么人劝我都没用。

公　爵　可是你听我说。

巴那丁　我不要听,你要是有话,到我房间里来吧,我今天一定不走。(下。)
　　　　　狱吏上。

公　爵　不配活也不配死,他的心肠就像石子一样!你们快追上去把他拖到刑场上去。(阿伯霍逊、庞贝下。)

狱　吏　师傅,您看这犯人怎样?

公　爵　他是一个毫无准备的家伙,现在还不能就让他死去;叫他在现在这种情形之下糊里糊涂死去,是上天所不容的。

狱　吏　师傅,在这儿监狱里有一个名叫拉戈静的著名海盗,今天早上因为发着厉害的热病而死了,他的年纪跟克劳狄奥差不多,须发的颜色完全一样。我看我们不如把这无赖暂时放过,等他头脑明白一点的时候再把他处决,至于克劳狄奥的首级,可以把拉戈静的头割下来顶替,您看好不好?

公　爵　啊,那是天赐的机会!赶快动手,安哲鲁预定的时间快要到了。你就依此而行,按照命令把首级送去验看,我还要去劝这个恶汉安心就死。

狱　吏　好师傅,我一定就这么办。可是巴那丁必须在今天下午处死,还有克劳狄奥却怎样安置呢?假使人家知道他还活着,那我可怎么办？

公　爵　就这么吧，你把巴那丁和克劳狄奥俩人都关在秘密的所在，在太阳对世界的另一半照临两次之前，你就可以平安无事。

狱　吏　我一切都信托着您。

公　爵　快去吧，首级割了下来，就去送给安哲鲁。（狱吏下）现在我要写信给安哲鲁，叫狱官带去给他；我要对他说我已经动身回来，进城的时候要让全体人民知道；他必须在城外九英里的圣泉旁边接我，在那边我要不动声色，一步一步去揭露安哲鲁的罪恶。

　　　　　　狱吏重上。

狱　吏　首级已经取来，让我亲自送去。

公　爵　那再好没有。快些回来，我还要告诉你一些不能让别人听见的事情。

狱　吏　我决不耽搁时间。（下。）

依莎贝拉　（在内）有人吗？愿你们平安！

公　爵　依莎贝拉的声音。她是来打听她弟弟的赦状有没有下来；可是我要暂时把实在的情形瞒过她，让她在绝望之后，突然发现她的弟弟尚在人世，而格外感到惊喜。

　　　　　　依莎贝拉上。

依莎贝拉　啊，师傅请了！

公　爵　早安，好孩子！

依莎贝拉　多谢师傅。那摄政有没有颁下我弟弟的赦令？

公　爵　依莎贝拉，他已经使他脱离烦恼的人世了；他的头已经割下，送去给安哲鲁了。

依莎贝拉　啊，那是不会有的事。

公　爵　确有这样的事。你是个聪明人，事已如此，也不用悲伤了。

依莎贝拉　啊，我要去挖掉他的眼珠。

公　爵　他会不准你去见他的。

依莎贝拉　可怜的克劳狄奥！不幸的依莎贝拉！万恶的世界！该死的安哲鲁！

公　爵　你这样于他无损，于你自己也没有什么益处，所以还是平心静气，一切信任上天做主吧。听好我的话，你会发现我的每一个字都没有虚假。公爵明天要回来了；——把你的眼泪揩干了，——我有一个同道是他的亲信，是他告诉我的。他已经送信去给爱斯卡勒斯和安哲鲁，他们预备在城外迎接他，就在那边归还他们的政权。你要是能够遵照我所指点给你的一条大道而行，就可以向这恶人报复你心头的仇恨，并且还可以得到公爵的眷宠，享受莫大的尊荣。

依莎贝拉　请师傅指教。

公　爵　你先去把这信送给彼得神父，公爵要回来就是他通知我的；你对他说，我要请他今晚在玛利安娜的家里会面。我把你和玛利安娜的事情详细告诉他以后，他就可以带你们去见公爵，你们可以放胆指着安哲鲁控告他。我自己因为还要履行一个神圣的誓愿，不能亲自出场。这信你拿去吧，不要再伤心落泪了。我决不会误你的事的。谁来了？

　　　　　路西奥上。

路西奥　您好，师傅！狱官呢？

公　爵　他出去了，先生。

路西奥　啊，可爱的依莎贝拉，我见你眼睛哭得这样红肿，我心里真是疼，你要宽心忍耐。这会儿一天两顿饭我只能喝水吃糠，根本不敢把肚子喂饱，一顿盛餐就可以要我的命。可是他们说公爵明天就要回来了。依莎贝拉，令弟是我的好朋友；那个惯会偷偷摸摸的疯癫公爵要是在家，他就不会送了命。（依莎贝拉下。）

公　爵　先生,听你说起来,好像你很不满意这位公爵;可是幸而他并
　　　不是像你所说的那样一个人。

路西奥　师傅,你知道他哪里有我知道他那样仔细;你瞧不出他倒是
　　　一个猎艳的好手呢。

公　爵　嘿,有一天他会跟你算账的。再见。

路西奥　不,且慢! 咱们一块儿走;我要告诉你关于公爵的一些有趣
　　　的故事。

公　爵　你的话倘使是真的,那么你已经告诉我太多了;倘使你说的
　　　都是假话,那么你一辈子也编造不完,我可没有工夫听你。

路西奥　有一次我因为跟一个女人有了孩子,被他传去问话。

公　爵　你干过这样的事么?

路西奥　是的,亏得我发誓说没有这样的事,否则他们就要叫我跟那
　　　个烂婊子结婚了。

公　爵　你不是个老实人,再见。

路西奥　不,我一定要陪你走完这条小巷。你要是不欢喜听那种下流
　　　话,我就不说好了。师傅,我就像是一根芒刺一样,钉住了人不肯
　　　放松。(同下。)

第四场　安哲鲁府中一室

安哲鲁及爱斯卡勒斯上。

爱斯卡勒斯　他每一次来信,都跟上回所说的不同。

安哲鲁　他的话说得颠颠倒倒。他的行动也真有点疯头疯脑的。求
　　　上天保佑他不要真的疯了才好! 他为什么要我们在城门外迎接
　　　他,就在那边把我们的政权交还他呢?

爱斯卡勒斯　我猜不透他的意思。

安哲鲁　他为什么又要我们在他进城以前的一小时内,向全体人民宣
　　　　告,倘有什么冤枉的事,可以让他们拦道告状呢?

爱斯卡勒斯　他的理由大概是他以为这么一来,人家有不满意我们的
　　　　可以当场控诉,当场发落,免得在我们归政之后,再有谁想来暗中
　　　　算计我们。

安哲鲁　好,那么就请你这样宣布出去吧。明天一早我就到你家里来,
　　　　各色人等需要他们一同去迎接的,都请你通告他们一声。

爱斯卡勒斯　是,大人,下官失陪了。

安哲鲁　再见。(爱斯卡勒斯下)这件事情害得我心神无主,做事也变成
　　　　毫无头脑。一个失去贞操的女子,奸污她的却是禁止他人奸污的
　　　　堂堂执法大吏! 倘不是因为她不好意思当众承认她的失身,她将
　　　　会怎样到处宣扬我的罪恶! 可是她知道这样做是不聪明的,因为
　　　　我的地位威权得人信仰,不是任何诽谤所能摇动;攻击我的人,不
　　　　过自取其辱罢了。我本来可以让他活命,可是我怕他年轻气盛,
　　　　假如知道他自己的生命是用耻辱换来的,一定会图谋报复。现
　　　　在我倒希望他尚在人世! 唉! 我们一旦把羞耻放在脑后,所作所
　　　　为,就没有一件事情是对的;又要这么做,又要那么做! 结果总是
　　　　一无是处。(下。)

第五场　郊　外

公爵作本来装束及彼得神父同上。

公　爵　这几封信给我在适当的时候送出去。(以信交彼得神父)我们
　　　　的计划! 狱官是知道的。事情一着手以后,你就谨记我的吩咐做
　　　　去,虽然有时看着情形的需要,你自己也可以变通一下。现在你
　　　　先去看弗来维厄斯,告诉他我耽搁在什么地方;然后你再去通知

伐伦提纳斯、罗兰特和克拉苏,叫他们把喇叭手召集起来,在城门口集合。可是你先去叫弗来维厄斯来。

彼　得　是,我马上就去。(下。)

　　　　　凡里厄斯上。

公　爵　谢谢你,凡里厄斯,你来得很快。来,我们一路走去吧,还有别的朋友们就会来迎接我。(同下。)

第六场　城门附近的街道

　　　　　依莎贝拉及玛利安娜上。

依莎贝拉　我喜欢说老实话,要我这样绕圈子说话可真有点不高兴。可是他这样吩咐我,说是事实的真相必须暂时隐瞒,方才可以达到全部的目的。他要叫你告发安哲鲁所干的事。

玛利安娜　你就听他的话吧。

依莎贝拉　而且他还对我说,假如他有时对我说话不客气,仿佛站在反对的一方,那也不用惊疑,因为良药的味道总是苦的。

玛利安娜　我希望彼得神父——

依莎贝拉　啊,别吵! 神父来了。

　　　　　彼得神父上。

彼　得　来,我已经给你们找到一处很好的站立的地方,公爵经过那里的时候,一定会看见你们。喇叭已经响了两次了;有身份的士绅们都已恭立在城门口,公爵就要进来了;快去吧。(同下。)

第
五
幕

第一场　城门附近的广场

> 玛利安娜蒙面纱及依莎贝拉、彼得神父各立道旁；公爵、凡里厄斯、众臣、安哲鲁、爱斯卡勒斯、路西奥、狱吏、差役及市民等自各门分别上。

公　爵　贤卿，久违了！我的忠实的老友，我很高兴看见你。

安哲鲁
爱斯卡勒斯　殿下安然归来，臣等不胜雀跃！

公　爵　多谢两位。我在外面听人说起你们治理国政是怎样的公正严明，为了答谢你们的勤劳，让我在没有给你们其他的褒奖之前，先向你们表示我的慰劳的微意。

安哲鲁　蒙殿下过奖，使小臣感愧万分。

公　爵　啊，你的功绩是有口皆碑的，它可以刻在铜柱上，永垂万世而无愧，我怎么可以隐善蔽贤呢？把你的手给我，让士民众庶知道表面上的礼遇，正可以反映出发自中心的眷宠。来，爱斯卡勒斯，你也应当在我的身旁一块儿走，你们都是我的良好的辅弼。

> 彼得神父及依莎贝拉上前。

彼　得　现在你的时候已经到了，快去跪在他的面前，话说得响一些。

依莎贝拉　公爵殿下伸冤啊！请您低下头来看一个受屈含冤的——唉，我本来还想说，处女！尊贵的殿下！请您先不要瞻顾任何其他事务，直到您听我说完我没有半句谎言的哀诉，给我主持公道，

—305
莎士比亚
全集

主持公道啊！

公　爵　你有什么冤枉？谁欺侮了你？简简单单地说出来吧。安哲鲁大人可以给你主持公道，你只要向他诉说好了。

依莎贝拉　哎哟殿下，您这是要我向魔鬼求救了！请您自己听我说，因为我所要说的话，也许会因为不能见信而使我受到责罚，也许殿下会使我伸雪奇冤。求求您，就在这儿听着我吧！

安哲鲁　殿下，我看她有点儿疯头疯脑的；她曾经替她的兄弟来向我求情，她那个兄弟是依法处决的——

依莎贝拉　依法处决的！

安哲鲁　所以她怀恨在心，一定会说出些荒谬奇怪的话来。

依莎贝拉　我要说的话听起来很奇怪，可是的的确确是事实。安哲鲁是一个背盟毁约的人，这不奇怪吗？安哲鲁是一个杀人的凶手，这不奇怪吗？安哲鲁是一个淫贼，一个伪君子，一个蹂躏女性的家伙，这不是奇之又奇的事情吗？

公　爵　唔，那真是太奇怪了。

依莎贝拉　奇怪虽然奇怪，真实却是真实，正像他是安哲鲁一样无法抵赖。真理是永远蒙蔽不了的。

公　爵　把她撵走了吧！可怜的东西，她因为失去了理智才说出这样的话来。

依莎贝拉　啊！殿下，假使您希望来世能得到超度，请不要以为我是个疯子而不理我。似乎不会有的事，不一定不可能。世上最恶的坏人，也许瞧上去就像安哲鲁那样拘谨严肃，正直无私；安哲鲁在庄严的外表、清正的名声、崇高的位阶的重重掩饰下，也许就是一个罪大恶极的凶徒。相信我，殿下，我决不是诬蔑他，要是我有更坏的字眼可以用来形容他，也决不会把他形容得过分。

公　爵　她一定是个疯子，可是她疯得这样有头有脑，倒是奇怪得很。

依莎贝拉 　啊！殿下，请您别那么想，不要为了枉法而驱除理智。请殿下明察秋毫，别让虚伪掩盖了真实。

公　爵 　有许多不疯的人，也不像她那样说得头头是道。你有些什么话要说？

依莎贝拉 　我是克劳狄奥的姊姊，他因为犯了奸淫，被安哲鲁判决死刑。立愿修道、尚未受戒的我，从一位路西奥的嘴里知道了这个消息——

路西奥 　禀殿下，我就是路西奥，克劳狄奥叫我向她报信，请她设法劝动安哲鲁大人，宽恕她弟弟的死刑。

公　爵 　我没有叫你说话。

路西奥 　是，殿下，可是您也没有叫我不说话。

公　爵 　我现在就叫你不说话。等我有事情要问到你的时候，我倒希望你能说得动听一点。

路西奥 　请您放心，绝对没错。

公　爵 　这话用不着对我说；你自己当心点吧。

依莎贝拉 　这位先生已经代我说出一些情况了——

路西奥 　不错。

公　爵 　她虽然不错，你不该说话而开了口，却是大错了。说下去吧。

依莎贝拉 　我就去见这个恶毒卑鄙的摄政——

公　爵 　你又在说疯话了。

依莎贝拉 　原谅我，可是我说的是事实。

公　爵 　好，就算是事实；那么你说下去吧。

依莎贝拉 　我怎样向他哀求恩告，怎样向他长跪泣请，他怎样拒绝我，我又怎样回答他，这些说来话长，也不必细说。最后的结果，一提起就叫人羞愤填膺，难于启口。他说我必须把我这清白的身体，供他发泄他的兽欲，方才可以释放我的弟弟。在无数次反复思忖以后，手足之情，使我顾不得什么羞耻，我终于答应了他。可是到了下一天早晨，他的目的已经达到，却下了一道命令要我可怜的弟弟的首级。

公　爵　哪会有这等事！

依莎贝拉　啊，那是千真万确的！

公　爵　无知的贱人！你不知道你自己在说些什么话，也许你受了什么人的指使，有意破坏安哲鲁大人的名誉。第一，他的为人的正直，是谁都知道的；第二，他这样迫不及待地惩治自己也有的过错，在道理上是完全说不通的；要是他自己也干了那一件坏事，那么他推己及人，怎么会一定要把你的兄弟处死？一定是有人在背后指使着你，快给我从实招来，谁叫你到这儿来呼冤的？

依莎贝拉　竟是这样吗？天上的神明啊！求你们给我忍耐吧！天理昭彰，暂时包庇起来的罪恶，总有一天会揭露出来的。愿上天保佑殿下，我只能含冤莫诉，就此告辞了。

公　爵　我知道你现在想要逃走了。来人，给我把她关起来！难道可以让这种恶意的诽谤诬蔑我所亲信的人吗？这一定是一种阴谋。是谁给你出的主意，叫你到这儿来的？

依莎贝拉　是洛度维克神父，我希望他也在这儿。

公　爵　是一个教士吗？有谁认识这个洛度维克？

路西奥　殿下，我认识他，他是一个爱管闲事的教士。我一见他就讨厌，要是他不是出家人，我一定要把他痛打一顿，因为他曾经在您的背后说过您的坏话。

公　爵　说过我的坏话！好一个教士！还要教唆这个坏女人来诬告我们的摄政！去把这教士找来！

路西奥　就在昨天晚上，我看见她和那个教士都在监狱里；他是一个放肆的教士，一个下流不堪的家伙。

彼　得　上帝祝福殿下！我方才始终在旁边听着,发现他们都在欺骗您。第一,这个女人控告安哲鲁大人的话都是假的,他碰也没有碰过她的身体。

公　爵　我相信你的话。你认识他所说起的那个教士洛度维克吗？

彼　得　我认识他,他是一个道高德重的人,并不像这位先生所说的那么下贱,那么爱管闲事,我可以担保他从来没有说过殿下一句坏话。

路西奥　殿下,相信我,他把您说得不堪入耳呢。

彼　得　好,他总会有一天给自己洗刷清楚的,可是禀殿下,他现在害着一种奇怪的毛病。他知道有人要来向您控告安哲鲁大人,所以他特意叫我前来,代他说一说他所知道的是非真相;这些话将来如果召他来,他都能宣誓证明。第一,关于这个女人对这位贵人的诬蔑之词,我可以当着她的面证明她的话完全不对,并且迫使她自己承认。

公　爵　师傅,你说吧。(差役执依莎贝拉下,玛利安娜趋前)安哲鲁,你对于这一幕戏剧觉得可笑吗？天啊,无知的人们是多么痴愚,端几张座椅来。来,安哲鲁贤卿,我对这件案子完全处于旁观者的地位,你自己去作审判官吧。师傅,这个是证人吗？ 先让她露出脸来再说话。

玛利安娜　恕我,殿下;我要得到我丈夫的准许,才敢露脸。

公　爵　啊,你是一个有夫之妇吗？

玛利安娜　不,殿下。

公　爵　你是一个处女吗？

玛利安娜　不,殿下。

公　爵　那么是一个寡妇吗？

玛利安娜　也不是,殿下。

公　爵　咦,这也不是,那也不是;既不是处女,又不是寡妇,又不是有
　　　　夫之妇,那么你究竟是什么?

路西奥　殿下,她也许是个婊子,许多婊子都是既不是处女,又不是寡
　　　　妇,又不是有夫之妇。

公　爵　叫那家伙闭嘴! 但愿有朝一日他犯了案,那时候有他说话的
　　　　份儿。

路西奥　是,殿下。

玛利安娜　殿下,我承认我从来没有结过婚;我也承认我已经不是处
　　　　女。我曾经和我的丈夫发生过关系,可是我的丈夫却不知道他曾
　　　　经和我发生过关系。

路西奥　殿下,那时他大概喝醉了酒,不省人事。

公　爵　你要是也喝醉了酒就好了,免得总这样唠唠叨叨。

路西奥　是,殿下。

公　爵　这妇人不能做安哲鲁大人的证人。

玛利安娜　请殿下听我分说。刚才那个女子控告安哲鲁大人和她通
　　　　奸,同时也就控告了我的丈夫;可是她说他和她幽叙的时间,他正
　　　　在我的怀抱里两情缱绻呢。

安哲鲁　她所控告的不仅是我一个人吗?

玛利安娜　那我可不知道。

公　爵　不知道? 你刚才不是说起你的丈夫吗?

玛利安娜　是的,殿下,那就是安哲鲁;他以为他所亲近的是依莎贝拉
　　　　的肉体,却不知道他所亲近的是我的肉体。

安哲鲁　这一派胡言,说得太荒谬离奇了。让我们看一看你的脸吧。

玛利安娜　我的丈夫已经吩咐我,现在我可以露脸了。(取下面纱)狠
　　　　心的安哲鲁! 这就是你曾经发誓说它是值得爱顾的脸;这就是你
　　　　在订盟的当时紧紧握过的手;这就是在你的花园里代替依莎贝拉

的身体。

公　爵　你认识这个女人吗？

路西奥　据她说，不仅认识，还发生过关系哩。

公　爵　不准你再开口！

路西奥　遵命，殿下。

安哲鲁　殿下，我承认我认识她；五年以前，我曾经和她有过婚姻之议，可是后来未成事实，一部分的原因是她的嫁奁不足预定之数，主要的原因却是她的名誉不大好。从那时起直到现在，五年以来，我可以发誓我从来不曾跟她说过话，从来不曾看见过她，也从来不曾听到过她的什么消息。

玛利安娜　殿下，天日在上，我已经许身此人，无可更移，而且在星期二晚上，我们已经在他的花园里行过夫妇之道。倘使我这样的话是谎话，让我跪在地上永远站不起来，变成一座石像。

安哲鲁　我刚才还不过觉得可笑，现在可再也忍耐不住了；殿下，给我审判他们的权力吧。我看得出来这两个无耻的妇人，都不过是给人利用的工具，背后都有有力的人在那儿操纵着。殿下，让我把这种阴谋究问出来吧。

公　爵　很好，照你的意思把她们重重地处罚吧。你这愚蠢的教士，你这刁恶的妇人，你们跟那个妇人串通勾结，你们以为指着一个个神圣的名字起誓，就可以破坏一个大家公认的正人君子的名誉吗？爱斯卡勒斯，你也陪着安哲鲁坐下来，帮助他推究出谁是这件事的主谋。还有一个指使他们的教士，快去把他抓来。

彼　得　殿下，他要是也在这儿，那就再好也没有了，因为这两个女人正是因为受他的怂恿，才来此呼冤的。他住的地方狱官知道，可以叫他去召他来。

公　爵　快去把他抓来。（狱吏下）贤卿，这件案子与你有关，你可以全权听断,照你所认为最适当的办法,惩罚这一辈中伤你名誉的人。我且暂时离开你们,可是你们不必起座,把这些造谣诽谤之徒办好了再说吧。

爱斯卡勒斯　殿下,我们一定要彻底究问。(公爵下)路西奥,你不是说你知道那个洛度维克神父是个坏人吗?

路西奥　他只是穿扮得像个学道修行之人,心里头可是千刁万恶。他把公爵骂得狗血喷头呢。

爱斯卡勒斯　请你在这儿等一等,等他来了,把他向你说过的话和他当面对质。这个神父大概是一个很刁钻的人。

路西奥　正是,大人,他的刁钻在维也纳可以首屈一指。

爱斯卡勒斯　把那依莎贝拉叫回来,我还要问她话。(一侍从下)大人,请您让我审问她,您可以看看我怎样对付她。

路西奥　听她方才的话,您未必比安哲鲁大人更对付得了她吧。

爱斯卡勒斯　你认为这样吗?

路西奥　我说,大人,您要是悄悄地对付她,她也许就会招认一切;当着众人的面,她会怕难为情不肯说的。

爱斯卡勒斯　我要暗地里想些办法。

路西奥　那就对了,女人在光天化日之下是一本正经的,到了半夜三更才会轻狂起来。

　　　　　差役等拥依莎贝拉上。

爱斯卡勒斯　(向依莎贝拉)来,姑娘,这儿有一位小姐说你的话完全不对。

路西奥　大人,我所说的那个坏蛋,给狱官找了来了。

爱斯卡勒斯　来得正好。你不要跟他说话,等我问到你的时候再说。

　　　　　公爵化教士装,随狱吏上。

路西奥　禁声!

爱斯卡勒斯　来,是你叫这两个女人诽谤安哲鲁大人吗? 她们已经招认是受你的主使。

公　爵　没有那回事。

爱斯卡勒斯　怎么！你不知道你现在是在什么地方吗？

公　爵　尊重你的地位！让魔鬼在他灼热的火椅上受人暂时的崇拜吧！公爵在哪里？他应该在这里听我说话。

爱斯卡勒斯　我们就代表公爵，我们要听你怎样说话，你可要说得小心一点。

公　爵　我可要大胆地说。唉！你们这批可怜的人！你们要想在这一群狐狸中间找寻羔羊吗？你们的冤屈是没有伸雪的希望了！公爵去了吗？那么还有谁给你们做主？这公爵是个不公的公爵，把你们事实昭彰的控诉置之不顾，却让你们所控告的那个恶人来审问你们。

路西奥　就是这个坏蛋，我说的就是他。

爱斯卡勒斯　怎么，你这无礼放肆的教士！你唆使这两个妇人诬告好人，难道还不够，还敢当着他的面，这样把他辱骂吗？你居然还敢把公爵也牵连在内，批评他审案不公！来，给他上刑！我们要敲断你的每一个骨节，好叫你老老实实招认出来。哼！不公！

公　爵　别发这么大的脾气。就是公爵自己也不敢弯一弯我的手指，正像他不敢弯痛他自己的手指一样。我不是他的子民，也不是这地方的人。因为有事到此，使我有机会冷眼旁观这里的一切；我看见维也纳教化废弛，政令失修，各项罪恶虽然在法律上都有处罚的明文，可是因为当局的纵容姑息，严厉的法律反而像是牙科郎中门口挂起的一串碎牙，只能让人指点当笑话。

爱斯卡勒斯　你竟敢毁谤政府！把他抓进监狱里去！

安哲鲁　路西奥，你有什么话要告发他的？他不就是你向我们说起的那个人吗？

路西奥　正是他,大人。过来,好秃老头儿,你认识我吗?

公　爵　我听见你的声音,就记起你来了。公爵没有回来的时候,我们曾经在监狱门口会面过。

路西奥　啊,你还记得吗?那么你记不记得你说过公爵什么坏话?

公　爵　我记得非常清楚哩。

路西奥　真的吗?你不是说他是一个色鬼、一个蠢货、一个懦夫吗?

公　爵　先生,你要是把那样的话当作我说的,那你一定把你自己当作我了。你才真这样说过他,而且还说过比这更厉害、更不堪的话呢。

路西奥　哎呀,你这该死的家伙!我不是因为你出言无礼,曾经扯过你的鼻子吗?

公　爵　我可以发誓,我爱公爵就像爱我自己一样。

安哲鲁　这坏人到处散布大逆不道的妖言,现在倒又想躲赖了!

爱斯卡勒斯　这种人还跟他多讲什么。把他抓进监狱里去!狱官在哪里?把他抓进监狱里去,好好地关起来,让他不再搬嘴弄舌。那两个淫妇跟那另外一个同党也都给我一起抓起来。(狱吏欲捕公爵。)

公　爵　且慢,等一会儿。

安哲鲁　什么!他想反抗吗?路西奥,你帮他们捉住他。

路西奥　好了,师傅,算了吧。哎呀,你这撒谎的贼秃,你一定要戴着你那顶头巾吗?让我们瞧瞧你那奸恶的尊容吧。他妈的!我们倒要看看你是怎样一副豺狼面孔,然后再送你的终。你不愿意脱下来吗?(扯下公爵所戴的教士头巾,公爵现出本相。)

公　爵　你是第一个把教士变成公爵的恶汉。狱官,这三个无罪的好人,先让我把他们保释了。先生,别溜走啊;那个教士就要跟你说两句话儿。把他看起来。

路西奥　糟糕,我的罪名也许还不止杀头呢!

公　爵　（向爱斯卡勒斯）你刚才所说的话，不知不罪，你且坐下吧。我
　　　　要请他起身让座。对不起了。你现在还可以凭借你的口才、你的
　　　　机智和你的厚颜来为你自己辩护吗？如果你自认为还能，就请辩
　　　　护吧；等一会儿我开口的时候，你就没得可讲了。

安哲鲁　啊，我的威严的主上！您像天上的神明一样洞察到我的过
　　　　失，我要是还以为可以在您面前掩饰过去，那岂不是罪上加罪了
　　　　吗？殿下，请您不用再审判我的丑行，我愿意承认一切。求殿下
　　　　立刻把我宣判死刑，那就是莫大的恩典了。

公　爵　过来，玛利安娜。你说，你是不是和这女子订过婚约？

安哲鲁　是的，殿下。

公　爵　那么快带她去立刻举行婚礼。神父，你去为他们主婚吧；完
　　　　事以后，再带他回到这儿来。狱官，你也同去。（安哲鲁、玛利安娜、
　　　　彼得及狱吏下。）

爱斯卡勒斯　殿下，这事情虽然出人意表，可是更使我奇怪的是他会
　　　　有这种无耻的行为。

公　爵　过来，依莎贝拉。你的神父现在是你的君王了；可是我的外
　　　　表虽然有了变化，内心却仍是一样，当初我顾问着你的事情，现在
　　　　我仍旧愿意为你继续效劳。

依莎贝拉　草野陋质，冒昧无知，多多劳动殿下，还望殿下恕罪！

公　爵　恕你无罪，依莎贝拉，今后你不用拘礼吧。我知道你为了你
　　　　兄弟的死去，心里很是悲伤；你也许会不懂为什么我这样隐姓埋
　　　　名，设法营救他，却不愿直截爽快运用我的权力，阻止他的处决。
　　　　啊，善良的姑娘！我想不到他会这样快就被处死了，以致破坏了
　　　　我原来的目的。可是愿他死后平安！他现在可以不用忧生怕死，
　　　　比活着心怀恐惧快乐得多了，你也用这样的思想宽慰你自己吧。

依莎贝拉　我也是这样想着，殿下。

安哲鲁、玛利安娜、彼得神父及狱吏重上。

公　爵　这个新婚的男子,虽然他曾经用淫猥的妄想侮辱过你的无瑕的贞操,可是为了玛利安娜的缘故,你必须宽恕他。不过他既然把你的兄弟处死,自己又同时犯了奸淫和背约的两重罪恶,那么法律无论如何仁慈,也要高声呼喊出来,"克劳狄奥怎样死,安哲鲁也必须照样偿命!"一个死得快,一个也不能容他缓死,用同样的处罚抵消同样的罪,这才叫报应循环!所以,安哲鲁,你的罪恶既然已经暴露,你就是再想抵赖,也无从抵赖,我们就判你在克劳狄奥授首的刑台上受死,也像他一样迅速处决。把他带去!

玛利安娜　啊,我的仁慈的主!请不要空给我一个名义上的丈夫!

公　爵　给你一个名义上的丈夫的,是你自己的丈夫。我因为顾全你的名誉,所以给你做主完成了婚礼,否则你已经失身于他,你的终身幸福要受到影响。至于他的财产,按照法律应当由公家没收,可是我现在把它全部判给你,你可以凭着它去找一个比他好一点的丈夫。

玛利安娜　啊,好殿下,我不要别人,也不要比他更好的人。

公　爵　不必为他求情,我的主意已经打定了。

玛利安娜　(跪下)求殿下大发慈悲——

公　爵　你这样也不过白费唇舌而已。快把他带下去处死!朋友,现在要轮到你了。

玛利安娜　哎哟,殿下!亲爱的依莎贝拉,帮助我,请你也陪着我跪下来吧,生生世世,我永不忘记你的恩德。

公　爵　你请她帮你求情,那岂不是笑话!她要是答应了你,她的兄弟的鬼魂也会从坟墓中起来,把她抓了去的。

玛利安娜　依莎贝拉,好依莎贝拉,你只要在我一旁跪下,把你的手举起,不用说一句话,一切由我来说。人家说,最好的好人,都是犯过错误的过来人；一个人往往因为有一点小小的缺点，将来会变得更好。那么我的丈夫为什么不会也是这样？啊，依莎贝拉，你愿意陪着我下跪吗？

公　　爵　他必须抵偿克劳狄奥的性命。

依莎贝拉　（跪下）仁德无涯的殿下，请您瞧着这个罪人，就当作我的弟弟尚在人世吧！我想他在没有看见我之前，他的行为的确是出于诚意的，既然是这样，那么就恕他一死吧。我的弟弟犯法而死，咎有应得；安哲鲁的用心虽然可恶，幸而他的行为并未贻害他人；只好把他当作图谋未遂看待，应当减罪一等。因为思想不是具体的事实，居心不良，不能作为判罪的根据。

玛利安娜　对啊，殿下。

公　　爵　你们的恳求都是没用的，站起来吧。我又想起了一件错误。狱官，克劳狄奥怎么不在惯例的时辰处死？

狱　　吏　这是命令如此。

公　　爵　你执行此事有没有接到正式的公文？

狱　　吏　不，卑职只接到安哲鲁大人私人的手谕。

公　　爵　你办事这样疏忽，应当把你革职。把你的钥匙交出来。

狱　　吏　求殿下开恩，卑职一时糊涂，干下错事，后来仔细一想，非常懊悔，所以还有一个因犯，本来也是奉手谕应当处死的，我把他留下来没有执行。

公　　爵　他是谁？

狱　　吏　他名叫巴那丁。

公　　爵　我希望你把克劳狄奥也留下来就好了。去，把他带来，让我瞧瞧他是怎样一个人。（狱吏下。）

爱斯卡勒斯　安哲鲁大人，像您这样一个人，大家都看您是这样聪明博学，居然会堕落到一至于此；既然克制不住自己的情欲，事后又是这么鲁莽灭裂,真太叫人失望了!

安哲鲁　我真是说不出的惭愧懊恼,我的内心中充满了悔恨,使我愧不欲生,但求速死。

　　　　狱吏率巴那丁、克劳狄奥及朱丽叶上;克劳狄奥以布罩首。

公　爵　哪一个是巴那丁?

狱　吏　就是这一个,殿下。

公　爵　有一个教士曾经向我说起过这个人。喂,汉子,他们说你有一个冥顽不灵的灵魂,你的一生都在浑浑噩噩中过去,不知道除了俗世以外还有其他的世界。你是一个罪无可逭的人,可是我赦免了你的俗世的罪恶,从此洗心革面,好好为来生做准备吧。神父,你要多多劝导他,我把他交给你了。——那个罩住了头的家伙是谁?

狱　吏　这是另外一个给我救下来的罪犯,他本来应该在克劳狄奥枭首的时候受死,他的相貌简直就跟克劳狄奥一模一样。(取下克劳狄奥的首罩。)

公　爵　(向依莎贝拉)要是他真和你的兄弟生得一模一样,那么我为了你兄弟的缘故赦免了他;为了可爱的你的缘故,我还要请你把你的手给我,答应我你是属于我的,那么他也将是我的兄弟。可是那事我们等会儿再说吧。安哲鲁现在也知道他的生命可以保全了,我看见他的眼睛里似乎突然发出光来。好吧,安哲鲁,你的坏事干得不错,好好爱着你的妻子吧,她是值得你敬爱的。可是我什么人都可以饶恕,只有一个人却不能饶恕。你说我是一个笨伯、一个懦夫、一个穷奢极侈的人、一头蠢驴、一个疯子;我究竟什么地方得罪了你,你竟这样辱骂我?

路西奥　真的,殿下,我不过是说着玩玩而已。您要是因此而把我吊死,那也随您的便;可是我希望您还是把我鞭打一顿算了吧。

公　爵　先把你抽一顿鞭子,然后再把你吊死。狱官,我曾经听他发誓说过他曾经跟一个女人相好有了孩子,你给我去向全城宣告,有哪一个女人受过这淫棍之害的,叫她来见我,我就叫他跟她结婚;婚礼完毕之后,再把他鞭打一顿吊死。

路西奥　求殿下开恩,别让我跟一个婊子结婚。殿下刚才还说过,您本来是一个教士,是我把您变成了一个公爵,那么好殿下,您就是为了报答我起见,也不该叫我变成一个乌龟呀。

公　爵　你必须和她结婚。我赦免了你的诽谤,其余的罪名也一概宽免。把他带到监狱里去,好好照着我的意思执行。

路西奥　殿下,跟一个婊子结婚,那可要了我的命,简直就跟压死以外再加上鞭打、吊死差不多。

公　爵　侮辱君王,应该得到这样的惩罚。克劳狄奥,你应当好好补偿你那位为你而受苦的爱人。玛利安娜,愿你从此快乐!安哲鲁,你要待她好一点,我曾经听过她的忏悔,知道她是一位贤淑的女子。爱斯卡勒斯,我的好朋友,谢谢你的贤劳,我以后还要重重酬答你。狱官,因为你的谨慎机密,我要给你一个好一点的官职。安哲鲁,他把拉戈静的首级冒充做克劳狄奥的,把你蒙混过去,你不要见怪于他,这完全是出于好意。亲爱的依莎贝拉,我心里有一种意思,对于你的幸福大有关系;你要是愿意听我的话,那么我的一切都是你的,你的一切也都是我的,来,打道回宫,我还要慢慢地把许多未了之事让你们大家知道。(同下。)